「井上ひさし」を読む

人生を肯定するまなざし

今 Ima … 輝 …a Teru

大 Oe … 喬 …kashi

永 Na … オリザ Oriza

小 Ko … 一 編著 …ichi

a pilot of wisdom

はじめに

小森陽一

日本の近代文学に造詣の深い歴史学者・成田龍一さんと、学生時代第一志望の歴史学に進学することが出来ず、第七志望（当時、北海道大学文学部への志望欄は七つしかなかった）の「国文科」に行き、日本近代文学研究者となった私とは、関心の重なりもあり、いくつかの近現代の日本を再考する出版企画を出していた。その一つ、『戦後日本スタディーズ① 40・50年代』の企画で、私たち二人が聴き手となり、井上ひさしさん（以下、生前の呼びかけ方であった「ひさしさん」を用いる）から「東京裁判三部作と日本国憲法」についてのお話を伺った。それが前記の本に収録されて二〇〇九年に出版された頃、ひさしさんの『組曲虐殺』が天王洲《てんのうず》銀河劇場で上演され始めていた。

小森陽一（右）（撮影／井垣 亮）

この年の一月に、成田さんと私の共通の友人であるノーマ・フィールドさんが『小林多喜二――21世紀にどう読むか』（岩波新書）を刊行し、ちょうどこのとき来日されていたので、集英社の文芸雑誌「すばる」の企画として、座談会を行った。それが本書の特別付録「二一世紀の多喜二さんへ」『組曲虐殺』と『小林多喜二』、井上ひさし最後の座談会」である。

　ひさしさんと私とはそれ以前、数年にわたり、「座談会　昭和文学史」という企画を行っていたので、この日は何だか妙に懐かしい思いを抱き、その頃のように休み時間、連れ立って喫煙室に行った。習慣的に私がライターの火を差し出すと、ひさしさんは煙草《たばこ》に火をつけた。しかし一服目で激しく咳《せ》き込み、煙草はそのままもみ消された。そして、数日前に呼吸器系の検査を受けたことを話された。私は煙草を吸うことが出来なかった。会議室に戻り、座談会は継続された。数日後、重篤な病であることが判明した。

　二〇一〇年四月九日に亡くなられた後、成田さんと私は、文学者・井上ひさしの仕事の全体像を確認しておかねばならないと判断し、井上ひさし文学の研究者である今村忠純《ただずみ》さんと島村輝《てる》さんに語り合って頂く座談会を行った。これが第一章「言葉に託された歴史感覚」である。

　日本中が「三・一一」の衝撃のただ中にあったひさしさんの一周忌にあたる二〇一一年四月九日、「憲法のつどい」の講演会が鎌倉で開催された。その講演者の一人であった大江健三郎さんは、主催者側の女性の一人に娘役を担ってもらい、自分は父親役としてひさしさんの『父と暮せば』を朗読した。その場にいた成田さんと私は、大江さんとひさしさんの文学について語り合いたいという思いを共有し、かなえることが出来た。これが第二章である。そこからシリーズ化して一冊の本に出来ないかという模索が始まったように記憶している。

成田さんと私がほぼ同時に思い浮かべたのは、戦後日本の文化状況の中で、ひさしさんの多様な実践を位置付けられるのは、辻井喬《つじいたかし》さんしかいない、ということで、第三章が成立した。ひさしさんより七年先輩の辻井さんと同世代の大江さん、ならばひさしさんの後を継ぐ方ということで、成田さんや私とほぼ同世代の永井愛さんの名前が自然と二人の頭に浮かんできた。これが第四章である。

けれどもその後、様々な要因が絡んで、連続座談会は途切れてしまった。「井上ひさし研究会」が正式に発足する中で、ひさしさんの没後一〇年の節目には一冊の本にどうしてもまとめたいということになり、劇作家を取りまとめる苦労をひさしさんと共にしていらした平田オリザさんにお願いして、締めくくりの第五章の鼎談《ていだん》を二〇一九年の年末に実施することが出来た。

今、ひさしさんをめぐる対話を読者のみなさんに引き継ぎます。

目次

＊本文中に登場する戯曲の台詞は『井上ひさし全芝居』（新潮社）より引用・参照した。
また、各章末の註は、必ずしもその用語の初出ではなく詳しく論じられている箇所を原則とし、適宜、判断して付している。

構成／増子信一（第一～五章）
撮影／中野義樹（第一～四章、特別付録）
章扉デザイン・図版作成／ＭＯＴＨＥＲ

第一～四章と特別付録は、「すばる」（集英社）に掲載された原稿を加筆・修正し（第一章：二〇一一年五月号、第二章：一二年二月号、第三章：同年八月号、第四章：一三年七月号、特別付録：一二年一二月号）、第五章は今回の新書化にあたって行われた鼎談を初掲載したものです。

第一章
言葉に託された歴史感覚
——今村忠純　島村 輝

島村輝　今村忠純

今村忠純（いまむら・ただずみ）

一九四二年北海道生まれ。大妻女子大学名誉教授。専門は日本近代文学、比較文学、演劇論。著書に『山本有三』、編纂《へんさん》に『岸田國士《くにお》全集』（全二八巻）、『「戦争と平和」戯曲全集』（全一五巻）（共編者・藤木宏幸、源五郎）、『現代演劇』『井上ひさしの宇宙』（共に「国文学　解釈と鑑賞」別冊）などがある。

島村　輝（しまむら・てる）

一九五七年東京都生まれ。国文学者。フェリス女学院大学教授。専門は日本近現代文学で、特にプロレタリア文学を中心に幅広い研究を行う。そのほか、文学の基礎理論、ジャーナリズム研究、文学を通じた戦争と平和の問題に関する研究にも取り組む。著書に『「心のノート」の言葉とトリック』、編著に「国文学　解釈と鑑賞」別冊『「文学」としての小林多喜二』（共編者・神谷忠孝、北条常久）、聞き手として『被爆を生きて――作品と生涯を語る』（林京子著）などがある。

『一週間』、「秩序」への批判

小森　今回、このシリーズ座談会の一回目を行うに当たり、〝井上ひさしの文学〟全体をとらえ直す上でどういう切り口があるのかを、成田龍一さんと私でいくつかの枠組みを組み立ててみました。そして今村忠純さんと島村輝さんにその枠組みに即した作品を挙げていただきました。

最初の入り口は、最後の長編小説『一週間』を中心に、『東京セブンローズ』や『父と暮せば』などの作品に触れながら、井上さんが敗戦という歴史的な節目をどのように意識したのか、そして日本の普通の人々にとって戦争とは何だったのかという、井上さんの戦争体験と戦後社会のとらえ方を考えていきたいと思っています。

次に、小林多喜二を中心とした戯曲『組曲虐殺』を手がかりとして、井上戯曲の大きな系譜である、近代の文学者や思想家を軸にした評伝劇がどういう意味をもっていたのかを考えてみたい。

三番目に、『國語元年《こくご》』を軸に、日本と日本を超える思想について、また言葉と言語の方向から国家について話し合いたい。

四番目は、『日本人のへそ』を中心に、日本人と日本語の中に組み込まれた社会的集合的記憶と、それに動かされる感受性の問題です。あわせて作家井上ひさしの出発点となる浅草体験について議論できたらと思っています。

最後は、『吉里吉里人《きりきりじん》』を中心に人間のつながり方とユートピアについて、そして地域や共同体の問題についても考えていきたい。おおよそ、このような流れを考えています。

それでは最初に、『一週間』について論じていきたいと思います。この小説は「最後の長編小説」と単行本の帯に謳《うた》われているように、連載は終了していたものの「著者による加筆、訂正が行われる予定でしたが、ご逝去のため残念ながら叶いませんでした」という編集部の後書きが添えられて、二〇一〇年六月に刊行されました。第二次世界大戦の終結をめぐる戦後社会と戦争そのものの内実の問題を、さまざまな角度から問いかけた集大成といえる長編小説です。

まず島村さんに、この小説の井上文学の中での位置づけを語っていただきたいと思います。

島村　これは、二〇〇〇年二月号から「小説新潮」に連載され、以後〇六年四月まで断続的に書き継がれていったものです。内容・分量ともに大きなもので、晩年の井上さんが重きを置いていた戦中・戦後の問題が鮮明に描かれている。特に、一九四五年八月一五日を境にして日本人の価値観が一気に変わったとされている言説に対して、シベリア抑留を中心に据えて、実は戦前・戦中・戦後を一貫して流れている日本および日本人の危うさと希望を、非常に大きなスケールで書いている作品だろうと、全体としてはそういう印象を受けました。

ここで取り上げられているのは、シベリアの収容所に抑留されている日本兵たちの階層化の問題、それが当時のソ連軍あるいはソ連諜報部《ちようほうぶ》とどう関係していたのか、そして戦前の日本共産党のスパイ問題などですが、それらの事柄を結びつける者として、かつて「党生活者」として地下活動をして逮捕歴もある「小松修吉」という人物を主人公に置いている。

成田　今、島村さんが、戦後という問題を戦時の認識を含めて考えるのが井上さんの晩年のお仕事だったといわれましたが、これは近年の歴史学界の動向とぴったりと重なっています。この間の歴史学では、戦中・戦後を一九四五年八月一五日で切らずに、戦時を含めた形で戦後を考える、あるいは、「占領」を戦時の延長として考えることによって、現在に至るさまざまな問題を見出《みいだ》そうとしています。

そうした作品として、すぐに思い浮かぶのは、日本におけるアメリカの占領をテーマにしたジョン・ダワーの『敗北を抱きしめて』*1です。ダワーはここで、占領軍が天皇制を維持したまま日本の占領を行った様相をつぶさに記しています。日本占領は、占領軍と天皇制との合作とするのです。このとき、井上さんの『一週間』は、シベリア抑留とは、実はスターリニズムと旧大日本帝国の合作によって行われたものだということを描き出していて、これは井上版「敗北を抱きしめて」にほかならないと思って、読みました。

つまり旧大日本帝国の軍隊秩序は、一九四五年八月一五日をもっても終わらず、シベリア抑留の収容所の中にもち越される。その秩序を利用しながら、旧日本軍兵士に対するスターリンの抑留があるということ——そのことの指摘が、井上さんのメッセージであろうと思います。

小森　『一週間』という小説で書かれているソ連軍の捕虜となった者たちの実態を戦後日本社会に照射してみると、アメリカの占領政策は、日本の軍隊秩序あるいは天皇制をそのまま利用する形で行われていたということが同時に見えてきます。そういう合わせ鏡の構造にこの小説はなっているわけですね。

成田　はい。井上さんの場合、シベリア抑留と連合国軍による日本占領の問題は決して別物ではなく、『東京セブンローズ』で扱ったアメリカと、『一週間』におけるソ連とを重ね合わせて考えているのだと思います。つまり井上さんには、旧大日本帝国の秩序と冷戦体制という二つの「秩序」への強い批判があって、その観点からシベリア抑留を問題化し、同時に戦時の社会運動をも総括していくという、なんともダイナミックな議論を展開していると思うのですね。

しかも、それを理屈としてではなく、「レーニンの手紙」をもち出し、そこに伴う秘密や笑いも入れ込みながら一気に読ませてしまうところが井上さんならではの作品になっていると思います。

小森　あの「レーニンの手紙」の内容は、歴史学者としてはいかがですか（笑）。

成田　奇想天外ですが（笑）、ここでレーニンが出てくるのは、スターリン主義を批判するのに、レーニンまでさかのぼって問題を立てているからでしょう。

小森　従来は、レーニンとスターリンは思想的に分離してとらえるようにしてきましたからね。

成田　そうですね。そこを井上さんは、レーニン自身がレーニンの初心を裏切って革命の堕落という状況をもたらしたという話に仕立てている。井上さんは、初心を大事にする作家であると思いますが、レーニンに関しても初発の問題意識を指摘しながら議論を展開し、物語化してストーリーの中に繰り込んでいます。

今村　『一週間』は、戦後のシベリア抑留のみならず、近代一〇〇年の日本の歴史、そしてアムール河を挟んで対峙《たいじ》する満洲《まんしゅう》（中国東北部の旧称）とシベリアとの関係といった、近代アジア史の焦点が満洲にあることを喚起させる物語です。シベリア抑留の問題は、日清、日露の戦争、それ以前から始まる大陸と日本との関係を思い起こさせるし、ユーラシア大陸における先住の少数民族のいわば解放区であったシベリアあるいは満洲へ、どのような形でロシア、中国、またヨーロッパの国々が進出していったのか、つまり大国によるシベリア・満洲の奪い合いの背景をも喚起させる。

たとえば、小説の中にブラゴヴェシチェンスクというアムール河沿いの町が出てきます。この町は日本の近代小説にもいろいろな形で出てくる。石光真清《まきよ》[*2]が、ロシア研究のために私費留学するのがこの町で、そこでロシア語を学びながら諜報活動も行っている。ウラジオストクからブラゴヴェシチェンスクへ、それが一八九九年、明治三二年です。そこはまたロシア革命直後に行われた日本軍のシベリア出兵の拠点でもあった。

小津安二郎に『東京暮色』（一九五七年）という映画がある。夫や娘たちに背いて家を出た妻（母）の消息が、戦争が終わってからわかった一家の物語です。一緒に逃げた男はアムールに抑留され死んだ。その後、別の男とブラゴヴェシチェンスクからナホトカ経由で引き揚げてきたという。この町の名前一つで、さまざまな時代の記憶がよみがえるわけですね。スケールの大きな作品になっている。

成田　シベリア抑留を描いた作品のほとんどは、寒さと飢えとが強調されています。石原吉郎[*3]の作品が典型的なように、深刻かつ内省的な色合いが濃く、物語よりは、思索的な作品が圧倒的です。そうした中にこの『一週間』を置いてみると、ずいぶんと肌触りを異にするように感じられます。

今村　おっしゃるとおりです。それは、ラーゲリ（捕虜収容所）に送られた旧日本軍兵士たちの強制労働に対する告発とか批評であるばかりではなく、日本の陸軍組織あるいはソ連の体制がどのような形で成り立っているかを構造的にとらえているからだと思います。

リベディンスキーの『一週間』と近代の記憶

小森　『一週間』という小説の成立の経緯について、島村さんから重要な文学史的な問題提起がなされていますので、説明をお願いします。

島村　「一週間」というタイトルを聞いたときにまず思ったのは、同じタイトルの小説を聞いたことがあるな、ということでした。今ではすっかり忘れられてしまいましたが、戦前の日本でプロレタリア文学が隆盛していた時代に、ロシアのプロレタリア作家リベディンスキーの『一週間』[*4]という小説が大変よく読まれていたんです。一九二六年頃から翻訳が出たり、「前衛」という当時のプロレタリア文学雑誌に、中国でいう連環画、ダイジェストの紙芝居のような形で掲載されたりしていた。

これまで本体を読む機会がなかったのですが、この際入手して読んでみました。舞台はやはりシベリアで、革命後まだ間もない時期の地方のある農村で起こっている食糧危機に対する党、あるいは指導者たちの対応とそこで起こった暴動の顚末《てんまつ》を綴《つづ》ったものです。それを一週間という短い期間で、登場人物たちをオムニバス形式で描いていく。井上さんが小松修吉という主人公を設定したのとは構成が違いますが、シベリアを舞台にして一週間の出来事を描くという大枠、さまざまな人間的な駆け引きや出来事を描いていく手法は、かなり共通している。おそらく井上さんはこの小説からインスピレーションを得たのだろうと思います。井上さんの『一週間』の装丁の文字と、村山知義が装丁をした池谷信三郎訳の本の文字がよく似ているのも、偶然とは思えないものを感じます。

さらにいえば、この翻訳小説を、小林多喜二、宮本（旧姓・中条）百合子《ゆりこ》、そして魯迅《ろじん》も読んでいる。魯迅は、日本では『一週間』という作品がすぐれた翻訳で出ているけれども、中国ではまだ訳されていないということをくり返し指摘している。井上さんの『一週間』にも魯迅が登場しますが、リベディンスキーの作品は、ロシアから日本、そして中国という広がりの中で時代を描いているんですね。

今村　訳者の池谷信三郎は、『望郷』（一九二五年）という長編小説でデビューして期待されたのですが、三三歳の若さで亡くなってしまった。没後、改造社から一巻本の全集が出ていますね。しかも『望郷』には、『一週間』というロシアの革命小説を読む人物が登場する。なぜモダニストの池谷が『一週間』を訳したのか、またなぜ『望郷』に『一週間』の話が出てくるのかということについても、改めて考えてみなければならない。

島村　興味深いのは、池谷信三郎が死んだ一九三三年に、奇《く》しくも宮沢賢治、小林多喜二も死んでいる。

成田　池谷訳の『一週間』は、後に改造文庫にも入りますね。広く読まれたプロレタリア文学の成果を念頭に置きながら、それを換骨奪胎するような形で井上さんは『一週間』という小説を書いたということになるのでしょう。

今村　井上さんの『一週間』には、ソ連政府の肝煎《きもい》りで発行された「日本新聞」という抑留者向けの日本語新聞が出てきます。その復刻版が朝日新聞社から出ていますが、復刻版と照らし合わせて『一週間』を読んでいくと、すべて符節が合う構造になっている。つまり「日本新聞」の情報を組み込みながら小説がつくられているわけですね。いわゆる「民主運動」という思想改造にかかわった「日本新聞」編集部の日本人は知られているのですが、『一週間』の小松修吉は、そのだれでもない。そこで小松修吉のようにコムソモリスクの捕虜収容所からハバロフスクの「日本新聞」編集部に連行された人物が見つからないものかと、手当たり次第にシベリア抑留記を読んでみました。片岡薫の『シベリア・エレジー——捕虜と「日本新聞」の日々』(一九八九年)という本にそういう人物を見つけました。

成田　「日本新聞」は、抑留者の教化のために発行された新聞ですから、内容は共産党のプロパガンダであり、日本共産党の「赤旗」の記事がそのまま載っていたりもします。そうしたことから、日本共産党とソ連の御用新聞だと見て、歴史学の中では、これをまともに検討することはなされてきていません。ところが井上さんは、実に丹念に読まれています。物語の導入になっている収容所内の日本兵撲殺事件のモデルになっている出来事なども、「日本新聞」で報じられています。

そういうことを考えると、先の「レーニンの手紙」も、ひょっとしたら実在するのではないかと思わず考えてしまうほど(笑)、よく調べた上でのリアリティで書かれている。

小森　「日本新聞」を歴史的史料として正確に使用することと同時に、成田さんがおっしゃったように、レーニンが初心を裏切ったことを示すことで、第一次世界大戦後の「民族自決」というスローガンがいかにまやかしであったかを痛烈に批判していく。その批判の矢は同時に、冷戦構造とソ連崩壊後のヨーロッパにおける民族問題や、現在のチェチェン紛争などにも向けられていく。そうした視野の中からユーラシア大陸の近代の民族問題の歴史が浮かび上がってきます。その意味でも、歴史的事象を現代の最も重要な課題にかかわらせようとした設定になっています。

島村　チェチェン人やオロチ人といった少数民族が強大なロシア人に対してただ抑圧されているのではなく、むしろ抑圧を梃子《てこ》にしながら自分たちの共同性を政治的に獲得していこうとする、そういう駆け引きの巧みさみたいなものもここには出てくる。

　これは後の話とも結びつくと思いますが、日本という国家の中に小さな国家をつくっていくという『吉里吉里人』が刊行された一九八一年当時の民族問題に対する見方と、冷戦の終結を経た現在の民族問題の見方とでは、大きく異なっている。その相対化の軸をどこに置くかというのが、二〇〇〇年代に入ってから書き始めたこの『一週間』の大きなモチーフになったのではないかという気がしますね。

今村　先ほど、成田さんはこの作品のリアリティについて話されましたが、シベリアという土地の風景も実にリアルに描写されている。小松修吉は、国境の町、黒河で捕虜になる。アムール河の対岸から馬の嘶《いなな》きが風に乗って聞こえてくる。井上さんに「ブラゴヴェシチェンスクにお出かけになったんでしょうか」と、つまらないことを伺ってしまった。小松修吉の人物造型もそうです。驚くべき作家的想像力ですね。

島村　それだけ資料を丹念に読み込んでいたということですね。シベリアの風景だけに限らず、主人公の小松修吉があっちへ行き、こっちへ行きしているその場面場面も、あたかもその現場にいたかのように描かれている。これは、言葉一つでリアルな風景を立ち上げてしまう類《たぐ》い稀《まれ》なる想像力の持ち主でなければできないし、これだけのスケールで書き上げていく、井上さんの文章力のすごさをつくづくと感じますね。

小森　主人公が移動していく場所は、先ほど今村さんがおっしゃったように、近代における帝国主義によるユーラシア大陸再分割の過程と、支配と戦争の歴史を押さえる場所になっています。しかも、そこにはいくつもの歴史的な事件が刻まれています。いわば帝国主義の記憶というべきものが堆積した場所を取り出しつつ、その全体像に迫る。こうしたユーラシア大陸の帝国主義戦争についての資料を、徹底して読み込んでそれまでの井上ひさしの小説と戯曲は書かれてきました。そうしたこれまでの莫大《ばくだい》な蓄積がこの小説の奥深さをつくっています。

成田　一つ付け加えておくと、『一週間』の初版の奥付の発行日は二〇一〇年六月三〇日で、まさにこの二〇一〇年六月に、元抑留者に対し給付金を支給するという「シベリア特措法（戦後強制抑留者特別措置法）」が可決されている。

小森　まるで井上ひさしさんが呼び寄せたように（笑）。

成田　偶然とは思えないですね。井上さんがシベリア抑留という問題を、決して過去のことではなく現在の問題として考えていたことの証《あかし》のような気がします。

小森　戦後の日本社会で生きている者らが、歴史的な記憶をどう思い起こし、死者とかかわり直すのかということが、問いかけられているわけですね。この問題意識は『東京セブンローズ』や『紙屋町さくらホテル』にもつながっていると思います。

『東京セブンローズ』と『父と暮せば』、日本人の言葉

今村　『東京セブンローズ』という小説をひと言で要約しようとすると、巻末の「無能な指導者層の愚劣な施策に苦しめられたあの頃のすべての人びとに捧げます」という井上さんの言葉に尽きると思います。おっしゃるとおり、井上さんは生ける死者たちと歴史的な記憶を共有し続けた。

主人公は、戦後の連合国軍最高司令官総司令部（GHQ）の日本占領の実態を知ることになる「山中信介」。GHQの民間情報教育局（CIE）による日本語のローマ字化による日本占領という目論見《もくろみ》をご破算にしてしまう「セブンローゼズ」。このセブンローゼズ、七人の女性と

いうのは、日本人の集合的無意識、つまり市民一人ひとりの日本語のローマ字化による日本占領に対する忌避感を顕現したものだと思います。その主題はそっくりそのまま『國語元年』という戯曲の主題にも通じる。つまり、日本語の問題は、市民一人ひとりの力によって解決すべきであって、少数の人間によって言葉の構造を変えるのはけしからんということを強く押し出しているわけです。

そしてこの小説の手法で重要なのは、非公開の日記という形式で書かれていることです。東京・根津《ねづ》宮永町《みやながちょう》に住む山中信介という団扇《うちわ》屋の主人の日記で、そこには敗戦間際の出来事とともに、戦後の日本がどのように変わっていったのかが克明に描かれている。それも、変わったこと、変わらなかったこと、変わらざるを得なかったことが、重層的に書かれている。『東京セブンローズ』は、『吉里吉里人』刊行後すぐの、一九八二年四月から「別冊文藝春秋《ぶんげいしゅんじゅう》」で連載がスタートする。途中中断しながら一五年間連載が続いて一七年目にようやく本になるのですが、その間『東京セブンローズ』の連載とセットのようにして新しい戯曲が次々と生産されています。たとえば、〝昭和庶民伝三部作〟(『きらめく星座』『闇に咲く花』『雪やこんこん』)や連載後の『貧乏物語』『兄おとうと』『円生と志ん生《しょう》』『連鎖街のひとびと』『私はだれでしょう』などが生まれています。『東京セブンローズ』とセットにして読んでいくと、それらの戯曲が小説と連動しているのがよくわかる。
この作品を書き終えてすぐに〝東京裁判三部作〟（『夢の裂け目』『夢の泪《なみだ》』『夢の痂《かさぶた》』）を構想し、新国立劇場の開場記念公演として上演される『紙屋町さくらホテル』、また『箱根強羅ホテル』の準備も始まっている。『東京セブンローズ』の連載は、同時進行形で生産されていく戯曲と小説の関係をさらに立体的に解説するための手がかりを与えてくれる。

小森　井上さんが芝居を中心に自らの仕事をシフトしていった時期の一連の作品群について、このなかなか終わらない長編小説を軸にして、それぞれの芝居の成立の仕方を見ていくと、これまではあまり気づかなかった新しい読み直し方ができるのかも知れませんね。島村さん、小説執筆と戯曲との関係を踏まえて『父と暮せば』について触れていただけますか。

島村　たとえば七〇年代というのは、井上さんがパロディやコントなどに興味をもっていた時代ですね。その中でさまざまなパロディや戯作に関する批評を出していく。それが八〇年代に入ると、『吉里吉里人』が出て、言葉に関する問題、地域性・共同性と国家との対峙の仕方という問題が出てくる。そこから、『私家版　日本語文法』『国語事件殺人辞典』『自家製　文章読本』といった日本語・国語に関するさまざまな批評・考察が出てくる。
つまり、それまでのパロディ・戯作というスタンスから、より自覚的に言語論的な展開を遂げていった。それが、ほかならぬ国家の問題、体制の問題と結びついていたということになるんじゃないかと思います。それが九〇年代の冷戦構造が終わったときに噴出してきた民族問題の中で、もう一回とらえ直されている。その一つが先ほどの『一週間』ということになるのだと思います。

そうした流れの中で『父と暮せば』を位置づければ、まず第一に、戦中から戦後にかけての広島という場所を言語と結びつけて描いたものということになると思います。たとえば、あの戯曲を標準語で書けるのかと考えてみれば、そのことは明瞭だと思います。あくまでも広島という場所に結びついた作品であって、そこで暮らしていた「美津江」や「おとったん」の言葉と切り離しては、あの戯曲は成り立たない。

井上さんは原爆が投下された広島で起こった出来事の記録を丹念に読み込んだ上で、あそこで語られる言葉が、決してその言葉を語った人だけのものではなく、さまざまな人の思いを乗せたものであり、具体的な歴史の積み重ねの中で残されていったものだということを見せていったわけです。そこを見ることで初めて、死者の姿が現前する『父と暮せば』という作品の意味が出てくるのではないか。

最初、おとったん＝「竹造」がどうして押し入れの中にいて、それがどういう存在なのかはわからず、芝居が進んでいくうちに種明かしされていく仕組みになっています。でも、それがわかっても違和感がないのはなぜかといえば、それはほかでもない、竹造が生きた言葉を担っているからなんですね。

小森　日常的に広島の言葉で語り合っていた被爆者たちが改めて体験を書き記した手記を、井上さんは写経のように書き写しながら、この芝居の構想を長期間練られていました。そこからだれにもわからない爆心地で何が起こったのかという話を創造されたわけです。その物語の根には、生き残った被爆者の方々が、なぜ「申し訳ない」というのか、という問いがありました。井上さんは、そのことをずっと考えられていました。それが生者である美津江と、死者・竹造の広島の言葉の対話なのです。今自分が使っている言葉の中には、いつかどこかで他者が語っていた言葉や死者が使った言葉が宿っている。言葉自体が歴史と死者の魂を内在させているという、その感覚です。

島村　過去のすべての思いや出来事が、実は言葉の中にこそ凝縮され、濃縮された形で秘められている。ですから最後、父親である竹造が美津江に対して「もうおまいのようなあほたれのばかたれにはたよらん。ほかのだれかを代わりに出してくれいや。（中略）わしの孫じゃが、ひ孫じゃが」といいますね。それはもちろん美津江にとっての子ども、孫でもあるのだろうけれど、その言葉を語り伝えていく人の存在を必要としているのではないか。あの言葉は、そういうことを感じさせるし、『父と暮せば』という作品そのもののメッセージのようにも思えます。

今村　『紙屋町さくらホテル』で、全国の方言調査をして歩いている言語学者の「大島」が、広島に立ち寄りますね。そこで「(大和民族の) 最後の一人の息が絶えたとき、まさにその瞬間に、日本語もこの地上から消えてなくなります」という。つまり、人類が滅びてしまったら言葉も滅びる、言葉が滅びるということは人類が滅びることであるという根源的な主題は、『父と暮せば』にも共通している。

もう一つは、受難者イエスの問題です。広島で被爆した大勢の人たちの手記の言葉を、井上さんは、イエスが残した言葉のように受け止めたのではないか——弟子たちがイエスの言葉を福音書に伝え残したように。そして、庭にある顔面が溶解した地蔵の首を見た美津江の、「おとったんはあんとき、顔におとろしい火傷《やけど》を負うて、このお地蔵さんとおんなじにささらもさらになっとってでした。そのおとったんをうちは見捨てて逃げよった」というあの台詞《せりふ》には、自らが犠牲となって磔《はりつけ》になったイエスの復活を見届ける「マリア」との関係が念頭にあったのだろうと思います。

成田　井上さんは、ある事柄を取り上げるときに、絶えず対極にあるもの、相似するものを重ね合わせていくという手法をとっています。対比と列挙の手法ですね。『父と暮せば』は広島の話ですけれど、長崎のことも必ず書くといわれていたと、聞いています。不確かですが、広島の「父」に対して、長崎は「母」を出して書くとのことでした。

つまり、常に隣接するもの、あるいは相対化するものへと対象と問題を広げていく手法で構想し、書いていたのですね。パロディ自体、絶対的なものを相対化して権威を揺るがす手法ですが、ある時点からの井上さんの作品は、その相対化の仕組みがかなり複雑になってきていま す。たとえば『下駄の上の卵』という小説は、戦後のある時期に焦点を絞り、その時空間を濃密・綿密に描いています。ただ、そこにはアメリカの占領は書かれているけれど、ソ連や中国、朝鮮半島にかかわる問題はなかなか見えてこない。それが、『東京セブンローズ』や『一週間』になると、戦後だけではなく戦時の問題が入り込み、アメリカやソ連という一つの国にとどまらぬ問題を入れ込んでいます。

島村さんの言葉を使えば、他者を組み込む形での問題の立て方、構想の仕方が出てきている。問題意識や主題の広がり、入れ子になり交錯していくような複雑さが、時系列においても見られることを、お二人の話を伺いながら思いました。

『組曲虐殺』、多喜二と父・修吉

小森　他者とその言葉を芝居と小説に組み込んでいくさまざまな試行錯誤の背後に、実は自分とは何者なのか、自分の存在を規定しているものは何かという問いがあり、さまざまな角度からくり返しくり返し問い直していく実践が、井上さんの中で同時に進行していたように思えますね。

今村さんは、『組曲虐殺』を書き終えた後の井上さんに長いインタビューをされたわけですけれども、そのときに今まで話されなかった事柄がいくつも出てきたそうですが、『組曲虐殺』との関係でお話しいただけますか。

今村　何よりもそれまで気づかなかったのがうかつでした。井上さんが四歳のときに亡くなったお父さんと小林多喜二が同世代だったということです。井上さんにとって小林多喜二の死は、父・井上修吉の死と同列のものとして受け止められていたんですね。井上修吉は農地解放運動にかかわり、前後三回、検挙され、最後は背中を拷問されて脊椎をやられて死んでしまう。小説も書いていて、小松滋のペンネームで投稿した「H丸傳奇《でんき》」が「サンデー毎日」の第一七回大衆文藝賞に入選するのは一九三五年、作家への道が開かれていた矢先の三九年に早逝した。

井上さんは、小説で何回も死んだ父親を生き返らせています。『一週間』の「小松修吉」、冒頭から書き直しますとおっしゃっていた『紙の家』の「長井修吉」、『下駄の上の卵』の「広沢修吉」……、まだまだ見つかるはずですが、これは、「修吉」という名前をただ借りたというのではない。井上さんは、ずっと亡き父とともに生きていた。

多喜二と井上修吉の関係に戻ると、二人は「戦旗」[*5]の読者であるばかりでない。配布もしていた。そしてまた、井上修吉も投稿者であったということを初めて知りました。それまで小林多喜二・井上修吉・井上ひさしという三者のフォーカスがうまく結ばなかったのですが、その話を聞いて、一瞬言葉をなくしました。

小森　島村さんは、井上修吉の「プリントの書き方」という文章を紹介していますね。

島村　ええ、「戦旗」の一九三〇年三月号に載ったもので、実際的なガリ版の制作方法のマニュアルです。

今村　『東京セブンローズ』の山中信介は筆耕、つまりガリを切る名人ですから、井上さんに「お父様のことじゃないですか」と訊いたのですが、それについては何も語らず、根津を舞台にしたのは、父が根津に下宿していたからだということだけしかおっしゃらなかった。

成田　先ほど、今村さんは『父と暮せば』にイエスとマリアの関係が映し出されているのではないかといわれましたが、それはそのまま『組曲虐殺』にも当てはまるのではないかと思います。『組曲虐殺』は、多喜二の周りの人たちが彼に感化され、多喜二が虐殺された後、その遺志を継ごうとする者があえて地獄の道と知りながら歩いて行くという構造になっています。

島村　三浦綾子[*6]さんは、多喜二の母「セキ」を描いた『母』という小説を書いていますが、取材中に、お母さんが、おそらくは虐殺直後の多喜二の遺体をかき抱いている写真に接して大きなショックを受け、そこから強いインスピレーションを得たようですね。あの写真などまさしく……。

小森　ピエタですね。

島村　ええ。十字架から降ろされたイエスを抱く母マリアです。『組曲虐殺』の構想を伺ったときに、井上さんが、セキと、多喜二の長年の恋人であった「田口タキ」のことは書かれているけれども、もう一人一緒にいた人のことがよくわからない。今度のものは、その人を絡めて書いてみたいとおっしゃっていた。それが多喜二の晩年のパートナーだった「伊藤ふじ子」です。

『組曲虐殺』の中には、母親のセキは直接登場せず、代わりにお姉さんの「チマ」が出てくる。それからタキ（瀧子）と伊藤ふじ子。この三人が聖書の中に出てくる何人かのマリア——イエスの母マリア、マグダラのマリア、ベタニアのマリアなど——を分けもっているような気もする。おそらくそういう意識をもって三人の女性を配置していったのではないでしょうか。

小森　小林多喜二もリベディンスキーの『一週間』を読んでいたというお話が先ほど出ました。

島村　井上さんは「一週間」というタイトルの作品をつくるという構想の中で、多喜二がリベディンスキーの『一週間』を読んだという日記の記述を読んだのだろうと思います。それは一九二六年の一一月、ちょうど田口タキが家を出て行ってしまった後の、非常に悩んでいる状態の頃で、そこで多喜二は『一週間』を読む。当時の彼は、社会主義の勉強は始めているものの、決然と社会主義に行くという気持ちはまだない。注目すべきは、『一週間』を読んだ多喜二の感想の中に、ほかならぬ「虐殺」という言葉が使われていることです。しかも「あらゆる虐殺を当然のことゝ思ってやってきた」セルョウシャという人物のことを、「一番自分達にぴったりくる性格であ」り、「(『一週間』という小説は)日本には生れない小説である」と書いている。[*7] ですから、そのタイトルをもった『一週間』と『組曲虐殺』という井上さんの二つの作品は時期的なものだけではなく、構想上も影響し合っていたのではないかと思います。

井上さんは当初、「虐殺」をテーマに構想し始めたのだと思いますが、最終的には虐殺そのもののシーンは登場せずに、虐殺に至るまでの多喜二を取り巻く人々を彼がどう感化していったかという話になっている。つまり、虐殺事件そのものを扱うのではなく、本来の意味での「知識人」あるいは「党生活者」である多喜二が、どういう人間として周りの人間に接したのかを書くことになった。それが結果的に、井上流の小林多喜二論、党生活者論となっている、というのがぼくの考えなんですね。

小森 私は『組曲虐殺』という題名を聞いたときに、そのような題名の芝居を書いて大丈夫なのか、というのが率直な思いでした。だから実際に芝居を観《み》に行くまでかなり心配だったわけです。それには三つほど理由があります。

大方の人は、小林多喜二が特高の拷問によって築地署で虐殺されたという歴史的事実を知っています。そのあまりにも重過ぎる結末を知っていながら、そうした題名をもつ芝居を観に行く人がどれだけいるのかという危惧が、まず一つ。

二つ目は、何らかの形で革命にかかわろうと思った人は、多喜二のように死ぬことを覚悟しなければいけないのか——青年期の私は、そういう覚悟ができるかどうかということに真剣に悩んだ部類の人間なのです（笑）。その意味で、築地署での多喜二の虐殺は、この国で社会運動に参加する際の集合的な記憶をつくっているところがあるからです。

そしてもう一つ、虐殺で終わるつらさを背負わなければならないストーリー設定をして、果たして人を笑わせられるのか、という懸念でした。

この三点が心配だったのですが、劇場に入った瞬間、その心配は払拭されました。最大の理由は、人間はどんな困難な中でもいかに生きるべきかを見つけ出し、生きるために他者と対話をし、人間の言葉は生きるためにこそあるということが、くり返しくり返し角度を変えて突きつけられる、そういうお芝居だったからです。人間を暴力、あるいは死へ引きずり込もうとする力を、生きることへ方向転換させる言葉に満ちた舞台でした。

今村　橋爪健に「多喜二虐殺」という実録小伝がある。井上さんは、これも参照していた。

成田　私や小森さん、島村さんのように、一九七〇年前後にプロレタリア文学に接した世代にとって、プロレタリア文学は、ある種の倫理観を強いてくる文学領域だったと思います。それに対して、仮に井上さんの作品をプロレタリア文学と名づけるとすると、強迫的な倫理観から離れて、より幅広い射程と視野の中で生き方を考えることができるのではないか。小森さんがいわれたのは、このようなことでしょうか。

小森　いや、倫理観だけの問題として私は語ったわけではありません。

成田　いかに生きるかといったとき、主義やイデオロギーに殉じなくても生きられる。つまり、生き続けることそのものの中にこそ人間の営為がある、というのが井上さんの信念だったと思うのです。先ほどの『父と暮せば』の話と重なりますが、過去の人たちの経験をどう記憶していくのかということになるのではないでしょうか。

小森 生き延びていく者が、死者たちの記憶を、ほかの生存者と共に生きていくための力に転換できるかどうかということです。

成田 そうですね。ある時期、プロレタリア作家は、同伴者作家として、運動の実践者に対し一種の引け目を感じていました。しかし、言葉を書くこともまた実践である、実践者の活動を解釈しながら伝えていくことは実践にほかならないということを、井上さんはいっていると思います。『組曲虐殺』の最後で、「山本特高刑事」が多喜二に感化されて組合運動を行うというのは、まさにそのことにかかわってくるシーンですね。

最後の「ヤーマーモートー！ このまま行くと、地獄へ行くことになるぞォー」という呼びかけがあります。地獄だけれども、そこに向かってあえて進んで行く人たちが存在したこと、そのことを考えさせる芝居として、井上さんの『組曲虐殺』はあると思うのです。

井上流年表、多喜二と太宰治

島村 今日は、井上さんが『組曲虐殺』のときにつくった年表をもってきました。これを見ると、全体の約四分の一は虐殺後の数日間の記述に費やされている。最初の基《もと》になる部分は黒インクで書かれていて、そこには多喜二の伝記的なあらましが書き出されているのですが、注目すべきは青字のところで、ここに太宰治のことがいっぱい書いてある。

太宰は東京で学生生活を送っていた下宿で自殺未遂をしたり、鎌倉で心中未遂をしたりするのですが、その下宿がまさに当時の地下共産党の中央組織のアジトだったということが書かれている。伊藤ふじ子の関係していた五反田、大崎の労働者クラブと太宰の下宿[*8]はすぐ近くでした。しかも銀座には地下共産党の別のアジトがいくつかあり、ふじ子は左翼の人たちも出入りする銀座図案社という会社に勤めていたので、そこでつながりが考えられる。

小森　文学史的には実証されてはいないことですが、太宰の転向が、もしかしたら多喜二の虐殺につながっているかも知れないということを井上さんは考えられていたのかも知れませんね。

島村　『組曲虐殺』の中に、太宰治の『津軽』の末尾の「命あらばまた他日。元気で行こう。絶望するな」というあの台詞が出てきますね。井上さんは『人間合格』という戯曲で太宰治（本名・津島修治）を扱っていますが、彼が思想を捨てたことに関して生涯もっていたであろう負い目に対して、いや、生きるということが大事なのだという形で、大きな赦《ゆる》しを与えたのではないかという気がします。

小森　津島修治と小林多喜二をかかわらせてみると、『斜陽』に出てくる「ギロチン、ギロチン、シュルシュルシュ」という言葉の意味合いを改めて考え直すことができるし、『人間合格』もまた深みを帯びてくる。

成田　たしかに『人間合格』も、太宰治が左翼運動にかかわっていた津島修治時代の話になっているし、『太鼓たたいて笛ふいて』の中の「島崎こま子」も、無産運動の活動家として登場してきます。

井上さんは、一人の人間をまるごと把握した上で、その凝縮した瞬間を切り取ってきています。年表をつくるというのは、井上さんが、そうした瞬間を発見するための重要な作法だったように思います。

小森　年表をつくる過程で、当初は脇道だったものが突然前面にせり出してくることが起こるのです。そこら辺りに井上ひさし年表に内在するドラマがあるように思います。

今村　年表を見てもわかるように、『組曲虐殺』の構想の中で、いろいろな人の名前が出てくる。江口渙《かん》、立野《たての》信之、片岡鉄兵、村山知義……。そこに出てくる人たちで、プロレタリア作家群像とでもいうものを描けるくらい、井上さんは、調べていく中で同時代のプロレタリア文学運動に精通していったわけですね。

成田　今村さんが挙げられた名前の多くは、プロレタリア文学の正史の中では脇に追いやられている人たちです。つまり、「転向」[*9]という痛みを伴っている人たちです。そういう人たちを切り捨てずに、彼らの生き方を共感的に見ていく点に、井上さんの人間観――苦悩する人間への眼差《まなざ》しが感じられます。

島村　『座談会　昭和文学史』[*10]の中でも、プロレタリア作家の多くは、今では消息不明だったり、著作権継承者がいなかったり、また略歴に「生没年月不詳」という人も多いんだという話を、井上さんがされていました。

この『組曲虐殺』を子細に見ていったときに、井上さんがかつてのプロレタリア詩人の作品を引用していることに気づきました。ふじ子が、「立野先生の劇団はいつも、幕開き寸前に、警視庁から『台詞禁止！』をくっていまして」という場面で、たとえば、として『靴底』という芝居の台詞を諳《そら》んじる。その台詞の基になっている「俺は靴底だ」という詩[*11]が実際にあるんです。新島栄治という、群馬の生まれの詩人の作品です。

新日本出版社から出ている『日本プロレタリア文学集』（全四〇巻・別巻一）の中に詩集の巻が二巻あって、その中のほんの目立たないところにある詩なんです。それを井上さんは見つけ出してきて、重要な場面で、しかも二度――多喜二が特高に踏み込まれたときにもこの詩が出てくる——使っている。

調べてみると、そういう仕掛けがまだまだ出てくるのではないかと思いますが、そうした形で、無名の人々の声も汲《く》み取って伝えていくことを試みていたのではないかという気がします。

成田　井上さんは、本当に丹念に資料に当たっていますね。しかも、対象とした人物の遺《のこ》した資料・その周辺の資料にとどまらず、たとえば小林多喜二ならば、島村さんたちが切り拓《ひら》いた新しい多喜二研究の動向にも目を配っています。そして、その上で、その人物にとっての核になる問題に接近します。再び多喜二でいえば、『党生活者』における女性問題[*12]について、当の女性たちを登場させ、彼女たちを軸にしながら、井上さん自身の解釈を提出していきます。

島村　先ほど出たように、多喜二をイエスに見立てるなら、マリアたちがただ単に犠牲になっただけではやはり具合が悪い。その問題をどう読みとっていくのか、実質はどうだったのかということを突き詰める必要があったと思います。そこで新しい研究動向も踏まえて、実際には会っていないタキとふじ子を会わせるという構想が浮かび、『組曲虐殺』の多喜二像ができてきたのではないでしょうか。

今村　さらに、チェーホフの評伝劇としてボードビル仕立てでつくられた『ロマンス』のチェーホフと『組曲虐殺』の小林多喜二とが、実はつながっているのではないかと考えています。

流刑地を訪ねるサハリンへの旅や医療活動、私財を投じてメリホヴォ[*13]に学校を建設したり、生まれ故郷のタガンローグの図書館に本を寄贈するというような、こうした社会改良家としてのチェーホフの顔は、小林多喜二の顔であり、井上ひさしの顔でもあったのではないでしょうか。また『シャンハイムーン』の魯迅の顔でもあった。

『國語元年』、日本語とは何か

小森　『組曲虐殺』の中にも日本の近代における国語、標準語の問題が出てきます。たとえば、多喜二が大阪で捕まって、その取り調べの場面で、「伏せ字ソング」という歌が歌われる。そこでは、言葉を検閲し、徹底的に弾圧していく国家と、それに抵抗する民衆の側の言葉の間で、非常に鋭いせめぎ合いが演じられているわけです。

島村さんは、七〇年代から八〇年代に入って井上さんが国家と言語、国語としての日本語の問題に強く関心を傾けていくと指摘されましたが、その辺りはどうでしょうか。

島村　『吉里吉里人』が一九八一年に出るわけですが、その中で国家の成り立ちということが問われている。国家が国民に大きな圧力をかけてきた場合、自分たちで国家をつくってそれに対抗したらどうなるのか、ということが井上さんの発想としてあったと思います。その国家は、近代になってからつくり上げられる国民国家よりもっと小さい、文化あるいは経済圏を共有するようなものとして考えられていたと思います。

ところが、一つの国家に対して、たとえ小さくとも別に国家を立ち上げて対抗するとなると、国家間の戦いになってしまう。そしてまた、吉里吉里語という国家語をつくることで、言葉を標準化していくことにもなる。現時点から振り返ると、国家に対して小国家を立ち上げてしまうという構想には、危うさと限界があったのではないかと思うわけですね。

それに対して、その後の『國語元年』などでは、そういう標準化は実は非常に危ういものなのだという方向になっていく。「国語」というものの成り立ちを考えることで、国家の成り立ちそのものを考え直すきっかけとする。近代になってつくられた「日本」とは何かという、根本的な問いについてもう一度考え直す。今でこそ国民国家批判というのはだれでもいうことですが、井上さんは、創作を通じて自前でそういう認識に至っていくわけです。

小森　私が北海道から東京へ戻って来て、日本近代文学を大学で教えることになる頃と、井上さんが「国語」の問題を正面から取り上げる時期とがちょうど重なっていました。『國語元年』には、近代の標準語がどれほど人工的につくられ、そのことがいかに地方に対して抑圧的な力をもっていたのかが、ある種グロテスクなまでの姿で刻まれています。東北地方の複数の言語が錯綜《さくそう》している北海道に東京から行き、再び戻って来ると、その実態が非常によくわかるわけです。

ちょうどその頃、歴史学や文学研究においても近代国民国家批判が意識的に行われるようになっていきます。そういう意味でいうと、世界的な意味での人文社会学の問題意識の方向と、井上さんの文学の動向が時代的に合致していたと思います。

成田　封建社会から脱却して近代社会になるわけですから、本来ならば、近代の国民国家の成立によって人々は解放されるはずなのだけれど、結果的に「国民」という新たな規範がつくられてしまったという議論が、近代国民国家批判の考え方です。近代による解放ではなく、新たな規律と規範の存在を近代の中に見出すのです。言葉にかかわっていえば、標準語・共通語を話すことが国民のメンバーシップの基準と規範になり、言葉によって中心と周縁、ヒエラルヒーがつくり上げられる点に目を向けます。そして、「方言」をいつまでも話していると、国民としての資格を得られず脱落し、二流の国民として扱われるぞ、という脅しをかけるシステムとして近代国民国家を文脈づけるのが、この研究潮流の考え方ですね。井上さんの『國語元年』は、こうした近代国民国家批判が提出した論点に鋭く迫っているし、一歩も二歩も先んじている。これは驚くべきことです。

先ほどの『組曲虐殺』でもそうですが、井上さんは歴史性を非常に重視します。つまり、人がいかに生きるかという実存性と、歴史的条件の中で枠づけられているという歴史性の両方を合わせて問題を把握していたのだと思います。同じように言葉に関しても、人間のアイデンティティにかかわるものであると同時に、言葉自身が歴史によってつくり上げられたものであり、規範となっているとします。そのことを具体的・歴史的に示したのが、『國語元年』という芝居なのですね。

最初、NHKのテレビドラマとして放映されましたが（一九八五年六月八日〜七月六日）、テレビを観たとき、日本語「方言」にテロップがつき話題となりました。さらに、テレビの視聴者に向かって、自明のものとして使っている言葉が、国家の暴力的な意志の中でつくり上げられたものだとのメッセージを送っていることを考え、井上さんの企みに仰天しました。

もう一つ、これは井上さんの巧妙なところですが、一八七四年——明治七年を舞台にしている。ところが、実際に標準語が規範化し、定着していくのは、どんなに早く見ても二〇世紀に入ってから、一九〇〇年代なんですね。

小森　日清戦争の緒戦の勝利の段階で国語学者の上田萬年《かずとし》が「人種」と、「民族」と、「言語」、そして「歴史」の一致を掲げて、「国家」にとっての「四〇〇〇万同胞の日本語」をめぐる大アジテーションをし始めます。

成田　上からの原理的な国家語・国語の必要性が論じられた後に、教育現場で標準語が普及していく。決定的になったのはさらに時間を経て、ラジオと電話が普及してからです。

ですから、明治七年というのは設定として、本来は早過ぎるのですが、しかしこれは井上さんの巧みな仕掛けなんですね。あの時代だからこそ、薩摩《さつま》（鹿児島）言葉、長州言葉、公家（京）言葉、会津言葉というさまざまな言葉がカオスのように存在するという設定が可能になった。

小森　同時にその言葉自体が、明治維新の戦争と暴力の記憶を背負っている。

成田　その通りです。言葉が政治的なものであるということを一人ひとりが生々しく実感できるというのが、明治七年という設定だったんですね。

小森　一八七三年、明治六年には明六社[*14]が結成されて、漢字二字熟語で欧米列強の概念を次々と翻訳していく。明治七年には福沢諭吉が日本で初めてスピーチ＝「演説」を行っています。だから『國語元年』の背後に福沢諭吉を置くと、多くの人に向かって通じる話し言葉の日本語を考案するということも重なってきます。そして、福沢たちの漢字二字熟語による百科全書的な造語が新聞、雑誌、書籍という活字メディアで広がってしまった現状に対して、上田萬年が嘆くわけです。戦争で中国に勝っているのに、日本の書物を開いてみると、完全に中国の漢字が侵略しているという、ナショナリスティックな演説を日清戦争のときにしています。

今村　文字表記ということで考えていくと、前島密《ひそか》の「漢字御廃止之議」というのが出てくるのが一八六六年、慶応二年ですね。

島村　明六社が出している「明六雑誌」に、まさに明治七年なのですが、西周《あまね》が「洋字ヲ以テ國語ヲ書スルノ論」を書いている。

今村　あるいは森有礼《ありのり》の「國語英語化論」（一八七三＝明治六年）という問題も出てくる。もう一つは唱歌ですね。「國語元年」は「唱歌元年」でもあり、同時に劇は音楽劇です。音楽取調掛が「小学唱歌集」全三編を編纂《へんさん》するのは一八八一年から八四年にかけてで、中心人物は伊沢修二でした。だから劇では「田中不二麿《ふじまろ》」が「小学唱歌集」をいったん反故《ほご》にしている。井上さんの劇の仕掛けは周到をきわめている。伊沢は、方言矯正を唱え実行した人です。

島村　明治七年という年は、国民的言語をどういうふうに構築するかという議論の一つの山場になっていますね。

成田　小森さんがいわれたように、日清戦争に勝利して日本が植民地をもったときに、日本語とは何かということが改めて問題化される。植民地の人々に「日本語」を教えるといったときに、どの「日本語」であるのかと。そうした流れの中で、国家語・国語の理論体系ができ上がっていきます。
その意味でも、この明治七年という時期設定が考えぬかれたものであると同時に、その時代に言葉の問題を集中的に考えようとすると、最後は「全国統一話し言葉」の作成を命じられた主人公「南郷清之輔」が精神に障害をきたすことになるという『國語元年』の結末も、やはり説得力がありますね。

今村　もう一つ重要なのは、この戯曲の中で、京言葉を話す「裏辻芝亭公民《うらつじしばていきんたみ》」という人物が国語改革を起動していく役割を担うことだと思います。公民が、全国統一話し言葉の制定を命じられた長州出身の南郷清之輔の国学教授になることで、実質的に全国統一話し言葉の制定が公家によって指導されていくという形になっている。

成田　公民は、言葉がもっている政治性を一番明確に理解している人物です。『國語元年』では、「政事の権力」と書いて「せいじのちから」と読むようルビが振られており、清之輔が「政事の権力の裏付けのない言葉は全国統一話し言葉に成り得ない」と、公民の言を受けています。
ここに登場する人物のうち何人かは、統一話し言葉の選定に当たって、自分たちのお国言葉は悪いイメージの言葉ばかりに選ばれていると反発を示している。しかし彼らは、言葉というものが政治の力によって規定されていることを理解していないわけです。今村さんが指摘されたように、唯一そのことを理解している公民に、清之輔への指南の役割が与えられている。だれにどういう役割を割り振るかが実にきちんと考えられているのですね。

今村　それから重要なのが命令の言葉ですね。「喰《ケー》い方《ガタ》、始《ファン》メ《ツ》！」といって、遠野出身の車曳《くるまび》きが飯をかっ込むわけですが、奥羽出身の人間以外、それが「食べてもいい」ということだとだれもわからない。ですから、南郷清之輔が全国統一話し言葉の必要性の例として一番初めに提示するのが、軍隊における号令なんですね。

島村　命令系統がきちんと伝わらなければ、軍隊の運営も国民の統制もできない。以降、言語の整備、教育がなされていく中での発想の根本を、井上さんは、ああいう一つのモデルの中で描き出している。

お芝居の定石だとは思いますけれども、いろいろな出自の人たちが一堂に会して、言葉同士を格闘させていくというあのやり方も見事ですね。主人公は長州出身で、薩摩出身の娘さんに婿入りして官僚になっている。家には江戸の山の手の女中さんがいる、小間使いの下町出身の人がいる、そして会津の人がやってくる、京都の公家がやってくる——いってみれば、江戸から東京に変わる近代化の始まりの時期の縮図がそこにつくり上げられている。その設定の段階で、この作品の成功がほぼ保証されている。

成田　南郷清之輔というのは、井上さんがつくり出した架空の人物ですけれども、微妙に大槻《おおつき》文彦《ふみひこ》*15と重なります。それから、近代音楽教育を創始した伊沢修二の像とも重なってくる。当時のいろいろな人々の功績や足跡を集めて人物像をつくり上げています。相当手が込んでいる芝居ですね。

今村　大槻文彦が辞書の編纂を命ぜられるのはその翌年、明治八年だったと思いますから、ほとんど重なってくる。

成田　おもしろいのは、『國語元年』のテレビ放映後、その脚本がシリーズ「日本語の世界」の一冊である『日本語を生きる』の巻に収められたことです。「日本語の世界」は、日本語学者の大野晋《すすむ》さんと丸谷才一さんが編集に当たった叢書《そうしょ》ですが、多く学者たちの論文により構成されています。このとき、井上さんは、論文としてではなく、ドラマをつくり「日本語を生きる」という主題への応答としている。そこにも、井上さん独特の批評的な企みが見えます。

『日本人のへそ』、こまつ座以前

今村　戯曲版『國語元年』はその後、「こまつ座」の機関誌「ｔｈｅ座」（第五号、一九八六年一月）にも掲載されます。
こまつ座ができるのは、一九八三年の一月ですが、こまつ座をスタートさせることによって、それまでの井上演劇の形が大きく舵《かじ》を切り換えられていきます。
小森　こまつ座のための舵の切り換えとはどのようなものだったのか。具体的にお聞かせいただけますか。
今村　たとえば教科書的な学者先生のシェイクスピアについての高説を解体してみせたのが『天保《てんぽう》十二年のシェイクスピア』です。井上さんは芝居においては、一に趣向、二も趣向、そして思想も趣向のうちといっていた。その趣向で、リア王の家督相続はたちまち侠客《きょうかく》の跡目相続になってしまう。シェイクスピアの全芝居と『天保水滸伝』を融合させてしまった。聖なるものはすなわち俗なるものであるというバフチンのカーニバル論に通じている。『藪原検校《やぶはらけんぎょう》』『日の浦姫物語』『雨』などもそれです。またこまつ座以前の井上さんの芝居は、一通りでは語れない実験的で複雑な仕掛けを次々とつくり出した。『しみじみ日本・乃木大将』という作品では、人格ではなく「馬格」、馬の前足と後足によって乃木大将の生涯が演じられる。あるいは『小林一茶』では、寸劇仕立ての劇中劇の構造をもっている。つまり、仕掛けをどこまでも探究していくというところに重点が置かれていたのですが、それを、こまつ座のために「平明な前衛」へとシフトしていったということです。

小森　こまつ座での芝居のあり方は、ある意味でいうと、数千年来、演劇というジャンルが築き上げてきたさまざまな知恵を取り込みながら、非常に入り組んだ、幾重にも折り重なった井上ひさし独自のどんでん返しを仕掛けていくという、「平明な前衛」へ転換していくわけですね。

そうすると、それ以前の『日本人のへそ』から出発した井上ひさしの戯曲の魅力は何だったのかということを、改めて考えてみたいと思うのですが。

今村　日本の核心、へそを描いた作品として『日本人のへそ』は非常に大事な作品だと思います。あの作品の中心になっているのは浅草ですが、「地方」と「中央」の問題が、岩手県の山奥に生まれた少女が「ヘレン天津」というストリッパーに栄達していくプロセスに対応している。しかも第一幕はストライキ、労働者の蜂起によって終わっていて、このことは先ほどのプロレタリア文学とも関係している。それから作品の設定が吃音矯正学院《きつおんきようせい》、つまり言葉の矯正から始まっていることも重要です。まさに日本語の問題と切り離すことができない主題が、この作品の中に詰まっているわけですね。もっといえば、暗闇の中から聞こえ始める発声練習の声はまさに「初めに言葉ありき」「言葉に命ありき」、そして日本の経済的繁栄の歪み、中央と地方の格差拡大など、井上さんの作品のすべての要素がこの作品に詰まっている。『日本人のへそ』の主題は井上ひさしのすべてを尽くしている、そういってもいいかも知れません。

小森　この芝居は、最初、一九六九年二月にテアトル・エコーが上演しました。舞台の初めに「教授」が出てきて、吃音になってしまった人たちを紹介するのですが、その全員が「六八年問題」で傷を負っているわけですね。

第二次世界大戦後の体制に対して、世界的な規模で異議申し立てが行われた一九六八年という、最近でも注目された年の世界と日本社会の根本的な問題を切り取り、同時にあのときの日本がどういう状況だったのかが巧みに描かれている。今から読んでも歴史的な資料としての重みのある認識が示されているのだと、今村さんのお話を聞きながら改めて思いました。

成田　登場人物の沖縄の女性、国鉄職員、防衛庁汚職事件に関係した会社員……いずれも六八年の状況とは無縁ではない存在です。

小森　ストリッパーのヘレンを通して、言葉と性の問題が密接に結びつけられてもいる。この時期に性をめぐる言説を前面に押し出していたことも評価しておかなければいけません。

成田　ただ、そこは、もう少し考えなければならない文脈もあろうと思います。先ほど今村さんが、『日本人のへそ』はこまつ座以前の出発点であり、こまつ座までの井上戯曲が凝縮されているといわれ、なるほどと思ったのですが、六八、九年の頃は、新劇批判が盛んな時期でもありました。戦前以来の歴史をもつ「俳優座」や「民藝《みんげい》」、あるいは「文学座」という大手の新劇劇団に対し、寺山修司の「天井桟敷《さじき》」、唐十郎の「状況劇場」、佐藤信《まこと》らの「68／71黒色テント」（現・黒テント）、鈴木忠志《ただし》の「早稲田小劇場」（現・SCOT）などを第一世代とする小劇場運動——アンダーグラウンド（アングラ）とよばれる批判的な運動が盛んでした。そういう状況に、井上さんも参入していったということになるのだと思います。

小森さんがいわれたセクシャルなものや言葉（吃音）などをもち込み、新劇のもつ正当性——一歩間違うと権威主義や硬直性に転じるものに対する異議申し立てという、井上さんの戦略的な介入があったと思うのです。

仮にこのようにいうことができるならば、その小劇場運動——「アングラ」に対して井上さんはどう向き合おうとしていたのか。今村さんにぜひお伺いしたいと思います。この緊張関係を解明することもまた、『日本人のへそ』という作品、そして井上さんの芝居の出発点を考えていく上での一つのポイントになると思うのですが。

今村　井上さんが自分の方法を発見し、かつ作劇の方法としていちばん大事にしたのは、やはり評伝劇だと思います。井上さんの芝居は、最初から評伝劇の構造をもっていて、『表裏《おもてうら》源内蛙合戦《かえるがっせん》』『道元の冒険』はもとより、その構造はどの作品にも部分的に含まれている。

評伝劇というのは、演劇のありとあらゆる領域を錬磨、精錬してつくり上げられるものです。そこには歴史も伝記も宗教も、あるいは思想も組み込まれる。そこに劇という言葉をつければ、思想劇であり歴史劇であり家族劇であり、つまりありとあらゆる構造が評伝劇の中に組み込まれている。そうした独自の評伝劇を発明したのがほかならぬ井上ひさしなんですね。しかも、そのうしろには、豊かな物語がある。

一方アングラには、ドラマ、劇を解体するところから出発したところがある。劇の構造を解体して俳優を中心に据える。ですから、アングラの劇作家たちは、盛んに俳優の肉体論などを提唱したのですが、その一方で物語が置き去りにされてしまったことは否めない。井上さんにとって小説と劇とは不可分ですから、アングラが顧みなかった語り＝物語の回復を、そこで行おうとしたのだと思います。

そこで関連するのが、井上戯曲はなぜ音楽劇だったのかということです。井上さんの演劇と音楽の関係について解説できるのが、新国立劇場の開場記念公演として上演された『紙屋町さくらホテル』ではないかと思います。国家が市民をパトロンとしてつくった現代演劇を上演するための常設劇場で、最初に上演されたのが、『紙屋町さくらホテル』という音楽劇だった。

井上さんは、この劇をもって西洋近代劇の日本への移入の一つの帰結であるという答えを出したのだと思います。

坪内逍遥《しょうよう》が「科白劇《せりふげき》」(「純劇」ともいっている)の伝統をもたないわが国の長所は楽劇にある、だから「楽劇としての國劇」の発展こそ、日本の新しい劇であり「演劇、就中音楽劇が所謂当来の娯楽の最上代表者」なのだとも説いていた(『新楽劇論』一九〇四年)。ここからは私見ですが、はしょって言えばその逍遥の見果てぬ夢「新劇」の大衆化を島村抱月(「芸術座」)が、とりわけ『復活』などの劇中歌で継承した。そうした文脈の中で、築地小劇場出身の丸山定夫を宝塚出身の園井恵子と広島で出会わせることにこそ、この劇の主題があったわけです。広島は小山内薫《おさないかおる》の生まれ故郷であり、そこまでの「新劇」の発展と八月六日の広島の消滅とが重なってくるということです。いうまでもなく、そこに戦争責任、戦後責任問題もあった。井上さんの「最上代表者」こそ『紙屋町さくらホテル』なのです。

浅草、恵比寿、そして新宿

今村　井上さんの戯曲を考える上で、もう一つ大事な主題は、浅草だと思います。それまでの「新劇」には生きた言葉がない、あの生き生きとした言葉を劇場に取り返そうじゃないかというのが、井上ひさしの浅草体験の大元にある。

「新劇の甲子園」たる紀伊國屋《きのくにや》ホールで、初めて大入り記録をつくったのが井上さんの『珍訳聖書』なんです（初演、一九七三年三〜四月）。『珍訳聖書』という作品で、テアトル・エコーが恵比寿の芝居小屋から新宿の紀伊國屋ホールに進出し、そこで新劇の甲子園が井上ひさしを認知したことになる。

『珍訳聖書』という作品には、今、成田さんや小森さんがおっしゃったようなさまざまな出来事、事例が吹き寄せられています。金嬉老《キムヒロ》が静岡県の寸又《すまた》峡の旅館に人質を取って立てこもったのが六八年、七一年と翌七二年にはあいついで連合赤軍の集団リンチ事件とあさま山荘事件が、七二年にはグアムで横井庄一が発見されて帰国し、その二年後に小野田寛郎《ひろお》がルバング島で投降する。そういう出来事があった時期に『珍訳聖書』はつくられています。さらに歴史をさかのぼって満洲の関東軍の防疫給水部隊、細菌兵器、軍用犬といったものまでも出てくる。

浅草ドッグ座のストリッパー犬が登場するところから劇は始まるわけですね。そしてストリッパー犬のスターである「マリア犬櫛」というプードル犬が踊っている最中に突然ひっくり返る。マリアは狂犬病と診断されて、病院に隔離される。そのマリアと関係のあったオスは狂犬病に罹《かか》っているおそれがあるということで、芋づる式に狂犬病ウィルスの感染経路をたどっていくと、戦争中に日本犬軍の軍医犬が、抗日運動を防ぐために「朝鮮犬」に狂犬病ウィルスを注射していたという話まで飛び出してくる。ところが、犬の芝居が実は元陸軍一等兵の復讐《ふくしゅう》劇《げき》で、またこの復讐劇も浅草ラック座の特別ショーの中の劇中劇……という非常に複雑な仕掛けになっている。劇中劇がさらにもう一つの劇の中に組み込まれているのですが、それは単に劇構造をひっくり返すことに趣向があるのではなく、この劇をつくったのは一体だれだという、作者の問題にまで行き着くわけですね。ドッグ（DOG）をひっくり返したらゴッド（GOD）であり、最後に、この劇をつくった「男」は殺されてしまう。つまり「男」は浅草から放り出されてしまった井上ひさしなのかもしれない。ここには、井上さんがなぜ浅草から離れていったのかという私戯曲的構造まで含んでいる。『日本人のへそ』は、劇中劇そのものがすべて吃音矯正劇でした。劇の最後の最後にようやくそのことがわかるのと同じ構造なのです。

「犬丸戊孝《もりたか》」、「犬江信乃《しの》」などという犬の名前からは、すぐに『南総里見八犬伝』が思い出されます。「唐犬権太郎」、「犬川若尾」という犬名もある。よく知られた名前も借りています。

成田　浅草の現代化と崩壊、井上さんのそこからの決別ということになるのでしょうか。先ほどの第一世代の小劇場運動の多くは、最初から浅草を問題にせず、たとえば唐十郎は新宿を、寺山修司は渋谷を活動の舞台としています。そして、唐でいえば、新宿のテントを拠点に、劇場および新劇のもつ劇構造に挑戦し、それを解体しようとするのですが、井上さんは、むしろ新劇以来の伝統と浅草の大衆演劇の要素とを併せもつような形で『日本人のへそ』をつくっています。その『日本人のへそ』の方向性を突き詰めていくときには、どのようなドラマトゥルギーが出てくるのでしょうか。

島村　作者というものがすべてを統括しているような近代戯曲とその上演という形では収まりきらないものを、浅草という現場で日々目にしていたことが大きかったのではないかと思います。

これはいろいろなところで書かれていますが、井上さんが浅草にいた時期には、渥美《あつみ》清をはじめとして、その後テレビに進出していく浅草出身の喜劇役者たちが数多くいた。そこでの座つき作者というのは、最初の企画を置くだけで、後はもう舞台の上でどんどん即興劇がくり広げられていく。アングラだ何だというよりもはるか以前から、役者同士のいわば命を懸けた食い合いが目の前で行われている、その牽引力《けんいんりょく》ですよね。

浅草のストリップ劇場の幕間のコントが、客を沸かせていく様子を目の当《ま》たりにしていた井上さんにとって、メジャーな演劇に進出していくとき、頭の中には浅草の即興性と新劇のもっているストーリー性をどういうふうにつなげていくかということがあった。そこにさまざまな仕掛けを凝らさなければならない苦悩も、実験的なおもしろさもあったのではないかと思います。

もう一つは、その間にあったテレビというものへのかかわりです。これはまた驚くべきことですが、その当時のテレビを担っていた人たちはみな極めて若かったんですね。『ひょっこりひょうたん島』[*16]が四十数年前にテレビで始まったときに声優を務めていた人たち――熊倉一雄さん、若山弦蔵《げんぞう》さん、中山千夏さんなど――は、みなさん今でも元気で活躍している（註：熊倉一雄さんは二〇一五年一〇月一二日に逝去）。そう考えてみると、当時のテレビの現場がどれほど井上さんにとって刺激的であったのかということも思い浮かぶし、それらの若い力が結集して『ひょうたん島』という番組がつくられていった。

『ひょっこりひょうたん島』のオリジナルシリーズ第一回放映が一九六四年四月六日でしょう。ぼくは一九五七年生まれなので、この日は小学校の入学式当日だったのです。当時幼稚園にも保育園にも行かずにいたぼくとしては、初めて「小学校」という社会生活に入る、緊張の一日だったわけです。その入学式が終わって、夕方、予告されていた新作人形劇の始まりをテレビの前で楽しみにしていた。そこに流れてきたのがあの有名なテーマソングだったんですね。タイトルバックの、久里洋二さんのアニメーションも鮮明に覚えています。思えばこれがぼくの井上作品との最初の出会いでした。
小学生当時親しんだ番組の筆頭がこの『ひょっこりひょうたん島』。『日本人のへそ』が上演される六九年に『ひょうたん島』は終了しますが、一年間を挟んで七〇年から三年間放映された『ネコジャラ市の11人』にも、井上さんが脚本に参加している。これが中学校時代にぴったり重なります。この番組が終わる七三年には『珍訳聖書』が上演されています。井上さんとしては、テレビの仕事と、浅草を舞台にした作品とが並行してくるんですね。こちらはまだ小中学生ですから、こういった舞台を当時目にしてはいません。それにしても、『ひょうたん島』の作者と、後に親しく仕事をご一緒させていただけるようになるとは、その頃思ってもみませんでしたね。

『燔祭《はんさい》』、原点としての浅草

今村　井上さんは、島村さんのお話にも出てきたように、学生時代に浅草のストリップ劇場「フランス座」で文芸部員として仕事をしていたわけですが、そこで裏方組合をつくろうとする。

小森　そのときの顚末を書いたのが、今村さんが今日もってこられた『燔祭』[*17]という小説ですね。

今村　はい。主人公は孤児で文芸部員兼進行係の「わたし」。あるストリッパーが病気で病院に運ばれるのですけれども、そこで彼女には健康保険がないことがわかる。「健康保険もなし、退職金もなし、失業保険もなし」という待遇を変えるために組合結成の話がもち上がる……。『燔祭』にはそこまでの経緯が書かれていますが、その後井上さんは、組合づくりが露見してクビになる。やくざに路地裏に連れ込まれて殴られ蹴られ、半死半生の目にあって浅草を追われる。もちろん井上さんは、そのまま『燔祭』の「わたし」ではありません。

井上さんが生まれたのは山形県の小松町《こまつまち》（現・川西町《かわにしまち》）ですが、一五歳のときに仙台の児童養護施設に入れられる。そういう意味でいえば、井上さんは、山形と浅草という二つの故郷に捨てられたといえるかも知れない。浅草から離れて以降の井上さんは、いわばハイマートロス（故郷喪失）の物語を生きることになった。それが井上さんがユートピア物語を書き続けるという終生の主題になっていった、ということになるのではないでしょうか。

成田　『燔祭』という小説が書かれたのは一九五九年から六〇年にかけてですが、今村さんがおもちのコピーを読ませていただいて、ここに井上ひさしの原型がすでにあり、それが後年拡大していくことがはっきりうかがえると思いました。

すでにお二人が指摘されていますが、一つは、浅草における芸人への関心です。井上さんは何よりも、芸人たちの芸に対する執念に着目している。もう一つは、ストライキと組合運動。『燔祭』の主人公は、労働者の権利を守るために組合づくりを始めるのだけれど、それに参加する中で、経営者とやくざの結合という暴力の構造に直面します。この上に、右翼、さらに政治家がいるとなれば、『日本人のへそ』の世界となっていきますね。

小森　労働者の権利を抑圧する側には強烈な暴力が宿っているわけですね。

成田　はい。そして、もう一つ注目すべきは、『燔祭』の主人公が、文芸部員兼進行係としてストリップ劇場の「内部」に属してはいるけれども、踊り子たちに対しては「外部」に位置しているということ。ストリップ劇場は、当然ながら彼女たちが主軸であり、主人公は、内部と外部の境界にいる立場として設定されています。こうした点から、この『燔祭』には井上さんの浅草体験の原型が描かれているとともに、題材にとどまらない小説作法も、うかがうことができると思いました。

小森　今、成田さんが触れた『日本人のへそ』に内在する陰湿な暴力も含めて、『珍訳聖書』の最後の場面で、「男」の口からこう明言されている。

「浅草の小屋は、昔のように、『エロ』と『笑い』と『ぶちかまし』、この三つを奪回しなくちゃならない。（中略）東映やくざ映画はなぜあれほど流行《はや》ったか？　まず、学生とインテリに受けたからです。彼等がファンになったからです。日活ロマンポルノだって同じですよ」——この辺りの戦後日本社会の大衆文化の状況の押さえ方というのは非常に的確だし、鋭い。さらに、現在に至る団塊の世代の未来までをも見通している。ここには、この時期の井上さんの研ぎ澄まされた文化的な感受性が表れていると思います。

井上さんは新劇にもアングラにも属さずに、「井上劇」ともいうべきものをつくり始めたのだと、今村さんはいわれました。その過程は『日本人のへそ』から『珍訳聖書』に至る戯曲をたどることで見えてくるのですが、一方、小説の側からは、『ブンとフン』の「あとがき」に、その時期に何が起こっていたのかが書かれています。

今村　『ブンとフン』は、六九年の夏から秋にかけて書いて、最初七〇年に朝日ソノラマから出ています。その後『手鎖心中』で直木賞を受賞したので、新しく版を変えて七二年に出る。その「あとがき」ですね。

小森　井上さんはこう書いています。「あの頃はまだいわゆる過激派の学生たちが健在、というより、ようやく誕生しかけていたぐらいの時であり、テレビはコント55号の天下だった。公害論争もそう派手には喋々《ちょうちょう》されてはいず、佐藤首相の周辺には、引退の『い』の字の気配もなく、彼は団栗《どんぐり》まなこを炯炯《けいけい》と光らせて、天下を睥睨《へいげい》していた。私たちの日々の生活を規する常識が果して永久不変のものなのかどうかを疑わせるような、米中会談も大文士たちの連続自殺も文明への疑惑も連合赤軍《れんごうせきぐん》事件もニセ医事件もグァムの日本兵生残り事件も、むろんまだ起ってはいなかった」。

六八年から七二年にかけて起きたこれら一連の事件が、日本の社会構造を大きく変えてしまったことへの非常に鋭く強い思いが込められている文章だと思います。私は七二年に大学に入学していますから、この時期はちょうど高校時代から大学に入る時期に当たっていて、日本の社会において決定的に何かが変わっていくことを実感しました。そういう時代状況の激変の中で井上ひさしの芝居の世界の根本が確立されていったわけですね。

今村　井上ひさしにとって、やはり浅草が日本なんですね。『イサムよりよろしく』は浅草を舞台にした短編集ですが、表題作の主人公「イサム」は、その後に書かれた戯曲『浅草キヨシ伝――強いばかりが男じゃないといつか教えてくれたひと』の「キヨシ」をモデルにしている。『珍訳聖書』には「犬村清」の犬名で登場する。『浅草キヨシ伝』の第一場は浅草寺《せんそうじ》縁起で、先史時代から始まって現在に至るまでの浅草の歴史がずっと語られていく。そしてそれが日本国縁起にも読むことができるような構造になっている。

『浅草キヨシ伝』が大事なのは、この作品には川端康成、永井荷風、高村光太郎、高見順といった作家たちの名前が次々と登場することです。しかも、それぞれの観客がもっている永井荷風像や高村光太郎像を次々と裏切るような形で登場してくる。芝居の合間合間に出典係という人物が登場して、このシーンは何々の作品から引用しましたといちいち説明をする。そうやっていろいろな文章を寄せ集めていくと、通常イメージされるのとはまったく別な人物ができ上がってくる。たとえば、荷風全集に出てくる荷風の言葉を引用する。荷風とキヨシと出典係がカツ丼を食べる、そこに「今上天皇裕仁《ひろひと》」も「御臨席」しての「天皇の台詞」も「公式の場においてのご発言のみによって構成されている」と出典係の断る「ご発言」がある。というシーンがこの芝居のエピローグになっている。

それは既存の伝記に対する異議申し立てでもあって、この劇にコラージュされた言葉の引用は、やがてこまつ座仕様の「平明な前衛」という形での評伝劇をつくり上げていくそのきっかけになっていったのだと思います。

島村　具体的な事実に裏付けされたものを組み合わせていきながら、しかしそこに絶対にあり得ない状況をつくり出し、しかもリアリティをもたせていくという方法は、『組曲虐殺』にも使われていますね。現実には出会ったことがないタキとふじ子を会わせて、多喜二の前で話をさせるとか。そういうやり方で、現実にはなかったことが、現実以上に真実を伝えていく。そうした方法は『組曲虐殺』に至るまで一貫している。それが、今村さんのおっしゃる、既存の伝記に対する異議申し立てということなのではないかと思います。

小森　異議申し立てであると同時に、現実の歴史にはなかった「ｉｆ＝もし」をきちっと芝居の中に入れておいて、その「もし」のリアリティをつくり出すということでもある。

今村　さらにさまざまな出来事、断片、スケッチから全体を俯瞰《ふかん》するジェイムズ・ジョイス説くところの「エピファニー」という言葉を使っていますが、まさに神の顕現ですね。一見取るに足らない、ささいな行動やどうでもいいような細々としたものの累積から、物事の本質が抽出されていく。そういう表現の自在さですね。

同時代作家との呼応関係

成田　今村さんの指摘と重なるのですが、「戦後歴史学」[*18]の考え方では、歴史は法則によって動くという理解です。ところが一九六八年から七〇年前後にかけて、そうした歴史観が揺らいできました。歴史は法則に従うばかりではなく、偶然性や偶発性によって変わる瞬間があるのではないかという認識が出されます。そのことは、歴史にｉｆをもち込むことを許容する姿勢に連なるのですね。それまでｉｆは絶対のタブーだったけれど、ｉｆによって歴史がより豊かに解釈されるのではないかとの考え方が現れました。

背景には、先ほど小森さんがいわれた六八年から七二年の間に起きた、決定的に大きな何かがあります。それまで営々と築き、目標としてきた近代に対する信頼が失われていく事態のはじまりといってもよいと思います。評伝を書くならば正伝でなければならないとか、事実は事実として書きとめなければならないとか、そうした考え方に対する疑義が出されました。井上さんは、戦後を大切にしてきた方だと思いますが、この七〇年前後の変わり目を敏感に受け止めているということだと思います。たとえば『ブンとフン』では、今までの抵抗のやり方とは違うとして、全学連（全日本学生自治会総連合）の直接行動に、井上さんは共感的ですね。

いまひとつ、井上さんは、七二年に『手鎖心中』で直木賞を受賞しますが、この作品は、「慰みもの」に命を懸ける物書きとしての井上さんの決意を語っていると思います。ここでは、駄じゃれとくすぐりをもっぱらとする十返舎一九、勧善懲悪を物語にしていく曲亭馬琴、そして浮世を活写する式亭三馬という三人を並べて、物書きの型を提示していますが、何のことはない、井上さん自身がこの三つの型を兼ねているんですね。七〇年前後の時期に、物書きとしての井上さんの決意と、その方向性を示している作品です。それが、『日本人のへそ』から

『珍訳聖書』までの戯曲の動きと重なっているのですね。

島村　七〇年前後の時代の変動ということでいえば、たとえば七三年に、大江健三郎さんが『洪水はわが魂に及び』を書き下ろしで書いている。

井上ひさしは大江健三郎を意識し、大江健三郎も井上ひさしを大いに意識している。一つだけ例を挙げるとすれば、たとえば井上さんの「四十一番の少年」は、雨の降る小屋の中で、子どもを殺すところが物語のクライマックスになっていますが、その少し前に主人公の少年と誘拐された子どもが丸木舟で川を下っていくというシーンが出てくる。大江さんの『水死』には、嵐による大水の中、短艇で船出する父親の姿や、やはり雨の中の殺人のシーンが描かれている。二つの小説は設定も背景もまったく共通点がないように見えますが、その世界の感触には響き合うものがあると思います。そういう微妙な響き合いを、井上さんも大江さんも十分に自覚して仕事をされてきた、あるいはされていると思います。

小森　井上さんが亡くなられた後のことですけど、井上さんの最初の創作ノートがご遺族から大江さんのところに送られています。そこには大江健三郎の戯曲についての批評が書かれていました。

成田　『動物倉庫』ですね。「図書」（二〇一一年二月号）で大江さんがそのことを書いています。

大江さんが著した一幕劇『動物倉庫』を、批評したものだそうです。井上さんと大江さん、そして筒井康隆さんの三人で、「ユートピア探し　物語探し」（季刊「へるめす」一九八四年一二月）という鼎談《ていだん》をやっています。この三人は、『同時代ゲーム』（大江、七九年）、『吉里吉里人』（井上、八一年）、『虚航船団』（筒井、八四年）という、いずれもユートピア、あるいは共同体の冒険をテーマとした大作をほぼ同時期に書き上げています。鼎談で、三者三様の関心と方法が、読書歴をも含めて明らかになっていくのですが、その重なりとずれが、互いを意識するバネともなっていきます。とても示唆深い鼎談です。

島村　現代作家の中でも特に好きで、新作が出るたびに熱中して読んでいた三人の作家たちが一堂に会して語ったこの鼎談が出たときには、無上の喜びを感じました。当時大学院に在籍中だったのですが、自分が将来にわたって文学とかかわっていく方向性に自信を与えてくれた、とても大きな影響を受けた鼎談で、ぼくにとっても忘れられないものです。

今村　今おっしゃったのとは別の三人の組み合わせも、井上さんには大きかったと思います。それは、六〇年代半ば辺りから文壇に次々と登場する五木寛之、野坂昭如《あきゆき》、井上ひさしの三人です。この三人は非常に太いラインでつながっているんですね。後に、『筑摩現代文学大系』にはその三人が一つの巻（92巻）に収められています。先の大江、筒井、井上とはまた違った形で、お互いに批評し合いながら新しい物語をつくっていった。

時期や方向性は違いますが、この二つの三人の組み合わせを考えると、いわゆる純文学の解体と井上ひさしの登場は、重なっている。同時代を映す鏡は違う。しかし五木さんがそうであるように野坂さん、井上さんもともに「民衆のイマジネーションの巨大なうねりを闇の中に感ずる者」なのです。そうした五木寛之の論点を考える上で、五木の講演集『日本幻論』をあげておきたいと思います。

『吉里吉里人』、ユートピア小説が対峙したもの

小森　そういう大きな転換点をもたらしたともいえる『吉里吉里人』を現在の時点で改めて位置づけてみたいと思います。

先ほど成田さんがおっしゃったように、七九年から八〇年代前半にかけて大江健三郎、井上ひさし、筒井康隆が「ユートピア性」をもった小説を書くに至ったのですが、ここには一九七九年問題とでもいうべき、一連の世界の動きが影響していると思います。

まず、それまでの東西冷戦構造の中に、イラン革命という形で、イスラム国家の問題が大きく浮上してきた。そして、それと連動するかのように中国とベトナムが戦争を始め、かつて一

九世紀には世界を支配していた植民地帝国であるイギリスが新自由主義の路線に入り、アメリカも日本もそれに追随していく。さらに七九年末にはソ連がアフガニスタンへ侵攻し、社会主義に対する幻想が崩れていく。そういう意味で一九七九年という年は、冷戦構造全体が転換していく節目の年であったと思います。

もう一つには、ジョージ・オーウェルが一九四九年に書いた『一九八四年』というディストピア小説の舞台の年が、現実にもうすぐやってくるということもあって、あえて「ユートピア小説」に作家たちが挑んだというところもあるかと思います。

そうした時代と文学状況から『吉里吉里人』という長編小説を見直してみたいと思います。

島村　大国による世界の分割支配に対抗するには大国そのものを覆すしかないという発想は、二〇世紀初めのロシア革命以来ずっと続いてきた一つの幻想であって、その幻想が終焉《しゅうえん》を告げたということだと思います。少し先を読んでいた作家たちは、それならば、大国に対してどういう対抗軸を出せばいいのかを考え、そこから小さな共同体を国家とする権力を考えたのではないか。そうした思考実験から生まれたのが、『同時代ゲーム』であり、『吉里吉里人』であったような気がする。

先ほどの国語・日本語の問題のときにもいいましたが、現在から見ると、あの時期に出た作品には、先駆性と同時に、時代的な制約を免れない部分も少なくなかったといえると思います。その後「国民国家」についての理論が深められていく中で、国家なり民族なり、あるいは「民族文化」といったものが、どういう過程を経て、どういう構造のものにつくり上げられていったのかが明らかになってきました。今では「国民国家」が「幻想の共同体」である、という認識は広く行きわたっているといっていいでしょう。そうなると「国家に対して国家を対峙させる」という方法が、ある意味で壮大な「無駄」であることにも気がついてくる。

実際、井上さんは八〇年代から九〇年代にかけてシフトを変えて、歴史を、こうもあったかも知れないという形に、身近なところの人そのものから書き換えていくようになった。

小森　それが評伝劇ですね。この同時代の世界の動き方に照準を合わせた形で『吉里吉里人』という大長編小説が書かれるのですが、問題意識そのものは、実ははるか以前にあったということがわかってきました。日本が先進国の一つの象徴であるオリンピックを開催する年、つまり、戦後日本の立ち直りを世界に誇ろうという六四年に、井上ひさしは『吉里吉里人』の原型となるラジオ劇の放送台本『ツキアイきれない』を書いていました。[*19] このことをどう考えるか。この台本を発掘された今村さん、いかがでしょうか。

今村　はい。このラジオドラマを演出した小山正樹さんのところに奇跡的に生原稿が残されていました。この作品がＮＨＫ第二から放送されるのは、小森さんがおっしゃったように一九六四年一〇月三日。東京オリンピック開催のちょうど一週間前の夜の九時から九時半までの三〇分番組です。

この中にモンテビデオ条約というのが出てきます。一九三三年にウルグアイのモンテビデオで締結された条約で、アメリカとラテンアメリカ諸国の間で交わされた国の権利、義務に関する条約ですが、ここに国家が成立するための要件が書かれています。一、国籍を付与された永住的な住民がいること。二、領域をもっていること。三、領域内において、実効的に支配しうる政府が存在すること。四、対外的事項を処理しうる外交能力があること――つまり、この四つの条件が満たされていれば、国際法上国家として見なされるということですね。

井上さんがこの条約の存在を知るのは一九五〇年で、『ツキアイきれない』のさらに前史がある。それが『わが町の独立』というタイトルの戯曲で、大学ノート三冊にびっしり書き込まれたものがあったということなのですが、現在のところまだ見つかっていない（笑）。

『わが町の独立』というタイトルですぐに思い出したのは、ソーントン・ワイルダーの戯曲『わが町』（一九三八年）です。グローヴァーズ・コーナーズというニューハンプシャーの小さな町で生まれた人々が、恋をし、結婚をして、やがて死んでいく。その町の移り変わりを俯瞰するような形で死者の目で見る、その町へのいとおしさが、『わが町』という作品の主題になっている。それとわが町の「独立」という発想が結びついていた。

『ツキアイきれない』のおよその筋は次のようなものです。吉里吉里村に対して国が町村合併を強要してきます。それに対して、村は日本国からの分離独立を企てる。村に棲息《せいそく》する特殊なローヤルゼリーをつくるクモを買いつけにやってきた製薬会社の男がその騒動に巻き込まれるのですが、男は村の人たちの考えに同調していき、吉里吉里弁を話すようになる。日本国は吉里吉里の村人を強制収容し、「定内市」との合併を力ずくで行使しようとする。しかし、最後に村人たちはクモの糸で難を逃れて天上に上がっていくというところで終わる。住家《すみか》を追われた市民がドゥオーモ広場から箒《ほうき》に乗って次々と空を飛んでいくヴィットリオ・デ・シーカ監督の『ミラノの奇蹟《きせき》』（一九五二年）というファンタジー仕立ての映画を思わせる。

税金が要らない、仕事はある、出稼ぎに行かなくてもいい、そういう国を吉里吉里村につくるということでいえば、『日本人のへそ』へと発展していく作品としても読めますが、この『ツキアイきれない』というファンタジーは、『吉里吉里人』を論じる上では欠かせない。『吉里吉里人』は最初、雑誌「終末から」で連載が始まって（一九七三年六月）、九号まで続いたところで雑誌が廃刊になる（七四年一〇月）。井上さんは、七六年にオーストラリア国立大学から客員教授として招聘《しょうへい》されて渡豪することになっていたので、その前に完成させようと思っていたのだけれどかなわず、結局、帰国後の七八年から改めて「小説新潮」に連載して、八一年に刊行される。

成田　なるほど『吉里吉里人』は、一九五〇年に最初の原型があって、六四年にラジオドラマになり、そして八一年に単行本として完成するという経緯があるのですね。この時期は、いずれも国民国家の節目に当たっていることが、目を引きます。一九五〇年は、翌年の講和――日本の独立を控えて、ソ連なども含む全面講和か、あるいはそれらの国を除く片面講和かという議論が盛んになされる。六四年はオリンピックで、世界各国へ向けて日本という国民国家のお披露目が行われました。

島村　六四年は、六〇年安保を経て、五五年体制が公認されたことを世界に示すという役割の年でもあった。

小森　同時に、日米安保体制そのものがベトナム戦争に組み込まれていく。そういう時期でもありました。

成田　翌六五年には日韓基本条約が結ばれ、植民地問題に対して強引にけりをつけています。そして、日中国交回復を経ながら七九年に冷戦構造が変化していく中で、新たな共同性、国民的な共同性のつくり方が模索されます。そうした節目節目の時期に、井上さんがこの『吉里吉里人』という作品を投げかけているということになりますが、これは決して偶然ではないでしょう。

八一年の『吉里吉里人』の刊行は、それゆえに、文学の世界にとどまらない社会現象を引き起こしています。実際に吉里吉里国や、それに類似する名称を名乗る共同体があちこちで旗揚げされました。また論壇でも、『吉里吉里人』を素材に国家論が論じられる。たとえば、「経済セミナー」(一九八二年三月号)では、「吉里吉里国の経済政策」(西川俊作)、「『吉里吉里人』の国家論・法律論」(中川剛)など、経済学、法律学の立場からの論文が掲載され、「朝日ジャーナル」(一九八二年一一月一九日号)でも政治学者の石田雄《たけし》さんが国家論として『吉里吉里人』を論じています。

ですから、刊行された当時は、単なる物語ではなく、あるリアリティをもったものとして受け止められ、実際その観点から議論が提出されています。他方、井上さんの方も、吉里吉里国が国家として成立するためには、どのような法的、経済的、社会的な手続きが必要であるか、すさまじいまでの調査を行い、緻密な構成と文章で書き込んでいきます。

今村さんの指摘では、その出発は、井上さんがモンテビデオ条約を知ったことにあったということでした。同時に、国家として制度を整えるためには、公用語や共通言語、共通貨幣が必要であり、それに伴う社会的な基盤が求められます。当然、吉里吉里国の人たちには「吉里吉里人」としてのアイデンティティが必要であり、そのアイデンティティをもった人たちの物語となっています。

ところが、島村さんもいわれたように、国民国家あるいは「国民的アイデンティティ」自体の評価が、『吉里吉里人』が刊行された一九八一年から、二一世紀初頭の現在までの間に転換しています。つまり、かつての国家の社会的な基盤であった「国民的アイデンティティ」こそが、今や新たな規範・規律として自らを縛ったり、あるいは他国を抑圧する根拠になっているという認識です。こうした転換の中で、現在では『吉里吉里人』は、刊行当時と同じ読み方はできないだろうと思います。

それに加えて、ユートピアは、果たして本当にユートピアとしてあり続けられるのかという疑問も生じてきます。この問い自体は、これまでもくり返しあったわけですが、ことに近年では、九五年のオウム真理教をめぐる出来事が一つの転換点となります。オウム真理教という組織をめぐる顛末によって、ユートピアを希求する組織集団が、自他を圧殺する攻撃集団に簡単に転じてしまうことに気づかされたわけで、ユートピアに対して、そう単純な期待ができなくなってきています。

新たな読みの可能性

成田　そうしたことを踏まえながら、改めて『吉里吉里人』を読み直したのですが、最初に読んだときと今とでは、たしかに自分自身の関心のありどころが変わってきました。一九八一年にこの大著が出たとき、夢中になって読みましたが、そのときはいかに吉里吉里国が独立をするかに力点を置き、そこをおもしろく読みました。しかし、今回は、それがどのような対抗関係の中で、いかなる過程で崩壊をしていったかに注意が向きました。いまひとつは、暴力の存在です。国家ができ上がるときには、吉里吉里国といえども暴力を用い、それに対して日本国もありとあらゆる暴力をもって対抗することが、きちんと書き込まれていることに改めて気づきました。

加えて、吉里吉里国の崩壊が、その暴力的対抗の結果であろうかということも、論点となると思いました。暴力に敗れたことよりも、むしろ吉里吉里国が切り札としてもっていたものが、現在果たして通用するのかということです。吉里吉里国の切り札は、一つには医学立国です。独立するための政治的切り札として、吉里吉里国は高度な医学テクノロジーを準備しています。

臓器移植あるいは脳移植という技術によって、財政的のみならず、対外的にも要人を引き寄せ、吉里吉里国の国家的な基盤をつくろうとしている。しかし、二〇一〇年の現代になってみると、実際に臓器売買が行われており、三〇年前には理想として描かれたものが、今ではとてもグロテスクな構造として映ってしまう……。

島村　iPS細胞なども資本主義経済の中にしっかりと組み込まれていて、医薬品とか高度医療技術が極めて資本主義的な独占の構図になっている。

成田　現在では、吉里吉里国の切り札である医療テクノロジーを、資本主義国家、あるいは多国籍企業が独占し、貧しい国の少年少女たちの臓器を買うという構造となってしまっています。

あるいは、吉里吉里国は金融立国もその切り札としますが、これも同様で、現代の多国籍企業は、それ自体一つの独立した金融ネットワークをつくっています。

島村　しかも、信用を無限に増殖させるような形をとることによってコントロールしていくというように、現実の方が吉里吉里国より先行してしまっている。

成田　その信用の格付け自体も自分たちでやっているから、お手盛りにほかならないですね。

小森　二〇〇八年のリーマン・ショックによってそうした構造はいったん崩壊したように見えたけれど、構図自体は現在も変わらないどころか、むしろ促進されている気がします。

そうしたこと全体を、井上ひさしはすでに朝鮮戦争が勃発する一九五〇年に気づいて、以後、歴史の推移の中で同じ問題をくり返し考え続けてきた。ここに来て、現実がようやく井上ひさしの一貫した問題意識を後押ししていることにもなっています。それを今、私たちは見定めなければいけないということですね。

成田　その通りですね。現在の世界体制、あるいは日本の体制を考えるときの論点が、『吉里吉里人』という作品の中に、すでに列挙されていたと思います。

今村　『吉里吉里人』でもう一つ大事なのが、性のユートピア。「女紅場《おんなこーば》」というのが出てきますね。女が欲しい男と男が欲しい女とが相互扶助的に慰め合う場所で、そこへ行けばだれでも自由に交歓できるという。「吉里吉里国立中学校附属大学」といったように、大学は中学校によって支えられていて少年少女や老人とニセ医者が活躍し、病人や弱者が「愚人会議」（国会）を開く。既存のモデルがすべて裏返しになっている。

成田　別のいい方をすると、戦後とは何かを真剣に考え続けてきたから、国民と国家の関係のあり方こそが戦後の要だということを、井上さんはよく見据えることが可能であったと思います。戦後は、よりよき国民国家をつくろうという営みが主潮流であったのですね。そういう意味でも、『吉里吉里人』という作品は、戦後日本との思想的格闘の結果出されてきた大作であるだろうと思います。

今村　『吉里吉里人』の冒頭は、語り手である「記録係《わたし》」が、この吉里吉里国の独立騒ぎを「いったいどこから書き始めたらよいのかと、（中略）だいぶ迷い、かなり頭を痛め、ない智恵をずいぶん絞った」というところから始まっていますね。そして、どの時代から始めてもいいという前提が置かれている。

小森　その迷いに迷っている「記録係《わたし》」は、実は「キリキリ善兵衛」という幽霊というか魂なのですね。

今村　地の霊ですね。

成田　そこがこの小説の最大のポイントだろうと今回、改めて思いました。つまり記述をする人間にかかわる設定ですね。

小森　「記録係《わたし》」としての初代キリキリ善兵衛に始まって、以後何人ものキリキリ善兵衛が、権力に対して刃向かって殺されている。

今村　このキリキリ善兵衛のモデルと思われる人が歴史上、何人かいる。その一人が、米沢藩士で信夫《しのぶ》・伊達《だて》郡の福島郡代を務め、治水工事をやった古川善兵衛です。そのほかにも、実際に吉里吉里という地名がある岩手県上閉伊《かみへい》にも、古川善兵衛に通じる善兵衛がいたという。岩手県議会議員、山田町長を務め、芥川賞候補作家にもなった佐藤善一には『吉里吉里善兵衛』がある。

小森　作品の最後に、「このキリキリ善兵衛はこれまで三百年も待ったのだ」とありますね。刊行された一九八一年から単純に三〇〇引くと一六八一年。ヨーロッパでは、カトリックとプロテスタントの三十年戦争に終止符が打たれ（一六四八年）、ウエストファリア体制ができて以降ですから、世界史的にもつじつまが合っています。

成田　そこは重要です。先ほど、国民国家体制への批判が一般化する今日では、『吉里吉里人』の読み方は難しいと、したり顔でいいましたが、連載の始まったのが一九七三年という時点だったから、吉里吉里国はミニ国家になった――国家的独立を志向しただけの話であって、長い歴史の過程でいえば、別の形態があり得るという設定になっているわけですね。タイトルが、『吉里吉里国』ではなく、『吉里吉里人』とされていることの意味に、改めて思いが至ります。

今村　吉里吉里の音は「キリスト」に通じている。だから吉里吉里というのはキリストの国であり、吉里吉里国民は神の国の民という発想もそのうしろにある。

島村　それでマリアが登場してくる。

今村　はい。日本の陸上自衛隊員に語りかける最高裁判所長官の「ゴンタザエモン沼袋」は、白いシーツを肩にかけていて、イエス・キリストになぞらえられている。だから隊員たちも、沼袋老人の話を、あたかもイエスの山上の垂訓のように熱心に聞き、なかには亡命を希望するものも出てくるわけですね。さらにいえば、沼袋老人の周りに集まる人たちを十二使徒と見なすこともできる。この作品には、そういう構図もある。青森には、キリストの墓まである（笑）。

成田　つまり、千年王国的なユートピア物語でもあるわけですね。吉里吉里人が目指しているものは、単なる国家独立でもなければ、一過性の革命でもない。時代に制約されながら、しかし絶えずユートピアを求め続けている人々の営みのうち、この一九七三年の出来事に焦点を当てて描いたとき、それが吉里吉里国の独立物語となった——そのことが、キリキリ善兵衛が記述者であることの意味だろうと思います。そう読んでいくと、『吉里吉里人』という小説は、予想以上にはるかに大きな文脈の中に開かれた小説として構想されていることがわかってきます。

島村　それをさらに一〇〇〇年というスパンで考えたものとして、『ボローニャ紀行』（二〇〇八年）があるような気がします。ここには、国家に縛られない形での共同性の可能性が、ボローニャという自治都市を一つのモデルとして書かれている。エッセイとして書かれていますが、これがまたすばらしい作品になっています。

小森　実際、ミレニアム（千年王国）の年を挟んだ一九九〇年代から二〇〇〇年代にかけての中南米革命の中で起きたことは、五〇〇年前のコロンブス以降の、ヨーロッパのキリスト教国による、植民地支配と奴隷貿易の歴史の落とし前をつけようというところがあるわけです。その要には「解放の神学」などの白人による植民地支配や、資本主義的抑圧に抵抗する宗教運動がありました。実際井上さんは、八七年六月号から八九年一一月号まで、『グロウブ号の冒険』というカリブ海の奴隷の子孫の住む島を舞台にした未完の「ユートピア小説」を、雑誌「世界」に断続的に連載されていました。

そうしたことを考えてみても、井上さんが構想していた世界像と現実世界とは、非常に緊張した結び合いの中に常に置かれていたという感じがします。

今村　井上さんは、それを小説、戯曲、批評、詩といったあらゆる表現を通じてつくり続けていった多面体のすぐれた世界の作家です。

成田　井上さんの文学は、文字通り「戦後文学」といっていいかと思いますけれど、同時に、「戦後後」という状況にも対応し、そこでの問題を見渡していたと思います。この観点からするとき、井上さんの営みを、改めて世界文学の潮流の中に位置づけることができるし、その観点から井上さんの作品を読み直すことができると思います。井上ひさしとは、戦後日本と格闘することによって、世界に通じていった、そういう作家だろうと、改めて思いました。
小森　今日の話で、井上さんがこれまでたどってきた道筋がその転換点も含めてだいぶ明確になったのと同時に、新たな可能性も見えてきたと思います。

（二〇一一年二月五日、集英社にて）

註

＊1　『敗北を抱きしめて』。ジョン・ダワー（John W. Dower）。一九三八年生まれ。アメリカの歴史学者）の著書。原題 Embracing Defeat（一九九九年）。邦訳は二〇〇一年（三浦陽一・高杉忠明・田代泰子訳、岩波書店。増補版、〇四年）。同書は、ピュリッツァー賞、バンクロフト賞、全米図書賞（ノンフィクション部門）、第一回大佛《おさらぎ》次郎論壇賞特別賞を受賞。

＊2　石光真清（いしみつ・まきよ。一八六八〜一九四二）。陸軍士官学校卒業後、日清戦争に従軍。戦後の一八九九年、ウラジオストクに渡りシベリア・満洲で諜報活動を行う。著書に『城下の人』『曠野《こうや》の花』ほかがある。

＊3　石原吉郎（いしはら・よしろう。一九一五〜七七）。詩人。ハルビンの満洲電信電話調査局に

配属中敗戦を迎え、アルマ・アタ（現・アルマトイ）のラーゲリに収容される。五三年、帰国。ラーゲリでの過酷な体験を記した『望郷と海』（七二年）は、抑留体験を描いた文学作品として高い評価を得ている。主な著作に、詩集『サンチョ・パンサの帰郷』『水準原点』、評論集『海を流れる河』『断念の海から』ほかがある。

＊4　ロシアのプロレタリア作家ユリー・リベディンスキー（一八九八～一九五九）の小説。邦訳は、村山知義の表紙絵／池谷信三郎訳で、一九二六年改造社刊。二九年に改造文庫に収録。

＊5　全日本無産者芸術連盟（ナップ）の機関誌として、一九二八年五月に創刊。度重なる発禁処分を受けるが、定期購読者への直接頒布などで発行を続ける。三一年一二月廃刊。

＊6　三浦綾子（みうら・あやこ。一九二二～九九）。小説家。著書に『氷点』『天北《てんぽく》原野』など。

＊7　一九二六年一一月二三日の小林多喜二の日記。「二十日に勝見しげるから借りてきたユリイ・リベディンスキー作『一週間』を、その晩一杯と次の朝迄に読みあげてしまった」とある（『小林多喜二全集　第七巻』新日本出版社、一九八三年）。

＊8　一九三〇年一一月、腰越の心中事件。その後一二月に下大崎の津島家の番頭・北芳《ほう》四《し》郎《ろう》方に寄宿、小山初代と仮祝言。三一年二月、初代と大崎町五反田へ転居。

＊9　一九二八年の三・一五事件、二九年の四・一六事件での共産党員の全国一斉検挙により、日本共産党（二二年創設）は壊滅的な打撃を受けた。厳しい弾圧下に置かれた党員やシンパらの中に共産主義・社会主義からの離脱を図る者が出てきた。ことに、三三年六月、共産党幹部の佐野学と鍋山貞親《さだちか》の転向声明「共同被告同志に告ぐる書」を機に、大量の転向者が出た。

＊10　井上ひさし・小森陽一編著『座談会　昭和文学史』全六巻（集英社、二〇〇三〜〇四年）。

＊11　新島栄治（にいじま・えいじ。一八八九〜一九七九）は群馬県生まれ。小学校中退。「俺は靴底だ／虐げられた靴底だ　靴底だ／凡ての無産者は靴底だ　靴底だ／そして此の靴底は／巧妙な職師の手に成った靴底だ　靴底だ／法律という糸で縫い合せられた　靴底だ／道徳というもので　釘つけられてある靴底だ　靴底だ／迚も丈夫な靴底だ（後略）」（『日本プロレタリア文学集・38』新日本出版社、一九八七年）

＊12　文芸評論家の平野謙（一九〇七〜七八）は、小林多喜二の『党生活者』に登場する「笠原」という女性の扱い方には「手段をえらばぬ人間蔑視が（中略）運動の名において平然と肯定されてゐる」（『新潮』一九四六年一〇月号）と批判している。一方井上ひさしは、「小林多喜二には、革命とはこの田口タキという人を幸せにすることだという信念があったと思うんです」と語っている（『座談会　昭和文学史』〈第一巻〉第4章「プロレタリア文学――弾圧下の文学者たち」集英社、二〇〇三年）。

＊13　サハリン島から戻ったチェーホフは一八九二年、モスクワ郊外のメリホヴォ村に居を移し、『かもめ』などを執筆した。

＊14　明六社。明治六年（一八七三年）、アメリカから帰朝した森有礼を社長として結成された啓蒙団体。同人に、津田真道《まみち》、西周、中村正直、加藤弘之など。

＊15　大槻文彦（おおつき・ふみひこ。一八四七〜一九二八）。仙台藩出身の国語学者。国語辞書『言海』（一八九一年）を編纂、後に増訂版『大言海』（全五巻、一九三二〜三七年）を刊行。

＊16　NHK総合テレビで放映された人形劇（一九六四年四月〜六九年四月）。原作＝井上ひさし・山元護久《もりひさ》／アニメーション＝久里洋二／人形＝ひとみ座／音楽＝宇野誠一郎。オリジナルの台本を書籍化した『ひょっこりひょうたん島』（ちくま文庫、全一三巻）がある。

＊17　聖パウロ女子修道会発行の雑誌「あけぼの」に、本名の井上廈《ひさし》名義で、一九五九年八月号〜六〇年五月号（六〇年三月号は休載）まで全九回連載。

＊18　戦後歴史学。敗戦後の歴史学研究が最初に着手したのは、戦前・戦中の「皇国史観」の清算だった。そのため、天皇を中心とする支配者からの歴史ではなく被支配者たる人民の視点から歴史を描くこと、そして「科学性」を伴った実証的な研究に徹することの二点を主眼にし、唯物史観に基づく社会経済史をベースとした。その代表的な著作として、遠山茂樹、今井清一、藤原彰共著の『昭和史』（岩波新書、一九五五年）がある。

＊19　「ラジオ小劇場　仮題　ツキアイきれない〈検討稿〉作　井上ひさし、演出　小山正樹」という表紙が付いている。原稿はすべて手書き。四〇〇字詰め原稿用紙四八枚。「SE　急停車する機関車　蒸気をはく機関車〈車内〉――なんだべぁ？／へんなとまり方をしましたね（あくび）……」と始まる。

第二章

〝夢三部作〟から読みとく戦後の日本

――大江健三郎

大江健三郎

大江健三郎（おおえ・けんざぶろう）
作家。一九三五年、愛媛県生まれ。東京大学文学部仏文科卒業。在学中に「奇妙な仕事」で注目され、一九五八年「飼育」で芥川《あくたがわ》賞を受賞。一九九四年ノーベル文学賞受賞。主な作品に『個人的な体験』『万延元年のフットボール』『洪水はわが魂に及び』『懐かしい年への手紙』『燃えあがる緑の木（三部作）』『水死』『晩年様式集　イン・レイト・スタイル』などがある。

東京裁判をどうとらえるか――『夢の裂け目』

小森　今日は井上ひさしさんの〝夢三部作〟としての、『夢の裂け目』（二〇〇一年初演、於：新国立劇場）、『夢の泪《なみだ》』（〇三年同）、『夢の痂《かさぶた》』（〇六年同）を中心に、井上さんが、東京裁判[*1]あるいは日本の敗戦というものをどう受けとめようとしたのか、討論していきたいと思います。

成田　井上さんは〝夢三部作〟に先だって、一九八〇年代後半に〝昭和庶民伝三部作〟、『きらめく星座――昭和オデオン堂物語』（八五年九月）、『闇に咲く花――愛敬稲荷神社物語《あいきょういなり》』（八七年一〇月）、『雪やこんこん――湯の花劇場物語』（八七年一一月）を発表、上演しています。そして二一世紀という時代に入ったところで、この〝夢三部作〟で新たな歴史認識を提示したと考えることができると思います。

〝夢三部作〟の最初の作品である『夢の裂け目』の中で、井上さんは、人間が「学問」を発明した理由とは、「世界の骨組みや枠組み」を見つけ出すこと、そして、その見つけ出したものを「次の時代」に残すことだと言っています。この「学問」の考え方が『夢の裂け目』を貫く糸となっていると思います。

大江さんは、今回の討議に当たって事前にレジュメを書いてくださいましたが、その中で指摘されているように、この作品に出てくる紙芝居屋は、子どもたちを相手にする町の教育者——民間教育者という側面があり、先ほどの次の時代に残すという学問の役割とも重なる存在であるわけです。『夢の裂け目』では、紙芝居屋の「田中留吉《とめきち》」が東京裁判の法廷で証言するということが、芝居の重要な核になっています。

大江　どういう原理的な問題をつき出すか、熟考された上で、それを担わせる人物像が、この男以外にありえないという姿かたちで、たちまち動き始める。しかもかれにつき合わせられる人物像がまた、独特です。もう一つの核をなす「成田耕吉」。かれの歴史観には、特別な重みがあります。かれは「(東京裁判の法廷において) いつもなら闇から闇へ葬られていたこの国の秘密がすっかり明るみに引き出されることになった。これはすごいことです」と、わかりやすく言う。情報が民衆に公開されることの、いかに大事か。そして、その言葉は芝居の進み方の中でかれ自身の身にもしみてくる。その成田耕吉に対してあくまでも普通の庶民でいながら、過去に対しても、現在のとらえ方にしても、実に確実な目を持つ紙芝居屋の親方・田中留吉がしっかり立ち合っている。

成田　成田耕吉は現在は闇屋をやっていますが、もともとは国際法学者ですね。田中留吉が紙芝居で「世界の骨組み枠組み」を説明していくのに対して、成田耕吉は、それを法によって説明していく。庶民の感覚と知識人の理を対比しながら、「世界の骨組み枠組み」の二つの説明の仕方、および次世代に残す二つのタイプの教育者を設定して物語をつくり上げていきます。

ここで興味深いのは、田中留吉も成田耕吉も、共に過去から現在、すなわち敗戦をはさむ前後で変化していることで、芝居が進むにつれ、さらに未来に向けても変化します。そうした二人の立場が動的に描かれるという仕掛けがされています。

田中留吉は二転します。まず紙芝居工作隊として軍国主義を鼓舞するような紙芝居をやることで戦時協力をしていた。それが敗戦後、今度は東京裁判でGHQ側の証人として協力をしている。つまり、権力に妥協したり、協力したりしながら時勢に対応していく人物として描かれています。しかし、GHQに協力していく中で、田中留吉は、実はこの裁判は「テンノーと日本人に戦争責任をとらせないための日米合作」だという東京裁判の仕組みに気づいてしまう。これが三つ目の段階ですね。

一方の成田耕吉も二転しています。彼は一貫して戦争責任の問題を追及するのですが、最初の段階では、軍部と政府の戦争責任を挙げて、「フツーの男たちには責任の取りようがない」と言います。なぜなら、戦時中は自由に候補者を選ぶことができなかったからだ、と。ただし「理論的にはそうなります。しかし……」と少し余韻を残しながら、口ごもるところあたりで

第一幕が終わっていく。

第二幕になると、成田耕吉は「フッー人」の戦争責任を問うかたちで登場します。これに対し、田中留吉が「フッー人」として反発するわけですが、それを受けて耕吉は転じて、今度は東京裁判の利点を述べるようになります。自己の議論を修正する。つまり、二人の主要な人物を対比的に取り出し、庶民の生活的な考えと知識人の理の世界とが議論し合うことで、各々の立場が影響を受け変わっていくという構造になっています。

ここで明らかになるのは、「日米合作」という東京裁判の骨組みにおいて、天皇制は置き去りにされ、天皇の戦争責任が不問にされるという仕組みです。同時に、「フッー人」の戦争責任がどういうものであるかが動態的に探られる。それも決して一面的ではなく、二人を軸としつつ、さらにさまざまな登場人物によって、「フッー人」の戦争責任が、相互関係的、螺旋《らせん》的、動態的に描かれていく芝居であると思います。

ところで、「日米合作」というと、日本の戦後体制が日米合作によってつくられたことを明らかにした、ジョン・ダワーさんの『敗北を抱きしめて』を思い起こします。ダワーさんの原著が刊行されたのは一九九九年、日本語訳が出たのが、『夢の裂け目』の上演と同じ二〇〇一年ですから、期せずして、同時期に井上さんとダワーさんが同じ認識を示されたわけです。ダワーさんがとらえたのと同じ戦後の構造を、井上さんは東京裁判の中から抽出しており、井上さんの歴史認識の鋭さを感じました。

小森　私も、『敗北を抱きしめて』の日本語訳が出たまさにそのときに、このお芝居が上演されていたことに衝撃を感じました。私自身、『敗北を抱きしめて』を読んだことで、天皇の戦争責任を、二一世紀の現実において改めて考えざるを得なくなり、『天皇の玉音放送』（朝日新聞出版、二〇〇八年）という本を書き始めるわけですが、そういう問題意識に先行するかたちで、井上さんのこのお芝居がありました。

敗戦から東京裁判という流れの中で、戦後日本社会をとらえ直すところに、この作品の重要性があったと思いますが、大江さん、いかがでしょう。

大江　その井上さんの現代史への向かい方が、いかにもかれらしく一貫しています。現代史の前に裸のまま立つ、そして丸ごと全体を引き受けようとする。井上さんの骨格の大きさ、立ち姿の潔さが見事です。

テレビ・ドラマを例に引くと明らかですが、それらではたいてい中産階級の家庭の人々を登場させる。そして、一つの興味深い事件を軸に、その事件にかかわった家庭の人々の強さと弱さ、魅力や欠点を描きながら、視聴者を引き込む家庭劇に仕込んでいく。そのドラマが展開していく中で、ある時代の一側面が照らし出され、我々にその人物たちと時代を共有したという気持ちをあじわわせる。確かにこんな時代に生きているんだ、と……。

作者はまず最初に「時代」という大きな全体に直面する、というかたちでドラマを構想しているわけではない。ところが井上さんは、何よりもまず最初に、自分が描こうとする時代の全体をとらえてやろうと企てる。そして、その時代についていろいろなキーワードとなる言葉をすくいあげていく。『夢の裂け目』でいえば、たとえば「学問」です。それをキーワードとして時代の中の東京裁判をとらえようとする。

成田　井上さんの芝居は、家庭の物語から出発し、家族の物語のように見えます。しかし、観《み》る側が家族にとどまらず、思わずその時代に向き合ってしまう、歴史の中に参加してしまうという大きな仕掛けがありますね。

ここで思うのは、否応なく歴史に参加させられてしまう庶民たちにとって、成田耕吉という人物が補助線の役割を果たしているのではないかということです。彼は、庶民に対して、あなた方がやっているのはこういう意味だよと説明してみせる。しかし、それはあくまで知識人の理による説明だから、当然庶民たちの反発を受ける。それを受けてまた、耕吉が別の仕方で説明をする。そうやって反発しながらもお互いが問題を深めていく。そういう仕組みになっているように思います。

小森　家族の中だけであれば、いままで積み重ねてきた家族関係の中での権力関係があり、「まあまあ、この辺りでおさめておこうか」というふうになっていたはずのことが、外部から成田耕吉のような人物が参入してくることで、そこに討論的、論争的な言語空間がつくられ、問題が深まり、変化していく。そうした役割を、家族の外部の人物が果たすということですね。

大江　成田耕吉は曲者《くせもの》で、かれは自分を囲む事柄の中の大切な勘どころ、つなぎ目といったものを誰より確実につかんでいる。それも一つではなく、どうも多面的に幾つもつかんでいるらしい。その上で、中の一つを提示して、みんなを納得させてしまいます。

先に挙げた、情報を人々に公開することがいかに大切な意味を持つのかを説明する場合でも、戦争中と、劇中の現在時を比較しながら、それぞれの時代にあって、ひとつひとつの情報がどういうプラス、マイナスをもたらしてきたかを述べていく。この水際立った語りは誰かに似ているなと思っているうち、気がついて、夕食をしながら家内に言ってみたら、反対を受けました。彼女の大切な人物を引き合いに出したので（笑）。

小森　そのやりとりについてはぜひ伺いたいですね。

大江　「ぼくが現実世界で会った人では、成田という人物は加藤周一[*2]じゃないかな」と言ったんです。家内は、「加藤周一さんがどうして闇屋の境遇になじめますか」と（笑）。

言い換えると、成田耕吉は加藤周一の明晰《めいせき》さの側に属する人です。その表現の仕方に似ているところがある。「学問ソング」という歌が出てきます。「学問　それはなにか／人間のすることを／おもてだけ見ないで／骨組み　さがすこと」という歌。

この歌のさらにいいところは、二番です。「人間　それはなにか／その骨組みを／研《みが》き　研いて／次のひとに渡すこと」。こう歌って、成田耕吉にとっての、文化をいかに伝承するかというモデルがはっきり提示されます。

芝居で最終的に成田耕吉をもう一度学問の世界に戻らせてあるのは嬉《うれ》しいことでした。いまの大学文学部に、テキストの表面だけを過度に尊重するのじゃなく、骨組みを探すことこそ学問と、古風なことを考えて、それを実践する若い人たちはいるのでしょうか。それも具体的に、こまごまと。

小森　いや、成田耕吉のような全体的な骨組みを見出《みいだ》すことは、総合的な関係性の中で現実の全体像を把握するということですから、なかなか容易には為《な》し得ない業《わざ》だと思います。

大江　二〇一一年三月一一日の東日本大震災以降、原発問題についてたくさんの方が本を書かれていて、ぼくも手に入るかぎりを読んでいますが、成田耕吉みたいなタイプだと発見したのは、中尾ハジメさんという方でした。中尾さんの『原子力の腹の中で』という本は、事故から二ヶ月経《た》った五月二二日に、山田慶兒《けいじ》さん、加藤典洋《のりひろ》さんといった独特な学風の人たちを聞き手として、福島第一原子力発電所の事故以後、どう生きていくべきかを、一一時間にわたって中尾さんが話してゆかれた記録です。

ぼくは初めてこの本を読んだとき、そうか、五月末のこの日にこういう議論があったのかと確認できて、本当に感心しました。それからまた一ヶ月ほどして読みかえすと、時間によってぼくなどにも見えてくる幾つかの不備な点に気づきもしました。しかし、まさにあの時点において、このような考え方を友人たちに向けて丸ごと出し、自前の考え方と調査で解決してゆく人、その上での自分の判断を確実に表現する人がどんなに貴重な存在かということをぼくは思いました。

少し話が飛躍すると思われるかもしれませんが、井上さんはそういう表現をしうる人物として成田耕吉を創造されているのじゃないでしょうか。

小森　成田耕吉がなぜ闇屋になったかというと、学内新聞に軍部批判と見られることを書いて大学を馘《くび》になってしまったからです。その後肺尖《はいせん》カタル（肺結核）になって、医者から栄養をとらないと治らないと言われ、食料事情が厳しい中、本やレコードを売ったお金で食料を手に入れているうちに、闇屋に詳しくなった。つまり自分がそれまで持っていた文化財としての本やレコードを、食べ物に換えなければならないという状況の中で、彼は戦中戦後の厳しい状況を生き抜いていく。

それまで安定していると思われていたシステムや、その国家システムの上に成り立っていた階級や階層が全部崩れていく戦中から戦後を経験したことで、そうした枠組みを信じていた自分の知のあり方全体を批判的に総括し、改変しなくてはならなくなった。それが彼独特の「骨組み・枠組み論」に至らせるという設定になっています。

成田 知識、あるいは知識を得るための道具が生活の場に流出・転化していく体験によって、耕吉自身の語り方も変わってきているのではないでしょうか。たとえば田中留吉に対して話すときの言葉です。「世界の骨組み枠組み」の説明の語り方が工夫され、さらに留吉ら庶民が考えている問題を引き受けるがゆえに反芻《はんすう》をし、自らの思考を点検しているようにも見えます。彼の語り口自体に、何かそうした相互関係が出ているように思います。

一方、紙芝居屋の田中留吉は、丸山眞男《まさお》[*3]さんが言うところの「中間層の第一類型」[*4]という社会層であるということができます。つまり、町の工場主や商店主、あるいは下級官吏、僧侶・神主といった「擬似インテリゲンチャ」「亜インテリゲンチャ」階級です。彼らこそが、地域の担い手として戦時体制にどっぷりと浸《つ》かり、ファシズムの進展に積極的にかかわってきた存在であるというのが、丸山さんのファシズム分析でした。

田中留吉も、紙芝居屋の親方としていろいろな人の上に立ち、弟子たちには留吉の人生観と社会観が投影され、子どもたちに対しても紙芝居を介した民間教師の役割を担っている。まさに戦時体制をそのまま生きた人です。井上さんは、そうした社会層の典型としての留吉を登場させ、〝戦中―戦後〟を描き出そうとしたのだと思います。

大江　田中留吉は戦中のかれも、戦後のいまも、裁判で役割を果たした後の未来も含めて、その姿勢が一貫しているところに、ぼくは感心しています。

戦争中、かれは軍の手先として、子どもらや日本の支配を受けている国の人たちに向けて軍国紙芝居を演じる機能を果たした。極東国際軍事裁判法廷の検事側証人として、しかも法廷で紙芝居を実演する人間として採用されると軍部あるいは戦争に対する批評を率直に述べる。それも戦争責任は東条（英機）と軍部のみにあるのではなく、時代風潮に踊った一般民衆にもある、と。その批評は、アメリカ側からは便利に使いうるもので、この裁判によって戦後体制の大もとがつくられることになる。

田中留吉の一貫性は、戦後に至るとアメリカの体制にスッポリ取り込まれうるものなのだけれども、天皇の戦争責任を問わないという方向づけにもなっていく。それは、思想的に重みを持った創作家ならではのものと思います。井上さんは、こうした仕組み、仕掛けで、ついには戦後という時代の主題を丸ごと表現してしまう。この芝居は、一筋縄でいかない井上ひさしの全体を表しているとも思います。

成田　先ほど名前の出た加藤周一さんは、戦争中に何をやったかということの意味は、戦後に何をするかということによって問われ検証されるという主旨のことを言っています(「戦争と知識人」『近代日本思想史講座　4』、筑摩書房、一九五九年)。戦争に反対であるとき、実際には傍観せざるを得なかったが、反対に力点があったか、傍観していただけだったかは、戦後の動きで明らかになると述べました。

その観点からすると、この田中留吉は、戦争中に協力したことを、戦後の証言を経て自ら批判をしています。そして、そこで権力の構造を発見もしました。ここには、戦後、改めて時代と向き合ったとき、戦中―戦後をどのように考察するか、井上さんの意味づけの仕方と道筋が示されていると思いました。

大江　留吉と同じように、戦争中に踊った人間にも責任があると指摘した人として、伊丹《いたみ》万作[*5]がいます。万作は立派な思想家ですが、そう指摘しながらも、それで議論を起こそうとはしなかった。かれは病気で、一人寝ながら、手紙を書くように考えていた人でした。

ところが、この田中留吉は、その問題を堂々とみんなの前で話す。紙芝居の方法で！　かれを描く井上芝居では、そこに巧みな転換を導き込む。時代風潮に踊った民衆にも責任があるから、天皇の責任は問わなくていいということになる。そして天皇の責任を問わないまま、アメリカが方向づける戦後の支配体制が出来上がる。この根本的な転換をなし遂げさせる仕方で、その極東国際軍事裁判法廷における役割を終えるわけです。

役割を終えた後、かれは魅力ある紙芝居の親方として再び日常生活に戻る。そして裁判を通じて知り合った国際検事局の女性通訳「川口ミドリ」と結婚するらしい。この結末は、実に見事です。幸せな未来の道筋を思わせるハッピーエンドになっている。こうした芝居の終わり方というものは、ぼくは芝居を書かない人間だけれど、実に及びがたいと思いますね。

成田　「未来の道筋」ということについて、もう少し伺わせていただけますか。

大江　ぼくが未来の道筋といってもね、ここに我々日本人の進むべき未来があるという意味ではありません。一方でぼくは、裁判所で役割を果たし終えた田中留吉は、抜け殻のようになって一種の暗澹《あんたん》たる気分に陥るのではないかと考えていたのです。ところが、ミドリと結婚して、何かまた新しい方向の仕事をやっていくらしい。いい、悪いにかかわらず、かれには、その未来が示されているという点に、ぼくは感心したのです。
ところで、井上さんは、この『夢の裂け目』という芝居において、天皇制をどう考えているのでしょうか。井上さんの天皇観には多面性があるというか、どうも一様なものとして片づけることはできない天皇制の側面を、この三部作で提出しているのではないかというのが、ぼくの仮説です。

成田　『夢の裂け目』について、最後に一つ補足させてください。
井上さんは、佐木秋夫[*6]という実在の人物を想定しながら、田中留吉を造型しています。佐木秋夫は宗教学者として著名ですが、戦争中は日本教育紙芝居協会に所属し、戦後、東京裁判の中で実際に紙芝居を上演してみせ、評判となりました。井上さんは、この出来事を素材とされています。このとき佐木秋夫が法廷で上演した紙芝居「戦争してゐるのだ」は教育紙芝居で、田中留吉が行う街頭紙芝居とは違います。こうした工夫を施した上で、田中留吉という人物をつくり出しており、考え抜かれた芝居のつくり方になっています。

周縁部から見た敗戦——『夢の泪』

小森　では、次に『夢の泪』に移りたいと思います。

『夢の泪』について、三部作上演時に成田さんと私が井上さんにインタビューしたとき、「(女性弁護人、日系移民の子ども、傷痍《しょうい》軍人、在日朝鮮人といった)周縁部から東京裁判を照らしてみようという意図があるように思ったのですが」という成田さんの質問に対して、井上さんは、「おっしゃる通りです。大問題の前に、周縁部の人間や市井の普通人を立たせると、一気に喜劇の要素が立ち上がる。(中略)喜劇を志す人間としては、下のほうから主人公を捕まえて行くしかないですね、普通の人たちが戦争中みたいに悪ノリして、また、壊れてしまうというのは、喜劇の方法のひとつです」と答えています(『戦後日本スタディーズ① 40・50年代』紀伊國屋《きのくにや》書店、二〇〇九年)。

大江 おっしゃるように、井上さんがここでつくろうとしたのは、周縁の側からすべてを見ていく喜劇です。『夢の泪』では、「法」が一つのキーワードになっていますが、法によってその利益を得る側と、権利を奪われる側との間において、さまざまな喜劇的展開が行われるところが、この芝居の見どころですね。

小森 ええ。ですから、舞台の冒頭も、法律の専門家たる女性弁護士「伊藤秋子」と彼女の夫「菊治」との事務所から始まります。

これはインタビューのときに成田さんも指摘されていましたが、東京裁判では実際に大川周明と橋本欣五郎《きんごろう》に、二人の女性の補佐弁護人がついていたのですが、井上さんはさらに架空の三人目の女性弁護士・伊藤秋子を生み出し、彼女を松岡洋右《ようすけ》につけている。しかも秋子の夫の菊治も弁護士で、娘の「永子」も弁護士事務所で事務方見習いとして働いているという、三人で構成される一家として設定されています。

大江　法律家が三人いるという不思議な家庭を設定したことが重要です。それによって、実に複雑な問題を、家族内で自然に話すことができるようにしてある。

小森　日常の会話には出てきそうにない問題を、どうわかりやすく言語化するのかが、ここでは模索されています。在日朝鮮人の問題でも、たとえば次のようなやりとりが出てきます。

秋子　朝鮮人を外国人にしてしまうと、お金がかかるんですね。
健　……お金がかかる?
秋子　(うなづいて) 内地の炭鉱や造船所に、朝鮮から大勢、人を連れてきているでしょう、それもむりやりに。でも、その人たちを日本人にすれば、賠償金も補償金も払わずにすむ。朝鮮までの旅費も払わずにすむ。連中は日本人になったんだから放っておけばいい。(中略) 内地の炭鉱が朝鮮の人たちの働きに支えられているって、だれでも知ってることね。

だからいま、一度にどっと帰られてしまうと、国中の炭鉱が立ち行かなくなる。帰られちゃ困るんです。日本が生きのびて行くには、もっともっと石炭がいりますからね。

この台詞《せりふ》には、徴用工の強制連行など戦中戦後の日本と、植民地であった朝鮮との力関係が、幾つもの組み合わせになって出てきています。

大江　しかも、その後の石炭問題を含めて、戦後の時代というものの遠い進み行きを一挙に裏返して見せるような力を持っている。

小森　まさに、六〇年安保のときの三井三池争議まで考えさせてしまうシーンですね。

大江　井上さんのこの懐の深さには感銘するほかありません。

成田　『夢の泪』の時代設定は一九四六年四月ですから、五月三日から始まる東京裁判開廷直前の準備の段階ですね。登場する人たちは、先ほど指摘があったように、女性、日系二世の通訳、在日朝鮮人の青年と、みなそれぞれの意味あいにおいて周縁的な人物です。別の言い方をすれば、ここで井上さんが問題にしたのは、「日本」「男性」「宗主国」によって代表される帝国日本そのものだと思います。

もちろん、『夢の裂け目』にも背景に帝国の問題はあったのですが、全面的な主題にはなっていませんでした。これに対し、『夢の泪』では、植民地責任と戦争責任とが合わさったかたちでの帝国責任を問うことが主軸に置かれています。そして、その帝国日本を問う立場を明確にするために、中心部ではなく周縁部に焦点が当てられ、しかも、その周縁部自体がさらにずらされていく。『夢の泪』は、そうした動態的な構成・構造によって書かれていて、やはり、「一つの歴史」、つまり正史というものを避ける、井上さんの仕事に共通する姿勢がうかがわれます。

小森　「一つの歴史」というのは、国家がある時点で構築する歴史認識、という意味での「正しい歴史」ということですね。

成田　そうです。国家が認定し認知する歴史という意味での正史です。つまり、中心による・中心によって書かれた・中心のための歴史＝正史が、ここでは避けられると同時に、ひっくり返されてもいます。

大江　井上さんがこの芝居で伊藤秋子という人物を提出したことが、興味深い。この人は、これまでの小説や演劇にはいなかった、実に尊敬の念を呼び起こされる人物ですね。

小森　どういったところが尊敬すべき人物なのでしょう。

大江　秋子は、東京裁判によってこれからの国際法に新たなモデルができることに希望をかけている。そして、この法廷に提出される証拠は「この国の指導者たちが、わたしたちが、どこでどうまちがえたかを教えてくれるはず。（中略）貴重な歴史資料になるはず」という、真っすぐ未来へ向けていく前向きの構想を持っている人だからです。

この人のモデルもいるのですか。

成田　はい。秋子の夫の菊治が、「六年前、すなわち昭和十五年、高等文官試験の婦人合格者はたったの五人、そしてこちらの伊藤秋子先生が、じつにそのうちの一人だったんですな」と言っていますが、実際、一九四〇年に初めて三人の女性弁護士が誕生しています。その三人の中の中田正子[*7]という人物に着目しているように見受けました。中田さんは戦後も活躍されて、日本弁護士連合会（日弁連）の理事などを務めた方ですが、井上さんは、彼女らをクローズ・アップしながら、女性合格者数を三人から五人に増やしている。その辺りに、また井上さん独特の仕掛けがなされていると思います。

小森　中田正子さんは、国際法を専門にした方なのですか。

成田　いや、民法です。女性の権利拡張ということで民法の領域に入っていく。当時、国際法の領域は男性が独占している上、戦時の法に関心が集中していました。

小森　井上さんは、戦争の問題を考える一つの出発点に、常にパリ不戦条約（一九二八年）の問題を置かれて考えていました。第一次世界大戦を体験したフランスとアメリカの提唱により締結されたパリ不戦条約に、当時、国際連盟の常任理事国であった日本も参加し署名するのですが、その際、天皇の存在が大きな問題になる。条約の「国家の政策の手段としての戦争を抛《ほう》棄《き》することを其《そ》の各自の人民の名に於《おい》て厳粛に宣言す」という「人民の名において」という文言がネックとなって、民政党などから反対が出たわけです。

結局、満洲事変、上海《シャンハイ》事変と、日本が「事変」と名づけた軍事行動は、パリ不戦条約違反ではないかと国際連盟で追及されるのですが、井上さんは、そうした日本が戦争に突入していくプロセス自体も、パリ不戦条約という、「国家の政策の手段としての戦争」を違法とした、第一次世界大戦後の国際法の枠組みの中で考えようとされていました。

成田 『夢の泪』の眼目はそこですね。パリ不戦条約こそが、連合国側の裁判の切り札になるというかたちで考えられています。もっとも、パリ不戦条約が一つの記憶としてせり上がってくるのは冷戦崩壊以降で、それまでは不戦条約があったことの意味づけが弱かった。ですから、井上さんが、二一世紀になって改めて新しい国際関係の中で日本の敗戦処理の問題を考えようとしたとき、パリ不戦条約により新たな文脈を持ち込もうとした。それを『夢の泪』の核に据えたと考えることはできるだろうと思います。

大江　パリ不戦条約というものですが、戦後、その思想はいろんな立場の人によって都合よく利用された。だから、ぼくは不戦条約を持ち出す人に半ば不信の念を持っています。

成田　おっしゃるように、パリ不戦条約には、大国による大国のための秩序という側面がとても強くあります。井上さんが『夢の泪』で取り上げている植民地の問題は、パリ不戦条約の中ではまったく問題にされていません。その意味で、パリ不戦条約というのは両義的です。

小森　だからこそ、在日朝鮮人の「片岡健」を登場させることで、井上さんはそこを揺さぶっているわけですね。そういう意味では、『夢の裂け目』が家族内と家族外の問題を扱ったとすると、この『夢の泪』では、日本の内側と日本の外側――つまり、本国と植民地としての朝鮮半島の問題や、カリフォルニアの日系人社会の問題などを扱っているということになります。

それから、直接は書かれていませんが、「南朝鮮に駐留するアメリカの占領軍」といった言葉などに、この後に起こる朝鮮戦争が予兆されていて、切迫感が感じられます。

大江　ぼくが全アジア的に朝鮮戦争を書いた文学者として一番信頼する強い仕事をしている人は、『客人《ソンニム》』という小説を書いた韓国の黄皙暎《ファンソギョン》＊8さんです。朝鮮戦争という一筋縄じゃいかない問題を、それもきわめて難しい結び目でとらえている黄皙暎さんをぼくは尊敬しています。そして井上さんは、日本人の中でこの難しい問題を正面から取り上げようという態度を持っているめずらしい人でした。

法の二面性／夢の泪

成田　大江さんがおっしゃったように、この『夢の泪』では法の問題が大きく出てきます。三部作を通じて法の問題は重要な位置を占めていますが、『夢の泪』では、法を、権力の側が人々を統治するためのものだとは考えずに、むしろ法を武器にして、人々が権利を国家に要求すべきだという側面を強く出しています。

『夢の泪』の中でとても印象的なのが、永子が「憲法が　法律が／ひとをつくるなんて」と歌う場面です。井上さんはここで、法は武器であるだけでなく、法を徹底することによって新しいタイプの人間が出てくるというところまで踏み込んでいます。

小森　法と人間の関係は、個人と国家の問題でもあって、それを全体としてとらえようという意志に『夢の泪』は貫かれています。たとえば、日系二世の「ビル小笠原」が、「アメリカで生まれて……憲法を受け入れる者は、だれでもアメリカ市民である」という憲法の条文を盾に、「裁判なしにいきなり、アメリカ市民を砂漠の中に閉じ込めるのは憲法違反だ」と訴えるくだりなども、個人が憲法を盾に国家と対峙《たいじ》するという関係性をとらえ出そうとしています。

成田　『夢の裂け目』では法によって世界を分析してみせるというところに力点があったけれど、『夢の泪』では法によって権利を獲得するとして、一歩前に進むことが強く主張されています。その核となるのが国際法なんですね。

小森　でも、なぜ「泪」なのでしょう。

成田　要になるところですね。「あしたの見えないこの街で／生き延びるには／夢を夢見ることが大切／泪　拭き拭き　夢を見よう／この酒のひとしずくが　夢の泪」と全員が合唱するところがありますね。これがおそらくは井上さんの自己解釈でしょう。つまり、『夢の裂け目』では、こうありたいと思いながらも、あのようになってしまった。その夢の裂け目そのものが泪を引き起こす……。

もう少し大きな想定をすれば、東京裁判で戦時の悪がすべて裁かれるという夢、その夢が裂けてしまって泪が出てくるというふうにも考えるのですが、いささか単純でしょうか。

大江　成田さんが引かれた永子の歌は、はっきりと未来を指し示しています。「弁護士の娘なのに／なにも知らなかった／憲法が　法律が／ひとをつくるなんて／そうよ／そうと知ったいま／わたしは前へ進む／もう一歩　前へ進む」という。こうした高らかなファンファーレが聞こえてくるところが、井上さんの芝居の一つの側面だと思います。

永子は魅力的な人物ですが、それと同時に、この永子的なものを押しつぶしかねないような法律の悪《あ》しき二面性についての議論にも、井上さんの思いは託されている。

成田　その文脈でいうと、片岡健という在日の青年は、法によって守られなかったわけですね。

小森　彼自身、「捨てられた」と言っていますね。

「あしたの見えないこの街で」の合唱は、冒頭の九人の歌とも結びついているのだと思います。

「山の手も下町も／焼け野原／東洋一の街が／みごとに焼けてしまった〃どぶねずみ　どらねこ／闇を走る担ぎ屋も／どれもこれも灰色／空の月だけが明るい東京〃やくざ者はばきかす／新橋／焼け残りのビルには／一人の弁護士がいる」

つまり、戦争が法の執行停止状態を生み出すとすると、どうやってその状態から法を回復するのかというドラマも、実は一緒に仕組まれているということも言えるかもしれません。

成田　しかし、戦争というのは、果たして無法状態かというとそうではなく、やはり戦争も法によってコントロールされている。

小森　もちろん。そこが問われているからこそ、東京裁判が起こるわけです。

成田　要するに、法には人々を支配し、動員し、抑圧する面があるけれども、いまこそ法を人々の手に取り戻すのだというメッセージですね。

小森　その両面性です。それまで抑圧的に法に従わされていたところから、抑圧を解くものとして法を使っていく。

成田　そして、新しい人間像も新しい法によって、あるいは新しい法の意識によってつくっていく。

大江　永子が示す真っすぐ未来へ向かって進むものと、逆向きに行ってしまうけれど、決して無意味ではないもの、その二つとも含めて人間世界にある『夢の泪』ということなのだろうと、ぼくは思います。

予行演習という仕掛け——『夢の痂』

小森　それでは、三作目の『夢の痂』について、まず成田さんからお願いします。

成田　『夢の痂』は、天皇と天皇制が正面から描かれています。

戦後の昭和天皇の巡幸は敗戦の翌一九四六年二月一九日からスタートします。最初に川崎・横浜に行き、翌二〇日に浦賀に行く。これは、まさにアメリカに対するメッセージであると同時に、占領下に置かれている日本国民に対する天皇の側からの強烈なメッセージだと思います。つまり、真っ先に厚木に降りたマッカーサーが進駐した横浜と、ペリーが来港した浦賀に出かけている。しかも、アメリカがきたのとは逆の順序で行くことで、いまは占領軍が支配しているけれども、自分は健在であるという昭和天皇の主張なのでしょう。

その後、同じ年の一〇月に東海地方に行き、翌四七年六月には近畿、そして八月には、この芝居の舞台となっている東北に出かけていく。そうやって、足元を少しずつ固めながら、だんだん遠くへ行くというかたちで昭和天皇は巡幸をしています。

そういう歴史的事項を背景としつつ、井上さんは「予行演習」という装置を導入することで、この巡幸の意味、あるいは天皇を中心とした歴史や考え方をひっくり返していくという、実に巧みな仕組みをつくっていると思います。

小森　ここで重要なのは、冒頭だと思います。皇紀二六〇五（昭和二〇）年八月二八日、陸軍大佐、大本営参謀の「三宅徳次」が熱海《あたみ》の屏風ヶ浦《びょうぶがうら》で自殺しようとする場面がまず枕に置かれ、続いて、それから二年近く経った一九四七年七月中旬の東北のある小さな町の場面が登場する。この敗戦からの二年間という時間の問題が冒頭に集約されていると思います。

つまり、自殺の場面から一ヶ月後ぐらい（九月二七日）に、昭和天皇はマッカーサーと初めて会見し、そこで有名な二人が並んだ写真が撮られる。そしてこのとき、天皇はマッカーサーに対して、「皇祖皇宗」に「終戦」の報告をするために伊勢神宮からはじめて、大正天皇陵まで訪れたいと、了承を求めたわけですが、そのことがその後の巡幸に大きく関係していく。その時間的経緯が、この二年間という時間に組み込まれているのではないかと思います。
その延長線上で四五年一一月一九日の靖国神社の秋の臨時大招魂祭のときに、昭和天皇が靖国に参拝している。一応個人的な参拝ということになっていますが、これは明らかに公式参拝ですね。国家神道を廃止し、政教分離を明言した神道指令が出るのが一二月一五日ですから、それより前の一一月の微妙な時期に、大日本帝国憲法下の祭祀《さいし》大権を持った昭和天皇が靖国に参拝することで、戦争における死者たちを英霊として祀《まつ》り、死者たちの遺族である者たちを改めてこの靖国体制の中に取り込んで、自分の戦後の位置を安定化させた。そうした上で、翌年から巡幸が行われていく。この『夢の痂』の仕掛けの一つとして、冒頭における、戦後の靖国体制と天皇の巡幸との関係性についての問題提起があると思います。

大江　三宅徳次は、冒頭で戦争を指揮する立場にあった参謀本部の高位の軍人としての考え方を、遺書に書いて示しますね。戦争の責任は自分たち軍の指導部にあり、自分たちはこの責任を負わなければいけない。それに対して、天皇はどういう責任の取り方をするか。「おそらく退位なさって、京都のお寺あたりで静かにお暮らしになることでしょう」というのが、この参謀将校の、戦後の天皇の位置に対する構想です。

ところがその後実際に行われた天皇の全国巡幸は、そのように徳次の構想したあり方とはまったく逆。隠棲《いんせい》するどころか、日本中を回ることで新しい天皇の位置を示す。死にきれなかった徳次は、東北の小さな町で隠棲しているほかはない。そういうところから、この芝居は始まる。

成田　近代に入り、明治天皇が最初に全国巡幸（六大巡幸）をした意図は二つあります。一つは幕末に官軍に抵抗した地域に行くこと、もう一つは、自由民権運動が手薄であった地域に行くこと。前者は東北地方と北海道・函館《はこだて》であり、後者は東海道や東山道、そして山陽道ですが、つまり、将軍にかわって天皇が新しい日本の支配者だということを国民に見せに行くわけです。そうやって自ら姿を見せた後は、明治天皇は、今度は隠れます。「御真影《ごしんえい》」というかたちで閉じこもるのです。それまでは自らの身体《からだ》を見せることによって人々を支配しようとしたのが、今度は見えなくすることによって人々を支配する。

その見えない支配がしばらく続いたわけですが、敗戦によって、再び、昭和天皇が見える天皇としてあらわれることになりました。そして、全国を万遍なく回り、地域、地域の旧家に泊まっていくことで、旧来の秩序の維持を図ることが、戦後の巡幸の目的にあるのだと思います。

大江　素晴らしい整理です。さらに巡幸には幾重もの意味が生じるその複雑な問題を、井上さんは『夢の痂』であらかじめ取り上げている。そのために巡幸の予行演習をするという仕組みをつくるというのは、実に見事だと思います。このように日本でいま起きているあらゆることについて改めて予行演習をやってみれば、日本文化の二重構造がすっかり見えてくるようです。

ぼく自身の小説について申しますならね、ぼくはずれを含んだくり返しという方法を考えてきました。つまり、同じような出来事ですが、そこにわずかなずれを招き入れながら、改めてもう一度精密に書き直してやる。それをくり返すことで、なんとか自分の小説の批評性を強めようとしてきたのですが、そのずれを含んだくり返しの方法と、井上さんのこの予行演習という方法は、同じ方向をたどってゆく。しかも井上さんのそれは、さらに徹底して物事を示します。

しかも『夢の痂』という芝居は、演出の仕方によって、この予行演習の批評性をさらに強く打ち出すこともできるし、逆に穏和にやることもできる。そしていずれにしても、ついには非常に危険なものを露呈させうる仕組みである。井上さんのこの三部作は、すべてそれぞれにおいて、こうした危険な要素を露呈させる冒険をして戦後をとらえようとしていると思います。

成田　本当にその通りですね。この『夢の痂』で際立っていますが、〝夢三部作〟すべてで予行演習が行われているし、考えてみると、ほかの芝居でも井上さんは予行演習という仕掛けをたくさんしています。

小森　予行演習という仕掛けを設定すれば、必ず劇中劇という演劇の手法の常道に入ることができますからね。しかし、逆に、予行演習の裏側にある「本番」が何なのかということも問われることになります。

成田　本番というのは、実際に起こってしまったことですね。先ほどの言葉でいえば、正史として書かれたものです。予行演習という装置を使えば、正史とは別の歴史のありようを探ったり、あるいは正史に書かれずに埋もれてしまったものを探るということもできます。

大江　本番という考え方、見方を導入すると、多様な展開がさらに可能です。芝居の進行につれて、天皇の巡幸の場面があるとすると、実は天皇のふりをしている人間が出てくるのかもしれない。実は観ている人たちには、あれは天皇のふりをしている贋者《にせもの》だとわかっているにもかかわらず、その人物が舞台で話したり演じたりするうち、心の中で逆転が起こる。観ているうちに贋者から天皇のエッセンスが出てくる。贋者によって演劇が行われているはずなのに、いつのまにか本物の精髄がそこに出てきてしまう……。井上さんの喜劇的な仕組みには、その恐ろしさ、危険さ、奇っ怪さが内包されている。

その仕組みが、この〝夢三部作〟すべてのいちいちに仕込まれている。戦後日本社会の抱えてきた問題、実に大きい問題が、たとえば天皇の戦争責任が問いかけられている。それも天皇だけが井上さんの中心テーマではなく、在日朝鮮人の問題、さらには憲法と、問題を全部含み込むようにして、この三つの芝居はつくられている。

ただぼくが一つ疑問なのは、いつも明快なタイトルを付けてきた井上さんが、この三部作に限っては、タイトルの意味が曖昧に思えるところがある、ということなんですね。もしぼくが外国でこれらの芝居を観ていて、この『夢の裂け目』、『夢の泪』、『夢の痂』というタイトルはどういう意味かと周囲の外国人たちに質問を受けたら、スッキリ答えられないのじゃないか。井上さんは、なぜこの三部作にそのような曖昧さを含むタイトルを付けたのか。このことについて、お二人の意見を伺いたい。まずぼく自身のことを言えば、ぼくは自作に「夢」という言葉を導入するとき、しばしば想像力という意味に使います。井上さんの「夢」という言葉にも、想像力のことなんじゃないかと思うことがあるのですが。

そのことも含めて、この三つの芝居は、実にさまざまな問題を取り込んで複雑な受容をうながす芝居だ、というのがぼくの単純な結論です。

井上さんが「夢」と呼んだもの／〝夢三部作〟

小森　いま、大江さんは、夢は想像力という言葉で置きかえられるとおっしゃったのですが、その想像力ということについて、もう少しお話しいただけますか。

大江　想像力ということを考える原理みたいなものがあります。想像力ということを考えてゆきたい、とまだ学生のときに思いたって、ぼくは大学でサルトルを学んだのですが、サルトルの想像力についての二つの論文から導かれて、ぼくは一つはその哲学的研究としてのイマジナシオンの力ということへ、そしてもう一つはイマジネールの方向へ、つまり、イメージが現実に働く世界へと進みました。そのイマジネールをもっとはっきり定義したのがガストン・バシュラールで、かれは、「或るイメージの価値は想像的なもの（編集註：イマジネール）の後光の広がりによって測られる」[*9]と言っています。

　かれの動的な方角に広がったイマジネールの考え方が、ぼくの想像力のとらえ方の原理です。そのぼくの小説でのやり方を、演劇の手法で多様にするのが、井上さんのやり方です。たとえば井上さんが戦後を考え始めようとするとき、かれは全体的にとらえようとする。そしてその手続きとして物事の仕組みを考え、仕掛けをつくっていく。そうすることで、ぼんやりとしてかたちがはっきりわからなかったものに生き生きとしたかたちを与え、その働きでもって世界を理解させようとする。『夢の裂け目』では、極東国際軍事裁判法廷において、ＧＨＱの側の、つまり検事側の証人として日本人が出廷するという仕組みをつくる。そして紙芝居という特殊な表現形式を仕掛けることで、その証人の言葉に説得力を持たせる。国民すべてを説き伏せてしまうほどのことを引き起こす。そういう仕組み・仕掛けをつくることによって、戦争責任という問題を一挙に解き明かしていこうというのが、『夢の裂け目』という作品です。

つまり、戦争責任はその時代風潮に踊った一般の人間にもある、というような言い方で抽象化すると、イメージは明快になっても、単純化され、固定化されてしまうことが起こる。そこへさらにさまざまな仕掛けを施すことによって、単純化され固定化したイメージを働かせ、全体化し、イマジネールの世界としての戦争責任を示して、考えさせる、というのが、井上さんの表現です。

そうしてみれば、この大きな戦争とそれがもたらした国民の大きな悲惨という現実そのものを、井上さんは「夢」と呼んだのではないでしょうか。この大きな戦争は、我々の現代史において、もっとも重みのある現実ですから、それを一つの夢、日本の現代史がスッポリ全体で含まれる夢として提示する。我々日本人の世界に大きい裂け目をつくってみせて、その現実を

「夢の裂け目」と呼ぶ。それがもたらした大きい現実の悲惨を、「夢の泪」と呼ぶ。さらには、それがもたらした傷跡を、「夢の痂」と呼んでみる。
そうして、歴史的な事実を、つまり歴史として静止しているもの、死んでしまっているものを、改めて生き生きと動き始めさせ、現在を生きている我々観客と通信を交わし始めさせる。その仕組み、仕掛けをもって井上さんは芝居をつくり、しかも究極はそれを喜劇として完成させる。そうした大きい仕組みと大きい構えの世界を、バルザックなら人間喜劇と呼ぶところを、かれはスッキリ「夢」と名づけたのではないでしょうか。

成田　実に刺激的です。ぼくなどには思いもよらなかった解釈ですね。
ぼくは、井上さんの言う「夢」をもう少し素朴に、敗戦の後に日本人が描いた夢、むしろ理想として希望に連なるものと考えていました。ですから、その夢が東京裁判の現実というものによって裂けたり、あるいは泪したり、あるいは天皇制というものが傷口を蔽《おお》う痂になったというふうに考えていました。しかし、いまの大江さんのお話では、井上さんの夢を、いわば戦争という大きな現実としてとらえ、その中における小さな現実として裂け目、泪、痂を位置づけられています。夢と裂け目、夢と泪、夢と痂の関係を、ぼくの思い込んでいたものとまったく逆のかたちで解釈されました。

小森　どこが逆なのかを、もう少し説明してもらえると、井上さんの芝居における仕組みと仕掛けの関係が見えてくるような気がするのですが。

成田　井上さんは「憲法を生きて」（『井上ひさしコレクション　日本の巻』岩波書店、二〇〇五年）と題するエッセイの中で、一九四七年の春から初夏にかけての人生が一番輝いていたと書いています。「きみのこれまでの人生で未来がもっとも美しく、かつ輝かしく見えたのはいつであったか」と問われたときに、「なんのためらいもなく」この時期と答えるであろうと述べているのですね。日本国憲法の施行を念頭におきながら述べたエッセイですが、井上さん自身、戦後初期のこの時期にとても期待をかけていて、その期待のことを「夢」と言ったのだろうと思っていたのです。この立場からすると、「裂け目」や「泪」、「痂」は、夢を抑圧するものであり、夢の挫折の結果に生じたものとなります。しかし、大江さんは、逆にそれらの「裂け目」や「泪」、「痂」は一瞬の可能性の証《あかし》を示すものとして考えられようとしています。

いまの大江さんの解釈によって、井上さんのこの三部作に対するぼくの解釈が大きく揺すぶられました。

小森　いまのお二人のお話を合わせると、井上さんの戦争と戦争責任についての全体を示すドラマトゥルギーのあり方が見えてくるような気がします。つまり、戦争が終わって、国民が新たに希望を持って生きていこうとした途端、戦争をもたらしたさまざまな勢力が直《ただ》ちに動き始める。別の権力機構であるアメリカと融合したかたちで、新たな仕方での支配をねらって、そのために現実化しようとしていた夢が踏みにじられる。それらの勢力は二一世紀のいまなお生き延びている。この状況にどう対応するのかというときに、夢と現実の間を往《い》き来《き》する想像力の運動の場として、いまを生きている観客がこの芝居の経験をする。その辺りが井上さんの作劇法の、仕組みと仕掛けの関係なのかなと、お二人の話を聞いていて思いました。

大江　ぼくの「夢」という言葉についての個人的な癖《へき》とでもいうものを告白することになりますが、ぼくの場合、夢という言葉にはいつも子どものころの自分にきざまれた個人的なものが絡んでくるんです。まあ、もっと一般化すれば大体ぼくら小説家には、一つの言葉が自分の中に入ってきたのはいつだったか、どのようにだったかということを考えるところがあって、そういう人間が小説家になるんじゃないかと思います。

たとえば、ぼくがつねづね言う、憲法の「希求」という言葉とか、「決意する」という言葉がぼくの中に入ってきたのは、一一、二歳のときだ、と思い込んでいます。つまり憲法が施行されると同時に教育基本法もつくられて、それに基づく教育改革によって新制中学ができる。そして、中学に行くことはできないと断念していたぼくには、夢が現実となった。新制中学がぼくの夢の舞台だったわけです。そしてそれは、あながち癖としての思い込みではなかった。そして同じく一二、三歳の井上さんでも同じで、ぼくらは敗戦後の二、三年間を現実となった夢の中において生きていたのではないかと。それがぼくのかれへの共感の源です。

かれの『夢の泪』でいえば、戦争が終わって、これから新たな国際法が、憲法ができて、自分たちを前へ進めるそういう夢が実現してきた社会に生きる。あの弁護士の娘さんが希望を持つ。それは現実であり、かつ夢ですよ。それを逆に見れば、成田さんがおっしゃった、戦争が終われば、かくありたいと願ったことが現実のものとなると思っていたのに、逆にそれらがすっかり潰《つい》えてしまって、苦い失望だけが残ったという認識も、過去の実現しなかった夢としての現実ととらえることができる。それを井上さんの芝居は、もう一つの現実として舞台に表現する。ともかく芝居が進行している間は、あたかもその夢が……。

小森 観客がいる場にあるかのように感じられるわけですよね。

大江 生きて動いている。

子どものときの、現実だと思ったものが失望に変わったからといって、輝かしかった夢として見えていたものをぼくは過去をふりかえって排除しようと思わない。夢と現実とを共にある近似したものとしてとらえているところがぼくの癖です。具体的にいえば、ぼくの父親像。井上さんの「夢」についても、それを、達成されなかった現実と言い換えることも可能だけれども、達成される、達成されないにかかわらず、我々が抱いた夢そのものに価値があるのではないか。ぼくはそのように考える。現実のあらゆる可能性が活性化された総体としての、夢の表現を忘れないでいます。

井上さんはそれをもっと確実な仕組みにして、戦後を蜃気楼《しんきろう》みたいなものではあれ、あれだけ大きくとらえてみせた人たちを、この三部作の中に登場させている。特に『夢の泪』の弁護士夫婦の娘・永子などは、本当に美しい夢を見る人です。ぼくは彼女の側にいる夢を見る。

小森　大江さんは、「すばる」（二〇一一年一〇月号）に発表された水戸での講演の中で、井上さんの戯曲『父と暮せば』[*10]に触れられて、現実と夢の話をなさっていますね。

その中で、大江さんはこうおっしゃっています。

「そこで、私ら観客には、いま舞台で進行しているのは娘が自分の罪悪感に根ざす悪夢を見ているんだ、現実のものではないその言葉のやりとりを一人で空想しているんだ、と納得することもできます。下手な想像ですが、演出によっては、その父親の役の俳優を舞台には登らせないで、娘にはただ自分にだけ見える幻影の位置に向けて一人芝居をさせる。彼女が耳にしていると信じている父親の声だけ、スピーカーで舞台に響かせる、そうしたやり方だってありうるでしょう。／しかし、実際の舞台に出現する、死んだ父親の『魂』と、日々現実の生を重ねている娘との対話には、双方ともにリアリティーがあります」

ここら辺が、井上ひさし的ドラマトゥルギーにおける夢と現実の、いわば双方向的な、相互に活性化し続けるやりとりということなのでしょうか。

大江　まさにそうです。過去を考えるとき、現実にはならなかったものも共存させて考える、その方向でリアリティーを全開にしてみせるというのが劇作家のやれることだし、小説家も言葉だけでつくる舞台でそうしたいと、ぼくは考えます。

だから、ぼくが夢と言うとき、いま言った広い意味での人間の魂の働きとして現実をとらえる仕方も夢としてとらえるし、もっと細分化された小さな夢のいちいちを夢と呼ぶこともある。その両方の夢がぼくの考えるイマジネールの世界で、さっきのようなことを言ったんです。

しかし劇作家は、さまざまな夢にリアリティーを与えて舞台で全開にする力がある。井上さんの『紙屋町さくらホテル』[*11]の最後のところで、ホテルの全景が舞台の窓に浮き上がってきて、すべて失われたはずの世界から「すみれの花咲く頃」の唄が聞こえるシーン。ああいうシーンを、ぼくは演劇的に一番成功した夢イコール現実としてとらえます。

成田　大江さんは、夢と現実を芝居の構造としてとらえると同時に、その芝居を観る観客の夢と現実として把握されました。このことは、先ほどの予行演習と現実のダイナミックな関係に通じていくとともに、さらに、歴史的な現実の過程とそこにあったさまざまな可能性とのダイナミクスをどう叙述するかという、歴史の叙述の問題にも重なってきます。未発の契機――可能性をどのように把握し、いまと歴史をどのように往還しながら歴史像を描くかということです。歴史家が直面しつつ、いまだに解決し得ない課題です。

小森　そして、その叙述を読み取るのが観客の側ですから、その仕掛けが観客の感覚と意識にどういう働きかけをしているのかということも問題となってくる。つまり、観客の感覚と意識の中のどこでリアリティーが成立しているのかということですね。

大江　犯罪を犯した人間がその現場に連れて行かれて、現場検証ということがされますね。かれらはそこで犯したことを再現してみせる。予行演習の反対語としてこの「再現」があると思います。これは暗く、絶望的な再現芝居。予行演習は、未来に起こるべき現実を、時間のこちら側にある自分たちが演じて、次に起こってくる本当の現実というものを認識する助けにする。実際に起こったことを時が過ぎてから再現してみてわかることもあるわけですが。

小森　井上さんの戦後を扱った芝居は、いまの現実を生きている観客としての我々にとっては過ぎ去ったことなわけですね。

大江　そう。それでいて、しかもそれを予行演習しているというのが、実に意味深い。実はそれこそ活性化ということだし、ぼくの言うイマジネール、受け取った動かぬイメージを生きたものとして再現してみるという、新しくつくり直してみるということなんです。ぼくの実生活には、昔から成功する予行演習をしてみるどころか、何もしないうちに後悔の芝居をするということがあった。ぼくは行動するかわりに、前もって後悔と共に生きるようなところがあった。しかし最近になると、もう時間もないから、実際にやったことを後悔することはない。あまつさえやらないことを後悔することはない（笑）。

若いときのぼくは「やらなかったことへの後悔にまみれている男だ」と伊丹十三から言われたことがあります。それでぼくは伊丹に、「君は後悔すべきことを現実にわざわざやってみるような人間だ」と意見をして、怒らせたことがありました。

そういう人間であったぼくが、老年になって、後悔することに関心がなくなってきた。過去のことを、後悔なしで生き生きしたかたちで再現する。そのようなかたちで過去を考えようとしている、そこで人生が少し明るくなってきました。何につけても、あのころはよかったと考えるんだから（笑）。

過去の時代全体を夢としてとらえようとする。もちろん、その中には失われた小さな夢の辛《つら》さも含まれるけれど、全体としては大きい夢としてある。もしかしたら、成田さんとぼくとは、その大きい夢の仕組みと小さなリアリティーの間で食い違っているだけに過ぎないのではないかと思うのですが。演劇において、その二つを一緒にぼくたちに経験させる、井上ひさしは、ぼくたちのためにそういう仕組みをつくって経験させてくれる劇作家ではなかったのですか。

成田　このお話は、歴史がいかに描かれるかということに対してとても重要であると思います。歴史家というのは、起こったことを正確に再現しようとするあまり、夢を捨象しリアルを抽出し、かえって問題を縮小してきたところがあるのですが、そこを解き放つようなダイナミックな試みを、井上さんも大江さんもそれぞれに実践されている。そして、お二人の仕事によって、歴史の描き方の問題にまで立ち入ったかたちで議論がつくられてきていると思います。

大江　むしろぼくは井上さんとぼくとの違いを考えます。ぼくの場合は、まず自分にできる範囲の言葉とイマジネーションでもって一つのかたちをつくり上げる。そして、その半製品の作品を素材にして書き直していきながら、新しい作品に進んでいく。そうすることで再発見があるということが、ぼくにとっては創作行為のおもしろいことなんです。

成田　一方、井上さんの場合には、次々に新しいテーマでその問題を考えていきますね。

大江　そこが決定的な違いです。ぼくが劇作家になれず、結局私小説家じゃないか、と言われてしまうところ。ただ一つのことにこだわって、それを書き直したり継ぎ足したりすることで自分の文学をやってきた人間です。それが欠点だということをよく自覚しています。しかし、自分は劇作家じゃない、小説家なんだ、と開き直っている。井上さんは小説でも常に新しいものに向かっていくし、その向かい方も、自分の手慣れたやり方でおもしろい芝居をつくろうというのではない。確かに出来上がったものはおもしろいけれど、かれは、芝居をつくろうとする前に、まず現代史という大きいものの前に立つ。そういうときの井上ひさしは、歴史家というほかないと思います。過去の全体像をできるだけ克明に考えて、再現していくという意味で。

小森　そして井上ひさし流の年表もつくられますしね。

大江　年表をつくり、人物像をつくる。そして、一九三〇年代に初めて弁護士資格を得た女性が三人いたとすると、かれはそれを五人にして、さらにおもしろくしてしまう。それが井上式の歴史の再現の仕方です。

どうやらそこに、井上さんの芝居の出発点があるように思う。かれは確実な歴史を再現していきながら、縦横に想像力を働かせることでできる、やり過ぎた裂け目みたいなものも、それこそ『夢の裂け目』のようにつくり出して、その裂け目に入っていく。そういうかたちで自分のつくった裂け目に入っていく典型的な作家がアメリカのピンチョンです。オーストリアのムージルという作家もそうでした。かれらのような作家は、往々にして自分の作品を大きくし過ぎてしまうために、いつまでも完成しない。完成したとしても、ものすごく大部ですから、「もう一度生まれ直したら読もう」などといって拒否する読者も出てきてしまう。

かれらだけでなく、一度入ってしまったら、あまりに巨大で収拾がつかなくなってしまうような裂け目に、あえて入っていこうと決意した作家はほかにもいます。プルーストだってそうです。プルーストは、微細なことにこだわりながらも、ある一時代を確実にとらえるような書き方をしていて、風俗も含めてどんどん広げていく。バルザックもそうです。そういう意味でいうと、小説家としての井上さんは大きく広げる人でしたね。

小森　確かに、井上さんの小説は、往々にして収拾がつかなくなります。

大江　収拾がつかなくなって途中で投げ出したりもしていますが、それでも『吉里吉里人《きりきりじん》』[12]のような傑作を書いている。『一週間』[13]もそうです。あまり広げないように、一週間というところで自分を縛ったことで成功しています。けれど、最初の日の話が長くてなかなか肝心の「一週間」に入れないのです。『一分ノ一』[14]は、ついに未完に終わった。小説は、完成しなくても、連載して人に読んでもらえば、その間はみんな楽しんで読んでくれるのだからいいけれども、芝居は一晩の興行ですからね。

小森　きちんと終わらせなければいけない。

大江　芝居に関しては、もともと律儀な人だし、きちんとまとめようとした。そこでぼくは一つの疑問があります。今回、かれの芝居を全部読みました。すべて素晴らしい。特にこの〝夢三部作〟は素晴らしいし、江戸時代を舞台にしたものなども全部おもしろい。しかし井上さんも早過ぎる晩年というか後期に至って、音楽劇というシステムを使ってのこぢんまりとまとめた舞台が幾つかあります。たとえば、チェーホフの生涯を扱った『ロマンス』[*15]など、本来は一つの芝居で完結するはずはない大きさを持っている題材ですね。それを優れた完結に至る作品にできたのは、音楽劇にしてまとめるという仕組みがあったからで、その点では成功しているし、観ているぼくたちは喜びを与えられた。

しかしときどき、ここは音楽劇にして円満に解決しちゃいけないんじゃないかという疑問をぼくは持ったことがあるんです。そういうときは、井上さんと劇場の出口で会わないように、こそこそと帰ることにしていた（笑）。しかし大いに楽しんだじゃないか、と自分をトガメながら（笑）。

小森　大江さんのレジュメにある、音楽劇としてのまとめ方に対する疑問には、「晩年の仕事」という問題も含まれているという指摘がありました。

大江　ぼくの友達のエドワード・サイードが、『晩年のスタイル』[*16]という本を最後に書きました。これは芸術家の晩年の仕事を考察したもので、大作曲家、大劇作家、大映画作家と言われる人たちが、晩年にどうしてもカタストロフィーに陥ってしまうということを、サイードは書いています。

ぼくは、井上さんも自分の晩年のスタイルとしてカタストロフィーになるような、それこそ収拾がつかないような大きいものをやってほしかったんです。そんな気持ちがあるものだから、舞台のすそのピアニストがピアノを弾いて、歌を歌って話がまとまるというようなことはやめようじゃないかと、いつか言ってやろうと思っていた（笑）。

小森　それはおっしゃったのですか。

大江　言わないですよ。ぼくは七〇を過ぎて、分別もついてきていましたから（笑）。

ただ、あの井上ひさしが、かれらしい大きいカタストロフィーに陥らざるを得ないような、しかもついには破綻しながら、人物の一人、一人、台詞の一行、一行が実におもしろいというものをつくって、それを天才的な演出家が演出すればかつてない大演劇ができるだろうという手紙を書いたことがありますけれど、出せませんでした（笑）。『ムサシ』[*17]こそ、それだったという、大方の演劇批評家が正しいのかもしれませんが。

井上さんは、とにかくいろいろなことを考えさせる人でした。かれのように、新しい主題をどんどん取り上げて、まずその大きい現実の前で考え続け、ここに裂け目があると発見して、そこに入り込んで新しいものをつくっていく創作の態度というか、人生の習慣とか、それへの尊敬の気持ちは変わりませんでしたが。

小森　井上さんが新しいものを次々に取り上げていくことと、大江さんが、かつて書いたものに戻りながら変形していくというのは、一見違うように見えて、想像力の働かせ方ということでは同じ営みのような感じがします。

大江　両方共イマジネールの問題です。想像的なものを一つの小さなところに集中させていく方法もあるし、多様な方向に分散させる方法もある。しかし、想像力の尊重、それへの献身という点では共鳴し、共感するところがあった。かれがぼくを認めて、ずっと友情を保ってくれたのは、きっと、自分とは違って、一つのところへ集中していく、おもしろいやつだと思ってくれたからだと思います。ぼくも同じ強さで、井上ひさしに尊敬と友情を持っていました。

成田　大江さんも井上さんも、ご自分の抱えている問題を螺旋状に次々に積み上げていくというやり方で、対象こそ異なれ、同じような営みを実践されてきたと思います。

しかも、井上さんが最後に沖縄をテーマにした戯曲を準備されていたというのは、やはり大江さんに対する応答だったのではないでしょうか。沖縄という地域が提起する出来事と問題に正面から向き合うこと――この行為そのものが、近代日本の一つの裂け目に直面することでもあるのだという、共通した思いがお二人にはあったように思います。

大江　井上さんの沖縄芝居、未完の『木の上の軍隊』[*18]こそ大きい達成を観たかった。これは叶《かな》わぬ「夢」ですけど、実に大きい「夢」、いまも持ち続けています。

（二〇一一年一〇月一七日、集英社にて）

註

＊1　東京裁判。正式名称は「極東国際軍事裁判」。第二次世界大戦後、連合国一一ヶ国が、日本の戦争指導者二八人をA級戦争犯罪人として起訴、一九四六年五月三日に東京・市ケ谷の旧陸軍士官学校の講堂において開廷された。

＊2　加藤周一（かとう・しゅういち。一九一九〜二〇〇八）。評論家。東京帝国大学医学部在学時から文学に親しみ、福永武彦、中村真一郎らとともに「マチネ・ポエティク」を結成し、日本語によ

る押韻詩を試みる。敗戦直後、被爆の実態調査のため広島を訪れる。フランス留学後、旺盛な評論活動を展開し、『雑種文化』（一九五六年）は、独自の日本文化論として高い評価を受けた。また、『日本文学史序説』（八〇年）は、従来の日本文学観に大きな変更を迫るものとして話題を呼んだ。その他の著書に『抵抗の文学』『羊の歌』（正続）『言葉と戦車』など。

＊3　丸山眞男（まるやま・まさお。一九一四～九六）。政治思想史学者。東京帝国大学政治学部卒業後、南原繁の研究室の助手として日本政治思想史の研究を始めるも、四四年、応召。帰還後再び応召し、広島で被爆。敗戦後は雑誌「世界」などを舞台に戦後民主主義を領導する役割を果たす。戦後いち早く、戦前日本の政治構造を論じた「超国家主義の論理と心理」（一九四六年）が大きな反響を呼び、それを含む『現代政治の思想と行動』（五六～五七年）は、長らく大学生の必読書として版を重ねた。その他の著書に『日本政治思想史研究』『日本の思想』『忠誠と反逆――転形期日本の精神史的位相』など。

＊4　中間層の第一類型。丸山眞男は「日本ファシズムの思想と運動」（一九四七年。丸山眞男・古矢旬編『超国家主義の論理と心理　他八篇』所収、岩波文庫、二〇一五年）の中で、日本におけるファシズム運動の社会的な担い手としての中間層（中間階級あるいは小市民階級）を二つの類型に分けている。その第一の類型として「小工場主、町工場の親方、土建請負業者、小売商店の店主、大工棟梁、小地主、乃至《ないし》自作農上層、学校教員、殊《こと》に小学校・青年学校の教員、村役場の吏員・役員、その他一般の下級官吏、僧侶、神官」のような社会層。第二として、「都市におけるサラリーマン階級、いわゆる文化人乃至ジャーナリスト、その他自由知識職業者（教授とか弁護士とか）及

び学生層」を挙げている。

＊5　伊丹万作（いたみ・まんさく。一九〇〇〜四六）。映画監督。伊丹十三の父。「戦争責任者の問題」（一九四六年四月二八日執筆）の中で、次のように記している。「さて、多くの人が、今度の戦争でだまされていたという。みながみな口を揃えてだまされていたという。私の知っている範囲ではおれがだましたのだといった人間はまだ一人もいない。ここらあたりから、もうぼつぼつわからなくなってくる。多くの人はだましたものとだまされたものとの区別は、はっきりしていると思っているようであるが、それが実は錯覚らしいのである。たとえば、民間のものは軍や官にだまされたと思っているが、軍や官の中へはいればみな上のほうをさして、上からだまされたというだろう。上のほうへ行けば、さらにもっと上のほうからだまされたというにきまっている。すると、最後にはたった一人か二人の人間が残る勘定になるが、いくら何でも、わずか一人や二人の智慧で一億の人間がだませるわけのものではない。／すなわち、だましていた人間の数は、一般に考えられているよりもはるかに多かったにちがいないのである。しかもそれは、『だまし』の専門家と『だまされ』の専門家とに劃然と分れていたわけではなく、いま、一人の人間がだれかにだまされると、次の瞬間には、もうその男が別のだれかをつかまえてだますというようなことを際限なくくりかえしていたので、つまり日本人全体が夢中になって互にだましたりだまされたりしていたのだろうと思う」（初出「映画春秋」四六年八月号、大江健三郎編『伊丹万作エッセイ集』所収、筑摩書房、一九七一年）。

＊6　佐木秋夫（さき・あきお。一九〇六〜八八）。宗教学者。一九三八年に設立された「日本教育

紙芝居協会」の創設メンバーの一人。東京裁判の法廷において、「戦争してゐるのだ」という作品を通訳付きで実演し、紙芝居の戦争協力は政府の指示によるものだったと証言した。

＊7　中田正子（なかた・まさこ。一九一〇～二〇〇二）。女子経済専門学校（現・新戸部《にとべ》文化短大）で吉野作造、民法学者の我妻栄などの講義を聴講後、明治大学などで法律を学ぶ。一九三六年の弁護士法改正で女性も弁護士になる道が開かれ、三八年に高等文官司法科試験に合格。四〇年、初の女性弁護士となる。鳥取県弁護士会会長、日弁連理事のほか、「主婦之友」の法律相談の連載や鳥取家裁の調停委員なども歴任。三八年の女性合格者はほかに、久米愛、三淵嘉子《よしこ》の二人。

＊8　黄皙暎（ファン・ソギョン。一九四三年生まれ）。韓国の小説家。『客人』は鄭 敬謨《チョンギョンモ》訳、岩波書店刊（二〇〇四年）。他の作品に、『客地』『武器の影』『張吉山《チャンキルサン》』『パリデギ』など。

＊9　ガストン・バシュラール『空と夢――運動の想像力にかんする試論』の「序論　想像力と動性」より（宇佐見英治訳、法政大学出版局、一九六八年）。

＊10　『父と暮せば』。初演、一九九四年九月三～一八日（於：紀伊國屋ホール）。戯曲は「新潮」一九九四年一〇月号。単行本は九八年五月、新潮社。

＊11　『紙屋町さくらホテル』。初演、一九九七年一〇月二二日～一一月一二日（於：新国立劇場内「ＰＬＡＹＨＯＵＳＥ」）。戯曲は、「せりふの時代」第六号（九八年二月）。

＊12　『吉里吉里人』。「終末から」一九七三～七四年（一～三、五、六、八号）、「小説新潮」七八年五月号～八〇年九月号に連載。単行本は八一年八月、新潮社。

＊13　『一週間』。「小説新潮」二〇〇〇年二月号～〇六年四月号、全四三回連載。単行本は一〇年六

月、新潮社。
＊14『二分ノ一』。「小説現代」一九八六年六月号〜九二年三月号まで断続的に連載。単行本は二〇一一年一〇月、講談社。
＊15『ロマンス』。初演、二〇〇七年八月三日〜九月三〇日（於：世田谷パブリックシアター）。戯曲は「すばる」〇七年一〇月号。
＊16『晩年のスタイル』。エドワード・W・サイード（Edward W. Said。一九三五〜二〇〇三）の著書。原題 On Late Style : Music and Literature against the Grain（二〇〇六年）。邦訳は〇七年（大橋洋一訳、岩波書店）。
＊17『ムサシ』。初演、二〇〇九年三月四日〜四月一九日（於：彩の国さいたま芸術劇場）。戯曲は「すばる」〇九年五月号。
＊18『木の上の軍隊』。一九九〇年四月、紀伊國屋ホール、演出・千田是也、出演・すまけい、市川勇の予定で、ポスターもできていたが、台本が書けず全公演中止。その後、二〇一〇年七月に上演が予定されていたが、井上の死により未完に終わる。沖縄本島の北西にある伊江島で、一九四五年四月の米軍上陸から敗戦後の四七年三月まで、ガジュマルの木の上で生き延びた二人の日本兵をモデルとしたもので、生前井上は「戦争が終わっているのに伊江島で長い間、木の上に隠れていた兵隊の話。占領軍がジャズなんか流しているのを謀略だと思っていたという筋立て」だと語ったという（二〇一〇年六月二六日朝日新聞デジタル）。

第三章 自伝的作品とその時代
――辻井 喬

辻井喬

辻井 喬（つじい・たかし）

作家。一九二七年、東京生まれ。本名・堤清二。東京大学経済学部卒業。西武グループの創始者である父・堤康次郎の跡、西武グループの流通事業を継ぎ、経営者として手腕を発揮。メセナ活動にも力を入れる。その一方、詩や小説を執筆。六一年、詩集『異邦人』で室生《むろう》犀星《さいせい》詩人賞、八四年『いつもと同じ春』で平林たい子文学賞、九三年、詩集『群青、わが黙示』で高見順賞、九四年『虹の岬』で谷崎潤一郎賞、二〇〇四年『父の肖像』で野間文芸賞を受賞。二〇一三年、逝去。

劇作家・井上ひさしとの出会い

小森　今回、辻井さんと井上さんとの接点を考える上で、われわれが一つの始まりとしてとらえたのが、一九七三年七月三日の西武劇場（現・PARCO劇場）のオープニング記念で『藪原《やぶはら》検校《けんぎょう》』＊1が上演されたことです。

どのような事情で、井上作品で柿落《こけらお》としをする運びとなったのか。まずそこからお話しいただきたいと思います。

辻井　井上さんの作品は、時代や世の中に対して非常に鋭い批判・批評にあふれている。しかし不思議なことに、それは肩を怒らせての批判ではなく、井上さん生来の感性でもって受けとめたこと、それ自体が批判になっている。そういう批判のあり方というのはとても独特で、以前から井上ひさしという作家に興味を持っていたし、その実力を尊敬していたんです。

成田　井上さんご自身とお会いになったのは、その頃ですか。

辻井　正式にお目にかかったのは、『藪原検校』のときが初めてだったと思いますが、それ以後も、二人だけでじっくり会うということはなかったですね。まあ、私の方が年上だし、小屋の主みたいなものだったから、井上さんも付き合いにくかったんじゃないですか（笑）。

大体において、私はあまり人とじっくり付き合う方じゃないんです。例外は安部公房さんで、安部さんとはしばしば差し向かいでじっくり話しました。彼は成城高校の三年先輩ですから、私としても先輩、先輩と言ってお付き合いできたんです。

成田　劇場の柿落としを安部作品ではなくて、あえて井上作品にされたというのは？

辻井　安部さんの作品は、パルコへ集まってくる人たちと雰囲気がちょっと違うなということもありましたが、何より井上さんの大衆性を買ったわけです。オープニングですから、まずは小屋が一杯にならないと困る。そういうこともあって、井上さんにお願いした。

先ほど言いましたように、鋭い批評精神がありながら、同時に大衆性も有している。そこが井上作品の魅力だと思います。ただ、井上さんの作品で一つ疑問に思っていることがある。それは、カトリックとの関係をどういうふうに自分の中で受けとめていたのだろうかということです。たとえば、『モッキンポット師の後始末』（「小説現代」一九七一年一・一二月号、七二年三・五・七月号）という作品にもカトリックの問題が出てきますね。

成田　短篇集《たんぺんしゅう》『モッキンポット師の後始末』が出たのは一九七二年（講談社）ですが、物語は、一九五六年から五七年にかけてが舞台になっています。ちょうどその頃は鍋底景気といわれ、朝鮮戦争の特需による神武《じんむ》景気が終わり、不況に入っていった時期です。

ここで描かれている事柄は、大きくいって二つあると思います。第一は、五〇年代半ばの貧困の物語。もう一つは、その時代を回想している七〇年代初頭との落差。対比的にいささか乱暴にいうと、最初が食うや食わずの話、つまり「絶対的貧困」の話。次が、「相対的な貧困」ということになるかと思います。戦後復興がなされ、高度経済成長の端緒もある中で、主人公たちは他の人々と比較した上でも、貧しい生活を送っています。

物語は、東京・四谷にある聖パウロ学生寮に暮らす三人の貧乏学生と、彼らの指導神父「モッキンポット師」が繰り広げるユーモア小説という体裁です。三人組が悪さをしては周囲から迷惑がられるわけですが、彼らは、「(それでも)ぼくらは依然として生きて行かなければならなかった」と言っている。ここに、井上さんがこの小説を書く強いモチベーションがあると思います。当のモッキンポット師もそれを受けて、「諸悪の根本は彼等の貧困にあると、わたしは思うてまんねん」と言います。つまり、三人組はさまざまな悪さをするのだけれど、モッキンポット師は、それを貧困のゆえであると理解して、文句を言いつつも最終的には彼らを救済し、後始末をする。この展開が、『モッキンポット師の後始末』という作品の大きな柱になっていると思います。

二重の貧困に晒《さら》されていた自らの青春時代を、七〇年代初頭という時代から振り返った物語——このように『モッキンポット師の後始末』を読みました。

辻井　私も井上さんと同時代を生きていますから、その頃のことはよく覚えていますが、井上さんと七つ上の私とでは、貧困のとらえ方が少し違うように思います。敗戦直後の食糧不足は深刻で、米よこせデモなどが各地であった。当時の雰囲気としては、生きるためには、金持ちや配給所などのあるところから奪ってでもいいから、とにかく飢えを満たすという感じでした。実は、私が最初に使った「横瀬郁夫」というペンネームは、「米よこせ」から来ているんです（笑）。

小森　それは初耳です。

辻井　そういう意味では、私たちが問題にしたのは貧困というよりもっと直截《ちょくせつ》で、まさに「飢え」でした。私が「新日本文学」の編集部に入ったのは五一年ですが、もし、当時の私が井上さんのようなかたちで貧困を描いたとしたら、周囲から「お前は階級意識が稀薄《きはく》だ」と、こてんぱんにやられていたでしょうね。

もちろん、井上さんは階級意識などとは無縁で、彼は独自の流儀で、若者たちが生きていくために必死で貧困と闘っていくたくましい姿を書いた。それは、本質的な意味でのリアリズムだと思います。

小森　その場合のリアリズムについて、もう少し詳しくお話しいただけますか。

辻井　リアリズムという言葉は、日本では実にいいかげんに使われていますね、ことに戦後は。たとえば、最近、松本清張さんについて書く機会があって少し調べたのですが、戦後のある時期の進歩的な文壇では、松本清張の作品はリアリズムかどうかが問題になったことがある。私は最初、何のことだかわからなかったのだけれど、どうやら、「本当のリアリズム文学なら、階級的矛盾が出てこなくてはいけない」ということらしい（笑）。ここで言っているのは、いわゆる社会主義リアリズムです。

それから、私は松本清張をプロレタリア作家だと思っていたのですが、そういう規定をしている人は誰もいない。なぜなら、「松本清張は労働運動をしていないじゃないか」と。

小森　なるほどたしかに、実践的に労働運動をした方ではありませんね（笑）。

辻井　もう、びっくりしました。日本の文壇というのはなんとも不思議な世界ですが、無論、井上さんはそういう世界とは無関係です。むしろ先ほど申し上げたカトリックとの関係が大きいように思う。井上さんは、仙台の児童養護施設時代に何人かの聖職者に出会い、そこで洗礼を受けている。それでも、身も心もカトリシズムに捧《ささ》げるということにはならなかった。そこのところに、井上さんのカトリシズムに対する何らかの葛藤があったはずだと思うのですが。

小森　その葛藤を描き出すところにリアリズムがある、ということになるわけですね。
辻井　そうです。しかも、その葛藤をストレートに描くのではなく、つねにユーモアにくるんでいる。約《つづ》めていえば、井上文学のリアリズムはユーモアによって支えられているというふうに言えるのではないか。今回、読み直してみて、あらためてそう思いました。

絶対的貧困を乗り越えて

成田　辻井さんは、米よこせデモについて触れられましたが、『モッキンポット師の後始末』、それに続編の『モッキンポット師ふたたび』（執筆・七三〜七五年。刊行・講談社文庫、八五年）も含めて、このシリーズの三人組は、彼らなりの「米よこせ」を実行しています。その結果、「奪う」ことによって貧困を解決するのは正当なんだという主張と、しかしそれでは根本的な解決にはならないという現状の矛盾が生じてきます。そうした彼らの混乱を、モッキンポット師が修復してみせる役割を担っています。
辻井　確かに彼らは「奪う」のだけれど、何かユーモラスなんですよね。盗《と》られた金持ち自身が怒るというより呆気《あっけ》にとられている感じでしょう。ユーモアに支えられていることによって、奪うという闘争のかたちそのものが読者に抵抗なく受け入れられる。と同時に、自分でも彼らの立場なら盗りに行くだろうなという共感も与える。そこが井上文学の魅力でしょうね。

小森　成田さんは先ほど、絶対的貧困と相対的貧困という二つの貧困の違いをあげました。『モッキンポット師の後始末』が出版されたのは、私が大学に入った頃ですが、これを読んだときに、「えっ、ほんの少し前なのに、こんなひどい貧困があったのか」と思いました。ここで描かれている貧しさは、自分の幼い頃を思い出してみればおぼろげに覚えてはいますが、ここまで貧しかったとは、という驚きがあった。私より二つ上の成田さんはどうですか。

成田　私は一九五一年生まれですから、日本の高度経済成長の過程を子どもながらに身近に見てきました。家の前の狭い道路が舗装されて広い道路になったり、ちっちゃなパン屋さんがあっというまにビルを建て、その中に入っていったとか、そういう急激な変化を目の当たりにしています。目に見える貧困が、なくなっていく様子を見ました。

小森　私は、六一年から六五年まで日本にいなかったので、その時代が完全に抜けているのです。だから、久しぶりに日本に戻ってきたときに、自分の知っている日本とはまるで別世界のように感じたことを覚えています。

辻井　日本は六四年の東京オリンピックの前後で大きく変わっていく。そうした変化を踏まえた上で、井上さんは回想しながらかつての貧困の様子を書いている。私などは、貧困時代の方が人間が生き生きしていて、豊かになったことでかえって堕落したというふうについつい思ってしまうのだけれど、井上さんはそうは書かない。つねにその時代を生きている人間を肯定する立場で書き続ける。そこが井上さんの特性ですね。

成田　『モッキンポット師の後始末』の中の一篇「聖《セント》ピーター銀行の破産」の冒頭に、「四谷にはまだ地下鉄もなく、麴町通りには車も少なく、そしてぼくの嚢中《のうちゅう》には所持金もまた少なかった。金のないのはいいとしても、その時のぼくには行くあてというものがなかった」と、ない、ない、ない……と、五〇年代を振り返ってみせています。

その振り返り方は、辻井さんが言われたように、昔はよかったけれど今はだめだという話ではなく、高度経済成長は人の可能性を広げてもいくのだという解釈がなされていると思います。それを強く印象づけるのは、井上さん自身がモデルと思《おぼ》しき主人公の「小松」が、モッキンポット師から夜警のアルバイトを紹介されたときに、「正直な夜警で在《あ》るより、演劇を熱愛する青年で在《あ》ることの方が、自分にはより向いているだろう」と言うところです。

この場面は短篇集の最後近くに出てきますが、その時点ではもう食べるのに汲々《きゅうきゅう》とする段階ではなくなっていて、自分の可能性に懸けるという選択肢が出てきた。それを肯定的に描くことが、この『後始末』のもう一つの主張だといえると思います。ただし、例によって小松たちはやり過ぎて失敗をしてしまうわけですが、そうした失敗もまた井上作品のおもしろさですね。

辻井　選択肢が増えていい結果を生むというのは、選択する主体がしっかりしているからです。やることがはっきりしていない場合は、選択肢が増えてもあまり意味がない。実際の井上さんの人生に即していうと、二二歳で浅草「フランス座」の文芸部員になって、二七歳で結婚して、三〇歳のときにＮＨＫの連続人形劇『ひょっこりひょうたん島』の脚本を手がけて、定収入を得るようになる。まさに、私生活でも充実していく。後から見ると、すべていい方向で人生の選択をしている。これはやはり一種の才能でしょう。

小森　『ふたたび』の最初のほうに、「そのころのぼくらのねぐらは四谷若葉町の木造アパートの四帖半だった。家賃はたしか四千三百円だったと思う。入るときに権利金と敷金で五万ばかりとられたが、これはぼくが都合した。たまたま、ぼくの書いた一幕劇が懸賞募集に入選し、そのとき貰った賞金を住宅資金に充《あ》てたのである」とあって、ここからテレビの仕事が入ったりして来ます。この辺りは、成田さんがおっしゃるように、食うだけではなく、自分の文学的な可能性に懸けていく人生の始まりという感じがします。そういうかたちで『後始末』の世界が質的に異なる『ふたたび』の世界へと引き継がれていきます。

辻井　天才的な人は皆そうかもしれないけれど、自分の才能を自覚するのは大体少し後ですよね。井上さんの場合も、スタートの時点では、あちこちの懸賞に盛んに投稿しては、その賞金で生活を支えていたわけですね。さすがに当選する打率は相当高かったそうですが、それでも当時はまだ自分の才能を自覚してはいなかったと思います。

成田　懸賞というのは選ぶ相手（選者）がいるわけですね。井上さんの場合には放送作品ですが、投稿することで、世の中と折り合いをつけながら自分のメッセージを出していく、そういう方法を獲得していったこともあるのではないですか。

小森　同時に、お金のあるところからふんだくってくるという「よこせ」の論理も、一連の懸賞投稿には貫かれているように思えます。

成田　そのとおりですね。先ほどの「聖ピーター銀行の破産」も、同じく『後始末』に入っている「逢初《あいぞめ》一号館の奇蹟《きせき》」も、そうした話で、金もうけ主義が破綻するという話にもなっています。一方で、高度経済成長を善しとしながら、もう一方で、高度経済成長にうかうかと乗って金もうけに邁進《まいしん》していくことに批判的な視線を持っている。そこに井上さんと社会との緊張関係が見られるようにも思います。

小森　それが成田さんの言う「相対的な貧困」につながっていくのですか。

成田　はい。経済成長を果たしたがゆえの、いやいや果たしながらの社会批判ですね。井上さん自身が、七〇年代初頭の時代をどのように見ていたのか、それは『後始末』の「あとがきにかえて」という文章によく出ていると思います。

辻井　あれは、おもしろい文章です。

成田　「私のヒーローモッキンポット師」というサブタイトルが示しているように、高度経済成長下の大衆社会の現状をヒーロー論として展開しています。「現代は、人間ひとりひとりがヒーローである時代だ。今の時代では、誰もかれもがひとり残らず楽天的英雄なのである。というより、英雄的な楽天家ででもなければ生きては行けぬ」と。しかし、ひとりひとりが危機の克服に疲れたとき、「疲労」したときに独裁者的な「ヒーロー」が現れる危険性も出てくる。日本はそういう時期にさしかかっているのではないかと警告を発しています。

辻井　現在から見ると、かなり予見的ですね。高度経済成長の頃に抱いていたGDP（国内総生産）が大きくなればわれわれは幸せになるというのが妄想に過ぎなかったことは、バブルの崩壊以後、皆、何となく気づいてはいた。そこへ東日本大震災と原発の事故が起こり、社会の基盤が大きく揺るがされ、GDP神話は完全に崩壊したわけです。そこで新たな価値観が求められるようになってくる。そうした流れに棹《さお》をさすようにヒーローになってやろうという人間が出てきたのと同時に、それに対する危機感も出てきた、というのが現在の日本社会ですから。
小森　二〇一一年の「東日本大震災」を体験したからこそ、七〇年代初めに井上さんが予見していたことを、あらためて私たちは今気づかされているわけですね。

井上文学のリアリズムを支えるもの

成田　井上さんは、危機に際して眦《まなじり》を決した強いヒーローが出てくることに強い警戒心があったからこそ、「ドジ、イモ、サバ、三流、間抜け、莫迦《ばか》もの」というアンチ・ヒーローを描いた、と述べています。肩を怒らせている者に対しては、関節を外すようなユーモアが必要なのだと。
辻井　そういうユーモアというか、ある種のゆとりみたいなものを井上さんはどこで手に入れたんでしょうか。
井上さんは、生涯のうちに二回、文化的なショックを受けたとご自分で言っている。一つは、一五歳のとき、仙台の児童養護施設に預けられて、そこで初めてカトリシズムに遭遇する。それが一回目のショック。二回目は、東京へ出てきて、東京の文化に出会ったときのショック。
私が考えるのは、そうした文化的ショックを受ける前の井上さんをかたちづくっていたものは何だったのだろうかということです。

私の推測ですが、それは東北の文化ではなかったか。それも抽象的な「東北」ではなく、生活体験に根ざした東北文化、それが井上さんのベースになっている。そのベースができているところで、カトリシズムを受け入れ、東京の文化を受け入れている。ですから、ご本人はショックだとおっしゃってはいますが、カトリシズムの世界に触れても、東京に出てきても、本質的なところではそんなにたじろがなかったのではないか。

つまり、井上さんに根ざしている東北文化というのは、ユーモアと並ぶ井上文学のリアリズムを支える柱なのではないか。そう思ったりもします。

小森　『ふたたび』の中にこういう言葉が出てきます。「（修道院はとてもいいところだけど）だが、困まることがただひとつあった。修道院は女人禁制なのだ。どうしても一日中、女のことばかり考えてしまうぼくは、何度も修道院に入るのを決心しながら、この一点にひっかかってその決心を実行に移すことができなかった。女なしで自分は大過なく一生を過すことができるだろうか、といつもぼくは自分自身に問うた。平穏無事な生活と引きかえに女を捨てることができるか。／できるもんか。もうひとりのぼくは問いを発するぼくに対してそのころ透《す》かさずこう答えるのが常だった。女を諦めるぐらいならいますぐに死んだ方がまだましだ、と」。

成田　それは、自分の救済と世界の救済をどのようなかたちで関連づけるのかという『ふたたび』に通底する関心です。『後始末』の方は、主として私の救済の方に力点があったのだけれど、『ふたたび』の方になると、社会の救済に比重がおかれてきます。

辻井　『ふたたび』が、世界の救済へ視線が向いているというのは、実は大変なことなんですね。というのは、日本の近現代文学において、個人の問題をしっかり掘り下げるところから世界の救済の方向へ向かうという道筋を辿《たど》ることは、極めてまれだからです。

小森　非常に少ないですね。

辻井　そういう意味では、井上文学は日本の近現代文学の主要な流れとは本質的に違うところがあるように思う。そういう世界の救済に向かう井上文学の部分を、どうも私はこれまで見落としていたようです。

それから、これは日本語の表現力に関わることですが、世界の救済といった思想的なことを表現するときに、日本語は極めてボキャブラリーが乏しい。だから、思想と文学とが離れた体系として存在していて、文学者がうっかり思想なんかにかかずらっていたら作品がだめになる、そういう関係になっていたわけです。そこを井上さんは、豊富な語彙と地口や洒落《しやれ》といった言葉遊びを縦横無尽に駆使して、世界の救済へと迫っていく。そこにもカトリシズムが関係しているのかもしれないという感じがします。

小森　たとえば、『ふたたび』の「ドラ王女の失踪」には、五十音の配列をずらすことで暗号にするというのが出てきます。日本語を解体して組み換え、まったく別なものにしていくということ自体が、今の辻井さんのお話とも結びつきますね。

辻井　それがより鮮明に打ち出されているのが『吉里吉里人《きりきりじん》』です。『吉里吉里人』こそまさしく、日本の救済をテーマにした思想文学です。東北の架空の一地方を舞台にしてはいますが、その視線は日本という国そのものの救済に向かっている。これほど大きなスケールを持つ作品は、日本の近現代文学にはほとんどないのではありませんか。この異例なスケールの大きさは特筆大書すべきですね。

井上流市民社会論・高度経済成長論

小森　次に、『モッキンポット師〜』とほぼ同じ時期に書かれた『家庭口論』（中央公論社、一九七四年）に移りたいと思います。今の流れからすると、この作品はどういう位置づけになるのでしょうか。

成田　『家庭口論』と『続　家庭口論』（同、七五年）の二つのエッセイは、井上流市民社会論と井上流高度経済成長論というふうに読むことができるだろうと思います。つまり、このエッセイが書かれた七三~七四年の日本社会論であると同時に、家族・家庭論にもなっている。日本の社会および家族の基盤が非常に揺らいだ時期に書かれたこのエッセイには、そうした社会変化への鋭い批評が含まれています。

小森　七三年に第一次オイルショックが起こり、それまで順調に来ているように見えていた高度経済成長が、このままでは立ちゆかないということが実感されてきた。しかも、家庭の中からもそれが透けて見えてしまっていました。「靴の発明は水虫病を、貨幣の発明は金欠病を、西洋式便器の発明はトイレット・ペーパーの買い急ぎ病を、パチンコの発明は指胼胝《ゆびだこ》病を、(中略)石油の文明はこのほど節約病を生み出した」という文章などは、まさに日本経済の行きづまりの問題を衝《つ》いています。

成田　社会が変われば、家族・家庭も変わる。「口論」とされているように、すでに家庭というのが一枚岩でないのだという前提で書かれています。

小森　ちょうどこの頃、「ニューファミリー」という言葉が出てきます。

成田　そうですね。辻井さんの西武の文化戦略とも重なってくるのだと思いますが、そのような社会と家族の転換点を、井上さんが論じてみせている。

もう一つ重要なのは、このエッセイの視点に「家人」という軸が大きな柱としてあることです。井上さんが持っている価値観が、具体的な人物によって相対化される。自分と家人という二つの対立軸を立てていることは、辻井さんが指摘された、東北文化によって中央の文化を対象化するということとも重なっているようにも思います。

井上さんが体現してきた価値観や生活感覚を、ほかならぬ家庭という場で相対化して見せていく。そして、家庭というのは実は多様な価値軸がある場所なのだというメッセージと同時に、井上さん自身の価値軸をも相対化していっています。いってみれば、外来と在来、あるいは舶来と土着という対立的な軸と同時に、対抗しながらもどこかでは癒着していくという、そういう価値の複雑な動き、揺らぎもとらえられている。

小森　私は七二年から一〇年間、東京を離れて北海道にいたので、実感としてはよくわからないのですが、この時期の東京的文化の変容、消費文化の変容というのはすごく激しかったはずですね。そうした変容に対する戸惑いが、このエッセイにはよく表れている。

辻井　高度経済成長の過程で家族・家庭のあり方が変質せざるを得なくなったということは、ご指摘のように非常に大きな問題だと思います。

私は、今のお話を伺いながら丸山眞男《まさお》さんのことを思い出しました。丸山さんは晩年、日本に真の意味での民主主義社会が生まれるかどうかについて、かなり絶望視していたんですね。戦後、民主的な新憲法ができて、これから自分の頭で考え、行動を決める大衆が出てくれば、日本に民主主義が根づくだろうと丸山さんは思っていた。ところが困ったことに、いつまで経《た》っても、自分の頭で判断し、自分の判断に沿って動く大衆が生まれてこない。そうした丸山さんの絶望を見ると、私などは、日本に民主主義的な社会、近代的な社会をつくるのは、とうてい無理なのではないかというふうに思ってしまうんですよ。

そこへ今度の東日本大震災が起こり、近代社会とは一体何なのかということがあらためて問われてきている。そうした文脈で井上さんの作品を読んでみると、日本に民主主義なり近代社会なりをもたらさなくてはいけないという目的意識ではなしに、自分の考え方や判断力で日本の近代のあるべき姿をつねに描いてきたことがわかる。

そうした意味での井上文学の革命性の問題、あるいは、近代社会にとって井上文学がどのような位相を持っていたのかを考えると、かなりいろいろな問題が出てくるような気がします。

成田　今、辻井さんが指摘された問題を『家庭口論』に即していうと、先ほどの亭主と家人という二つの価値軸に対して、時間的、歴史的な説明を加えているということになるのだろうと思います。

ここでの井上さんは、あるべき理想をモデルにしながら家庭について書いているのではないでしょう。急速な経済成長が進行していく中で女性と出会い、やがて二人が暮らしていく過程で、実はお互いに全然違った軸を持っていたのだということがわかってくる。その模様を、いわば実況中継のように報告していくというスタイルがとられています。そうした叙述の仕方自体が、辻井さんの言われる、井上文学の近代社会に対する位相ということになるのではないでしょうか。

辻井　井上さんご自身は意図的に社会批評として『家庭口論』を書いたのではなく、文学者として感じたことを素直に書いたら結果的に鋭い批評になったのだと思いますが、そこがまた、天才の天才たる所以《ゆえん》なのでしょうね。

成田　辻井さんは、丸山眞男が日本の戦後社会に絶望を覚えていたと言われましたが、丸山が絶望を感じたのは、戦後の過程であり、とくに高度経済成長期においてであったでしょう。敗戦直後にあったさまざまな可能性が、その後、高度経済成長の過程で失われていく――こうした認識は歴史学も同様で、歴史学では戦後の理想を高く評価し、それが高度経済成長でだめになったというふうにいわれることが多いのです。しかし、そういう歴史のとらえ方で果たして説明になっているのかどうか。

辻井　それは、なっていないですよね。
成田　高度経済成長をどのように評価するのかが眼目であるにもかかわらず、皆が納得するような高度経済成長を説明する論理を、残念ながら、歴史学も含めて社会科学は持っていません。
それに対してこの『家庭口論』は、高度経済成長を端《はな》っから否定するのではなく、かといって高度経済成長の流れに乗ることを善しとするのでもない。両方の側から考えて言っています。たとえば、生まれたときから高度経済成長が所与である子どもたちが、夏の暑い盛りに、もうアイスクリームは飽きたとか、夏みかんよりもグレープ・フルーツやオレンジの方がいいだとか、言い出します。氷のかけらが貴重であった井上さんからは信じられない贅沢《ぜいたく》なことを言うと記します。しかし、井上さんはそこで筆をとめない。これは実は「（子どもたちが）地球から食物がなくなることを本能的に察知しているからだろう」と、諧謔《かいぎゃく》的な言い方をしています。
要するに、高度経済成長に対する二段構えの違和の表明です。そういうところに井上さんの独特の説得力があるように思います。
小森　そこにもう一つ、東北で育った井上さんと東京生まれの「家人」との文化的差異を組み込めば、高度経済成長下の日本の七〇年代が三段構えで見えてくる。何が変わって、何が変わらないのか、重層的な高度経済成長批評にもなっているということですね。

辻井　逆にいえば、井上さんのような文学者しかそういうことに言及しなかったことが、日本の近現代文学の貧しさ、リアリティの弱さの表れでもあるんですね。

東北で過ごした少年時代を描く

小森　先ほど来、井上ひさしの「東北」ということが話題になっていましたが、『四十一番の少年』（文藝春秋、一九七三年）を手がかりとして、その問題を考えていきたいと思います。『四十一番の少年』には、表題作のほか、「汚点《しみ》」と「あくる朝の蟬《せみ》」といういずれも仙台での児童養護施設時代の井上さんの体験をもとにした、自伝的色彩の濃い三つの作品が収められています。

表題作の「四十一番の少年」は、施設で暮らす主人公の少年「橋本利雄」が、同じ施設の先輩「松尾昌吉」が企んだ誘拐事件に加担させられるという話です。この誘拐には、『モッキンポット師（二部作）』の、お金のあるところからお金をふんだくるという「よこせ」理論が共通していますが、文章のトーンがまるで違います。

しかも、『モッキンポット師（二部作）』や『家庭口論』と同じ時期に発表されているにもかかわらず、書かれている内容は極めて厳しく、つらく、どこに救いがあるのかを見つけ出すのが非常に困難なほど、全体に暗い色調を帯びています。自らの少年時代を書いたこの自伝的な小説には、井上文学のもう一つの側面が浮かび上がっています。

「あくる朝の蟬」は、夏休みに、主人公の少年と弟が児童養護施設から祖母の家に帰るという設定の小説ですが、冒頭、祖母の住む町に着いた途端、馬の匂いが漂ってくる。兄にとっては馬の匂いとその町とは、切り離せない記憶として残っているけれど、弟にはその記憶がまったくない。その匂いの描写によって、戦後日本における東北がどのように変化したかが見えてくるように設定されています。

辻井　司馬遼太郎《りょうたろう》さんは、井上さんに「会津は東北じゃありません」と言われて、ひどくびっくりしたそうですが、井上ひさしにおける東北概念というのをチェックしておく必要がありますね。この言い方に含まれているのは、地理的・政治的な東北ではなく、文化圏、生活圏としての東北において会津は含まれないということなのでしょうか。司馬さんは、「（会津は）土俗のにおいがうすい」と言っていますが。

成田　おそらく、生活文化的な体験、記憶から設定する東北の範囲と、政治的な東北の概念との違いに井上さんは敏感だったのだと思います。井上さんにとって、政治が先行すると見える会津は、自分の実感する東北ではなかったということではないでしょうか。

辻井　ええ、そうだと思います。

成田　この自伝的な小説で、文化の問題としての東北が描かれていることと符牒《ふちょう》をあわせているると思います。

辻井　井上さんは、東京のことを語るときも、つねに文化の問題として論じている。もっといえば、井上さんは、東京を中央集権の中心と認めたくはなかったのではないですか。

小森　あるいは、中心であることを拒絶し続ける、中央として否定する仕掛けを自分の作品の中につくり出すということはあったと思います。

成田　いったんは政治と文化を切り離すけれども、しかし、そこには政治的な問題が介在している、そういう指摘になっています。

小森　たとえば「汚点」の中で、児童養護施設から外を眺める場面があります。「公道の向うに住宅街がひろがっていた。その更に彼方に進駐軍キャンプが見えた。この眺めを上下ふたつに裁断するように横一文字に一本の銀色の線が走っていた。それは仙台から北へ向う東北本線のレールだった。微かに汽笛が響き、右手仙台駅の方角から、黒い条虫のような長距離列車が現われた」。ここには、日本を占領しているアメリカ進駐軍と、中央である東京と地方都市の仙台を結ぶ東北本線が出てきて、この児童養護施設がどういう位置にあるのかが極めて象徴的に書かれています。

また「四十一番の少年」には進駐軍による援助の問題が取り上げられ、「あくる朝の蟬」にも進駐軍関係のイベントや市民の善意が集中する夏休みに辟易《へきえき》して祖母の家に逃げ帰るという記述が出てきて、戦後日本におけるアメリカという問題がしっかりと刻まれています。

両義的視線でとらえる

成田　少し別の角度から「四十一番の少年」という作品を見てみたいと思います。橋本利雄と松尾昌吉という二人の少年が出てきますが、ふつうは先輩の昌吉にいじめられるひ弱な利雄の方を、井上さんに重ね合わせるようにして読むことが多いですね。また、いたぶられる利雄に感情移入するように書かれてもいます。ところが、「昌吉は本気で闘っていた。神を相手に命がけで取り引きしていた。法悦などの甘っちょろいものではなかった。利雄には昌吉が彼自身と闘っていたような気がしたが、いったい自分のなにと死闘をしていたのか」と、昌吉自身も苦しむ少年として描かれている場面が出てきます。
この場面を考え合わせると、昌吉と利雄のどちらの要素も自分の中にあると井上さんは考えていたのではないでしょうか。つまり、利雄のように謂《い》われなき暴力にじっと耐える要素とともに、昌吉のように社会に対して挑戦をする要素も自分にはあるのだということを自覚して、この小説を書いたのではないか、と。

少し変則的な論証の仕方をしてみます。昌吉が、教会に通ってくる信者の女の子にほれるという箇所がありますね。

小森　昌吉はラブレターをその女の子の靴の中に入れておくのだけれど、結果としては彼女に気持ち悪がられてしまいます。

成田　その手紙は、「ヨゼフ松尾昌吉」から「マリア牧野浩子様」宛になっている。井上さんの洗礼名がマリア＝ヨゼフで、これを使っているのです。それから、『家庭口論』で書かれていますが、井上さんはかつてこの浩子タイプのお堅いクリスチャンの女性と付き合っていた。

小森　週刊誌的に攻めていきますね（笑）。

成田　そうですね（笑）。そこで思ったのです。松尾昌吉もまた井上ひさしではないだろうか、と。少し間違えば、昌吉のようなことをしでかす要素を自分は持っていたことを、井上さんは言おうとしたのではないでしょうか。

小森　それは納得できるような気がする。利雄と昌吉の二人で一人というか。「汚点」を読むと、そこら辺がもう少しはっきり見えてきます。主人公のいる児童養護施設の先輩たちは、昼間は工場で働き、夜は定時制高校へ通っていた。ところが主人公が高校受験するときから、全日制高校に行けるように規則が変わった。それを知って悔しがった先輩たちは、昼間の学校に行くのを断れといって、主人公をいじめるという設定です。

なぜ昼間の学校へ行けるように規則が変わったかというと、進駐軍の将校たちが施設へ寄附してくれたお陰です。そういうかたちで、進駐軍と施設との関係が子どもたちにも無慈悲に響いてくる。

辻井　それは何年頃の話ですか。

成田　一九四九年から五〇年頃の話です。

辻井　そうすると、井上さんは一五歳くらいですか。

成田　はい。物質的な豊かさを持つアメリカへの憧れがある一方で、基地へ慰問させられるというかたちで「占領」という事実を突き付けられる。少年時代の井上さんには、アメリカに対するアンビバレントな気持ちがあったのだと思います。

小森　しかもこの四九年は、自筆年譜（『ナイン』所収、講談社文庫、一九九〇年）によると井上さんの実生活にとってとても重要な年です。まず、お母さんが浪曲師と再婚するのだけれど、その浪曲師が金を持って逃げ出してしまう。母親は浪曲師が一関《いちのせき》で土建業をやっていることを突き止め、浪曲師を追い出して長男を組長にして「井上組」を立ち上げる〈笹沢信『ひさし伝』〈新潮社、二〇一二年〉によると、母親マスの記述と井上さんの記述に食い違いがあるようですが、ここでは「自筆年譜」の記述に従います〉。ところがその事業が失敗し、その結果、井上さんと弟は、仙台市郊外の児童養護施設「光ケ丘天使園」に預けられるという、一連の家族崩壊が連続して起きています。

成田　それらを考え合わせると、ここで描かれているのは、市民社会が自分を抑圧してるという気持ちが強かった時期だと思います。たとえば「汚点」の中に、児童養護施設に慰問バスや見学バスがやってきていて、中でも頻繁に訪れる中年婦人の団体は、「乾パンか、せいぜい花林糖ぐらいを手土産にやってきて、ぼくらから不幸の匂いを嗅ぎ出すのを楽しみにして」いて、「彼女たちは何十万円もする着物の生地を眺めるときのような嘆声を洩らし、ぼくらの不幸を観賞して帰って行く」という件《くだり》があります。

辻井　井上文学にしては珍しく、錐《きり》で刺すような鋭い切り込み方ですね。

今アメリカに対する井上さんのアンビバレントな気持ちを指摘されましたが、母親に対するアンビバレントな思いというのも、はっきり出されているのではないですか。

成田　「汚点」には、母にすがりたい気持ちと、その母も実は「女」だったという落胆の両方が、強く出ています。

辻井　父親のことは、どうですか。

小森　最晩年、小林多喜二を描いた『組曲虐殺』を執筆する前後から、プロレタリア文学運動に参加していた父・井上修吉について、かなり明確に語られるようになりました。

辻井　それは、割合客観的な父親評だったのですか。

成田　いいえ、むしろ強い肯定です。

辻井　最近のテレビドラマによくあるような、父親に対する恨み言がないというのは、興味深いですね。あなたがプロレタリア文学に熱を上げるのはいいけれども、そのせいでおれたちは捨てられたも同然だったじゃないかというロジックは、井上さんは使わないし、持たない。

小森　それに、父親の残した蔵書を通して関わっていったという過程が、井上さんの父親像を形成する上で大きな影響があったと思います。

辻井　父親のやっていたこと、あるいは読んでいた書物を、大分経ってから発見するというのは、結構影響がありますよ。私も、父親に対して、若い頃は「あの野郎！」という感じで反発していたのですが、後年、父が経営していた「新日本」[*2]という雑誌の執筆陣を見て驚いた。山川均《ひとし》、山川菊栄《きくえ》、安部磯雄、岡本一平、松崎天民といった革新派が名を連ねている。私が子どもの頃は、そんな話は一切口にしなかった。それでも、息子は革新派になってしまったから、父親は困っていたのかもしれないけれども（笑）。

生活から見直す戦後

成田　『四十一番の少年』に収められている作品には、本来拠《よ》りどころとなるべき理念としての家庭と故郷と、実際の家庭と故郷との間のずれと確執が前面に出されています。

そこで問題となるのは、これが『モッキンポット師～』や『家庭口論』と同時期、一九七〇年代の前半に書かれたということです。

小森　そこに井上文学を全体として読み解いていく上での一つの鍵があるかもしれない。

成田　一つには、オイルショックに象徴されるような高度経済成長の終焉《しゅうえん》、それから、先ほども出てきた、市民社会の大きな変容、そうした動きに対して、さまざまな角度から補助線を引くようなかたちで、これらの作品が出てきているのですね。

小森　七〇年代に、なぜ戦後すぐの日本を想起しなくてはならなかったのか。五〇年代の日本との合わせ鏡の中で、なぜ七〇年代の今をとらえなければならなかったのか。そうした井上文学の時代認識と状況認識の相関の問題も出てきます。

辻井　井上さんは、時代を見通したり、認識したりするのが少し早かったんですね。ニクソン・ショックが七一年でしょう。ドルと金との交換を停止するということは、基軸通貨としてのドルがアメリカにとって負担になり、アメリカ製品が国際競争力をなくしていることを示しているわけで、この頃から明らかにアメリカの衰退が始まっている。

にもかかわらず、当時の日本政府はそのことについて突っ込んで考えていなかったし、深刻に受けとめてもいなかった。対して井上さんは、七〇年代の初めの頃からすでにそういう大きな変革を意識していた。

成田　そのときに、戦後を手がかりにしながら七〇年代社会を考えるという手法をとったことについて、辻井さんはどのようにお考えですか。

辻井　井上さんは、戦後を生活の中でとらえていたということではないでしょうか。私は二二歳で共産党に入党して、ソビエト社会を理想として、そこに可能性を見出《みいだ》していた。戦後のとらえ方が大きく違う。井上さんはそんな架空の可能性は見ずに、生活の中でしっかりと社会をつかまえていた。

小森　なるほど。この後七〇年代後半になると、雑誌「世界」に『下駄の上の卵』の連載（一九七七年一一月号~八〇年八月号。単行本は八〇年一一月、岩波書店）を始めます。

舞台は敗戦の翌年の六月から七月。山形県南部の小さな宿場町に住む少年たちが、本式の軟式野球ボールが欲しくて、奥羽本線に乗って東京へ探しに行くわけですが、この小説を通して見えてくる井上さんの七〇年代後半と戦後の関係を考えてみたいと思います。

少年たちは進駐軍慰問団専用車に潜り込んで、美空ひばりを彷彿《ほうふつ》とさせる歌のうまい少女のいる楽団から米をくすねて、その米が闇ルートを通じてさまざまなものへ変換されていく。この小説の連載が始まる前年に起きたロッキード事件を通して、戦時中、軍部の物資調達をしていたA級戦犯容疑者児玉誉士夫《よしお》などのような存在の果たした役割が、多くの人々の前に明らかにされることによって、戦後の闇市経済の持っていた問題が現在のこととしてとらえ直されました。結局は、闇市社会でアメリカと結びついた者たちが金力と権力を握り、それがそのまま制度として七〇年代後半まで持ち越されているということが、あらためて突き付けられていた時期でした。

辻井　私が闇市といってすぐに思い出すのは、進駐軍の炊事場から残飯を持ち帰り、それを大鍋に入れて煮立てる、たしかホルモン・シチューと言っていたと思いますが、私も長い行列に並んで食べました。ともかく雑多なものが入っていて、ときどき、爪楊枝《つまようじ》やコンドームなんかも入っている。それでも腹が減っているから残さず食べましたけどね。

ともかく、食糧生産の基盤がない戦後の都会は惨めなものでした。それに比べると、井上さんの場合は、カトリック系の児童養護施設にいたということもあって進駐軍や慈善団体からの援助もある。それに穀倉地帯も控えている。小説で書かれている限りでは、私たち都会で飢えていた人間たちより、この東北の子どもたちの方がよほど豊かな気がします。

成田　七〇年代の後半に書かれたこの『下駄の上の卵』は、『モッキンポット師〜』『家庭口論』『四十一番の少年』という七〇年代前半に書かれたものとは、小説の手法としても大きく変わっています。それまでの自伝的小説・エッセイに対して、『下駄の上の卵』は物語的小説で、井上さんお得意の「調べる」という姿勢が前面に出てくる。井上さんが買い求めたであろう野球に関する古書を始め、本来ならば巻末に参考文献がついていてもいいくらい、実にさまざまな本や記事からの文章が引用されている。

七〇年代の半ばを境に井上さんの手法が変わったと考えられるのですが、辻井さん、いかがでしょうか。

辻井　外部的には、この時期、われわれが「戦後」と思っていた社会が変わる兆候が生まれてきたということがいえる。それとも、井上さんに直接影響するような何か個人的な体験があったのでしょうか。

成田　私自身は、井上さんは個人的というより、大衆社会の大きな変化を敏感に感じとって、それを書かずにはいられなかったのだと思うのですが。

小森　今、井上文学の大きな特徴である「調べる」ということが出てきましたが、語り継がれた記憶をそのままにしておくと忘却されて失われる一方になってしまうので、意識的に歴史として書き残しておくという側面が『下駄の上の卵』には強く出ている。戦後の日本社会において、庶民は何に価値を見出し、それがどういう重要性を持っていたのか。しかも大人と子どもでは価値観が大きく違うことを、明確に打ち出している。そうしたかたちで、どういう価値観や意識が戦後社会を動かしてきたのかということも掘り下げています。

成田　その意味でも、この小説の冒頭はとても象徴的です。「毎年、終戦記念日が近づくと――この日を終戦記念日と呼ぶか敗戦記念日と称するかによってその人間の考え方が試されるらしいが」。「らしいが」という慎重な言い方をしながら、これから歴史的な問題として戦後を語るというスタンスを、まず示す。そして、八月一五日の玉音放送があった日が、「あの夏の、あの日の午後、空はどこまでも青く澄みわたり」という具合に通念化されているが、自分の記憶では違う、と。

小森　山形県南部の小さな町の上空にあったのは「厚ぼったい雲ばかりだった」と。

成田　自分の記憶ではたしか曇っていたはずなのに、通念にだんだん負けそうになる。いってみれば、歴史が記憶を簒奪《さんだつ》していくという、まさに井上さんが九〇年代以降に強く打ち出していった問題を、すでに提出している箇所です。

そして、自分の記憶が間違ったものではないことを、気象庁の詳細なデータに基づいた全国の天気の模様と気温を示して裏付けていく。この辺りは井上さんの真骨頂ですね。この姿勢は、その後の戯曲に投影されていっています。徹底的に調べた上で、資料としての事実を突き付けることによって、思い込みや通念、あるいは意図的な歴史の歪曲《わいきょく》を批判していく。

辻井　『下駄の上の卵』には、そういう新しい手法がはっきりと出ているわけですね。

成田　そのように思います。しかも、ごつごつした資料の塊として出すのではなく、あくまでもストーリーに沿って出していくところが、なんとも見事です。

小森　社会化された集合的記憶になってしまった歴史認識を、このままでいいのかと読者に問いかけていく。成田さんのおっしゃるように、後年の戯曲のスタイルが『下駄の上の卵』には非常に明確に提出されています。

辻井　記憶と歴史的通念ということで、思い出したことがあります。先の戦争の末期に、戦艦大和《やまと》を旗艦とした特攻第二艦隊という艦隊が編制された。たまたま、その艦隊の巡洋艦に乗っていた人の奥さんから、自分は戦艦大和を旗艦とする海上特攻第二艦隊戦没者追悼式の運営に関わっているが、今年の四月に鹿児島で行われるその追悼式に向けて、メッセージを寄せて欲しいという依頼があったんです。その方のご主人は結婚して二八日目に船に乗り込み、そのまま結婚生活を打ち切られてしまう。そこで問題なのは、死に臨んだ際に、その若い兵士の目は輝いていたのか、それとも絶望に沈んでいたのかということです。

大和は四五年四月六日に山口県の徳山沖から出撃するわけですが、その日のことを私はよく覚えています。というのも、海軍省を訪れて私の父のところに来た叔父が、「さっき大和が出撃したそうです。これで戦争は勝ちですな、海軍省では祝杯を上げてました」と言うわけです。それを聞いて、高校生だった私も喜びました。日本国民の期待を一身に背負った大和は、出航後間もなく沈んでしまうのですが、大和が出れば勝つと、当時の国民のほとんどはそう思っていた。今から考えると、何の根拠もないのだけれど、そういう認識が瀰漫《びまん》していたわけです。

それで思うのは、巡洋艦に乗り込んだその兵士は、歴史的通念としては、「死を覚悟した特攻隊員」ということになるのでしょうが、もしかすると、死を覚悟していなかったかもしれない。自分たちは勝つと思っていたかもしれない、と。

資料が生み出すひらめき

成田　今のお話は、戦後を論ずる場合に、戦時をどのように踏まえるかという問題ですね。
小森　その問題は、『紙屋町さくらホテル』という井上さんの戯曲につながっていきます。

『紙屋町さくらホテル』は、一九九七年一〇月二二日から一一月一二日まで、新国立劇場の開場記念公演として中劇場で上演されます。プロローグは一九四五年一二月一九日の午後、東京の巣鴨《すがも》拘置所から始まります。元海軍大将の「長谷川清」が、自分を拘留して欲しいと、GHQの参謀第二部の「針生《はりゅう》武夫」に懇願する。長谷川は天皇から陸軍の本土決戦の進捗状況を探るよう密命を帯び、各陣地を調査した結果、本土決戦が不可能であることを奏上していました。実はこの針生、元陸軍中佐で、長谷川は七ヶ月前に広島のホテルで会っていたのです。そのことが互いにわかったところで、舞台は同年五月一五日の広島市の紙屋町さくらホテルへ移ります。ホテルには長谷川、針生のほか、移動演劇隊「さくら隊」の面々が逗《とう》留《りゅう》していました。築地小劇場出身の俳優「丸山定夫」[*3]と宝塚出身のスター「園井恵子」[*4]は、にわか仕立ての劇団員を相手に、明後日に迫った『無法松の一生』公演の稽古の真っ最中。

その劇団員とは、ホテルのオーナーで日系二世の「神宮淳子」、彼女をスパイと疑う特高（特別高等警察）刑事の「戸倉八郎」、文学博士の「大島輝彦」……更には、長谷川、針生までもが出演する羽目になる——。実在の移動劇団「桜隊」を下敷きにしたもので、井上ひさしさんは、この芝居をあの厳しい時代でも、芝居への情熱を捨てず、新劇の礎を作った演劇人への賛歌と位置づけていました。

辻井　天皇は本土決戦を決めておきながら、心配なのでひそかに密偵を放つ。これは、痛烈な天皇批判ですね。

小森　しかも、現実の「桜隊」は八月六日の原爆でやられてしまう。

辻井　そこで多くの人が亡くなる。しかし、芝居では亡くなるところまでは書いてない。

小森　ただ、パンフレットには「桜隊」がどうなったかが書いてあります。観客はそれを読んだ上で、芝居を観《み》ることになるのです。

辻井　なるほど、その場で芝居が完成するわけですね。見事だな。みんな、台本が遅れるのを承知しつつも井上さんに芝居を頼みたくなるのも無理はない（笑）。

成田　『紙屋町さくらホテル』では戦後の始まり方、あるいは戦争の終わり方を問題にしているのですが、同時に天皇制の問題が入り込んできている。同じ戦後を扱ってはいても、これまで見てきた七〇年代と比べると、この芝居が上演された頃には、井上さんの歴史に対する見方がだいぶ深まっているように感じます。

辻井　私もそれを感じました。戦後、天皇の戦争責任はきちんと追及されることがなかった。この芝居は、そのことに対する井上さんの問題提起でもあると思います。戦争責任をうやむやにしたことで、かえって結果的には天皇制を弱体化させてしまった。ですから、本当のナショナリストは、少なくとも敗戦時には退位なさるべきだと思っていた。三島由紀夫さんなどは、自害なさるべきだった、とまで私に言ってました。

成田　三島的天皇制批判と、井上的天皇制批判の違いはどこにあるとお考えですか。

辻井　三島さんは天皇制に最大限の価値を認めていた。井上さんにはそういう理念的な思いはなく、あくまでも生活者の立場から天皇の戦争責任を問うていくということだと思います。

小森　『紙屋町さくらホテル』のエピローグでは、再び冒頭の巣鴨拘置所に場面が戻ります。そこで針生が、天皇制は宗教であり、「この天皇教なしにこの先、日本人が生きて行けるとお思いですか」と長谷川に問いかける。「陛下が……あの戦争を指導した者たちが、国民にたいして責任をとる。それだけがこれからの国民のものを考える判断の基準になるのだ」と答える長谷川に対し、針生は、「そんなことを言い出すと、天皇に内外の耳目が集まるではないですか。それが困ると申し上げている。おとなしくお引き取りください」と言うのです。

この針生の考え方は、その後ジョン・ダワーの『敗北を抱きしめて』が証明しているように、まさにマッカーサーの天皇制に関する考え方と一致しています。この二人のやりとりで、天皇の戦争責任に対する、日米合作政治処理問題のあり方を明確に観客に向けて言い切っています。

辻井　もう二〇年も前のことですが、浙江《せっこう》財閥出身の中国人から、今こそ日本人は中国のことを勉強するべきだ、中国を学ぶことはきっと日本にプラスになる、と言われたことがある。なぜかと訊《き》くと、今は共産党が支配しているけれど、あんなものは海上の波みたいなもので、海面下にある厖大《ぼうだい》な海水は動いていない。あと一〇〇年もしたら、共産党の独裁は終わっていますよと言ってましたが、井上さんには、そういう時間軸の広さを感じますね。

成田　『紙屋町さくらホテル』では、天皇制、あるいは敗戦をめぐる問題を扱うのに、宝塚歌劇団という大衆的な文化要素を持ち込んでいます。これは、どんな大きな問題でも人々の心根に触れるようなところで議論をしないといけないという井上さんの考えの表れだと思います。

小森　先ほど成田さんも触れていましたが、ある時期からの井上さんが「調べる文学」、厖大な資料を渉猟しながら年表をつくるようになっていくこととも関係していると思います。年表をつくっていくことで、宝塚と天皇制のように、ふつうはつながらないような歴史的な事象が思わぬところで結びついてくることの発見があったと思います。

それは、宝塚とその対極にあるような新劇のスタニスラフスキー・システム[*5]との対立関係にも表れていて、一見何げないように見えることが、実は大事な歴史的な問題として重さを持つ。そうした認識に基づく仕組みが実にうまくこの芝居には組み入れられています。

辻井　それを体現しているのが、宝塚出身で今は新劇の俳優を目指している園井恵子でしょう。井上さんは、園井さんに代表される新劇のスタニスラフスキー・システムについて、割合冷ややかに描いていますね。

少し脱線しますが。スタニスラフスキー・システムについては思い出があります。銀座のセゾン劇場をオープンしたときに特別公演として世界的演出家ピーター・ブルック[*6]の『カルメンの悲劇』を上演して、それ以来、彼とは仲よくしていたのですが、あるとき彼がこう言うんです。「私は先週、世阿弥《ぜあみ》の『風姿花伝』を仏訳で読んだ。あんなにすごい演劇論が一五世紀早々に書かれていたのに、どうして今の日本の芝居はおもしろくないのだ」と。

確かにそうなんです。私はどう答えたらいいのか困って、苦し紛れに、「明治以後、芝居はスタニスラフスキー・システムじゃないとだめだっていう伝説が流布して、まだ続いてる。そのせいではないか」と、新劇の人が聞いたら怒るだろうことを言った覚えがある（笑）。スタニスラフスキー・システムについて井上さんがどういう考えだったのかはわかりませんが、少なくとも、外国から素晴らしいものを教わった、皆さんもこれをありがたがりなさいという考えに対しては、かなり冷たい批判をしていたことは間違いないでしょう。

成田　そして、新劇出身の彼らがここで演ずるのが『無法松の一生』というのも、いかにも井上さんらしい。

小森　〝新劇の団十郎〟たる丸山定夫が『無法松の一生』をやるというのは――実際に桜隊の前身の苦楽座で上演されてはいますが――、やはり喜劇的な設定ですよね。

成田　もう一ついえば、四三年に封切りされた映画の『無法松の一生』は、内務省の検閲に引っかかって、かなりのシーンがカットされている。そういうさまざまな含みを持って、井上さんはここで『無法松の一生』を取り上げているように思います。

小森　更には、アメリカ生まれの日系二世のホテルの経営者を登場させて、そこに特高がずっと張りついている――こういう設定も、井上ひさしでなければ考えつかない。

辻井　たとえば、中国に日本の演劇を持っていったときに、スタニスラフスキー・システムを厳密にやっているような芝居は、あまりおもしろがられないんじゃないでしょうか（笑）。その点、井上さんの芝居だったら堂々と出せる。井上さんと一緒に中国に行きたかったですね。

小森　井上さんは、実際に中国へ行かれるはずだったのです。

辻井　そうだったんですか。

小森　かなり長期の旅行を計画していて、『父と暮せば』の上演のほか、一連のイベントも決まっていたのですが、ご病気になられて実現しませんでした。

辻井　それは惜しかったですね。

小森　今回、辻井さんには、主に七〇年代を中心にした作品を再読していただいたのですが、あらためて井上さんの仕事の全体を振り返ってみて、どのような感想を持たれたのか。それを最後にお伺いしたいと思います。

辻井　「しまった」というのが正直な感想です。これまでも、自分の中で井上ひさしという作家は大きな存在でしたが、思っていた以上にはるかに大きなスケールの作家だということに気づかされた。もっと早くに気づいて、井上さんといろいろ話をしたかった、惜しいことをしたと思いました。

小森　先ほど、震災後の東北の話も出ましたが、井上作品は、これからの読者にどのように読まれていくのでしょうか。

辻井　これからの日本をつくっていく上で重要な作品となっていくだろうし、中核的な文学者として読み継がれていくだろうし、もっといえば、日本だけでなく、世界にも十二分に通じると思います。

成田　冒頭、西武劇場の柿落としの話が出ましたが、今日のお話を伺いながら、辻井さんと井上さんは、演劇という文化的なかたちでメッセージを送るということで共通しているようにも思いました。

辻井　その点は共通していたと思います。

成田　政治を政治として語るのではなく――若い頃の辻井さんにはそういう体験をした時期もあったと思いますが――、政治を文化の問題として語って、より深くメッセージを届かせていくというところがあると思います。

辻井　おっしゃるとおりなのですが、私にとって七〇年代頃というのは、かなりつらい毎日でした。家庭生活も変わる、価値観も変わる、人間関係も変わる。あらゆるものが大きくかつ急激に変化していった。そうした中で企業のトップとして時代に追いついていくというのは、かなりしんどいことでした。

その時代は、私自身、「不思議、大好き。」「じぶん、新発見。」といったようなコピーを打ち出しながら走っていったわけです。そのうちに、消費社会のリーダーみたいなことになってしまい、自分の意思とは関係なしに、ひたすら走り続けなくてはいけないような状況に追い込まれていった。さすがに、あれはしんどかったですね。こっちは年々歳《とし》をとっていくし、時代は時代でどんどん進んでいくわけだから、ギャップが大きくなっていく。

本当は、そういうことも含めて、あの時代に井上さんと話してみたかったのだけれど、そんなことを言うと、井上さんに何となくばかにされるような気がして、何も言わなかった。まあ、それは正しい判断だったと思いますが。

成田 辻井さんの目からごらんになると、今の社会は動いてるように見えますか。

辻井 動いてますね。動いてるといっても、高度経済成長期のときとは別の方向へ動いてる。先ほども言いましたように、GDPがいくら増えても幸せになるとは限らないということを、われわれは知ってしまった。これからは、本当の幸せとはどういうものかということを考えていかなくてはいけない。

それこそ、井上さんが大いに活躍できる状況が生まれてきているわけです。これからという一番大事なときに亡くなったというのは、なんとも残念です。こういう時代に、井上さんがどんな作品をつくり出して、われわれを驚かせてくれるのか。是非とも見てみたかったですね。

（二〇一二年四月七日、ウェスティンホテル東京にて）

註

＊1　『藪原検校』。初演は一九七三年七月三〜一五日、西武劇場。五月舎・西武劇場の提携公演。演出・木村光一。盲目で生まれた杉の市が、悪の限りを尽くして江戸の「盲人」にとっての最高位、検校にまで上りつめるまでを描いた二代目藪原検校の一代記。

＊2　「新日本」。一九一一年四月、大隈《おおくま》重信主宰のもと、「国民一般の為め、その代弁者たる可き機関」として創刊。主筆は永井柳太郎（政治家。永井道雄《みちお》〔第九五代文部大臣〕の父）と樋口秀雄（＝樋口龍峡。文芸評論家）。しかし、徐々に経営難に陥り、一六年一〇月、堤康次郎が雑誌の編纂《へんさん》と経営を冨山房より引き受け、社長に就任。一七年一月号から新体制となる。堤社長時代の執筆陣は、大隈重信、田中貢太郎、新渡戸稲造、岡本一平、生方敏郎、安部磯雄、松崎天民、山川均、山川菊栄など。一八年一二月号で終刊。

＊3　丸山定夫（まるやま・さだお。一九〇一〜四五）。俳優。愛媛県松山から上京後、榎本《えのもと》健一とともに根岸歌劇団のコーラス部員となるが、二四年、築地小劇場の創立に伴い、研究生として入団。二九年には、土方与志《ひじかたよし》らと新築地劇団を結成。四〇年、弾圧により同劇団は解散。四二年一二月、

徳川夢声、薄田《すすきだ》研二らと劇団「苦楽座」を結成、森本薫脚色の『無法松の一生』などを上演。四五年一月、劇団名を「桜隊」に改称。同年六月二二日、丸山ら桜隊一四名は広島市の日本移動演劇連盟中国出張所兼寮に着任。八月六日、被爆。一〇日後の一六日に死去。

＊4　園井恵子（そのい・けいこ。本名 袴田《はかまだ》トミ。一九一三〜四五）。俳優。旧制小樽高等女学校を中退して、宝塚（少女）歌劇団に入団。第一九期生。男役のスターとして活躍。四二年六月退団。同年一二月、苦楽座の旗揚げ公演に出演。以後、移動演劇のメンバーとして丸山定夫と運命を共にする。被爆した八月六日は園井の誕生日だった。同月二一日死去。九六年八月二一日の命日に、故郷の岩手県岩手郡岩手町川口にブロンズ像が建立された。

＊5　スタニスラフスキー・システム。ロシアの俳優・演出家コンスタンチン・スタニスラフスキー（一八六三〜一九三八）による舞台芸術・演技の創造方法。身体と心理を不可分に結びつける、身体行動と心理表現との一元的訓練法は、アメリカのアクターズ・スタジオや日本の新劇界に多大な影響を与えた。

＊6　ピーター・ブルック（Peter Brook。一九二五年生まれ）。イギリスの演出家。ロイヤル・シェイクスピア・カンパニー等で斬新な演出を手がけ、注目を浴びる。七一年、パリに国際演劇研究センターを開設、同センターを拠点に活躍。日本では『カルメンの悲劇』のほか、『真夏の夜の夢』『マハーバーラタ』『魔笛』などの演出作品が上演されている。

第四章

評伝劇の可能性

――永井 愛

永井愛

永井　愛（ながい・あい）

劇作家・演出家。二兎社《にとしゃ》主宰。桐朋《とうほう》学園大学短期大学部（現・桐朋学園芸術短期大学）演劇専攻科卒。一九九八年『ら抜きの殺意』で鶴屋南北戯曲賞受賞。二〇〇〇年『兄帰る』で岸田國士《くにお》戯曲賞受賞。そのほか、演劇に関する受賞歴多数。日本の演劇界を代表する劇作家の一人として海外でも注目を集め、『時の物置』『萩家の三姉妹』『片づけたい女たち』『こんにちは、母さん』など多くの作品が、外国語に翻訳・リーディング上演されている。

評伝劇という独自性

小森　今回は、永井愛さんをお迎えして井上ひさしさんの評伝劇について論じていきたいと思います。この「座談会　井上ひさしの文学」の第一回（二〇一一年二月）で、今村忠純《ただずみ》さんが「（井上ひさしの評伝劇には）歴史も伝記も宗教も、あるいは思想も（中略）ありとあらゆる構造」が組み込まれていて、評伝劇こそが井上さんが創出した独自のジャンルなのだとおっしゃっています。劇に登場する文学者や文学作品は、観《み》ている人たちがよく知っているので、そういう意味では、劇中劇がとてもつくりやすい。同時に、その人物が生きた時代における、一つのファミリーロマンス――父と子の関係、母と子の関係――として捉えることもできます。そして、常識化された文学者像を転換する、どんでん返しを仕掛けるなど井上芝居のさまざまな特徴をすべて詰め込むことのできるジャンルだと思います。

期せずして、今日ここにいる我々三人はほぼ同世代ですが、私は八二年まで北海道にいましたので、それ以前の井上さんの芝居は同時代に観ていません。成田さんは勉強家だったから、芝居の世界とは無縁だったのですね（笑）。

成田　いやいや、そんなことはないです（笑）。しかし、また後でお話ししますが、私は八〇年代辺りまでは別のジャンルの芝居を観ていたので、井上さんの芝居に接するのはしばらく後になってからです。八〇年代の後半からで、たぶん、小森さんと同じくらいではないでしょうか。

小森　ということで、この中では永井さんが一番早く井上さんの芝居と出合っているはずです。最初は何をご覧になったのですか。

永井　それほど早くはないのですが、『日の浦姫物語』[*1]の初演は観ています。

ただ、そのときの記憶はなぜかおぼろげで、井上ひさしさんの書いた芝居だと意識して観て、驚いたのは翌七九年ですね。

小森　そのときご覧になったのは？

永井　『しみじみ日本・乃木大将』[*2]です。私が二八になる年です。確か、周囲の誰かがいい芝居だと言っていたので行ったのですが、びっくりしました。今村さんがおっしゃったように、今までにない独自なものを観たという感じでした。

七九年というと、アングラ・ブーム[*3]も少し落ち着いてきていて、つかこうへいさんや野田秀樹さんの、いわゆる小劇場演劇が人気を得ていた頃です。アングラ第一世代の唐十郎さんの紅《あか》テント（状況劇場）、佐藤信《まこと》さんの黒テント、それに鈴木忠志《ただし》さんの早稲田小劇場（現・SCO

T）、串田和美《かずよし》さん、吉田日出子さんの自由劇場などはすでに世間に認知されていた。そういう時代でした。

アングラ第一世代の人たちは、俳優座、民藝《みんげい》、文学座などの新劇打倒をスローガンにして出てきた。社会的・政治的なテーマを扱う新劇は、どこか説教臭くもあり、書斎派のイメージもありました。対してアングラは、肉体論を掲げて異議申し立てをした。けれど、井上さんが当初関わっていたテアトル・エコーはアングラの攻撃の対象にはなっていなかったと思います。

小森　新劇だけれど、新劇的ではなかった。

永井　テアトル・エコーが手がけていたのはウエルメイドな翻訳劇で、いわゆる新劇とは違っていた。

時期はだいぶ後になりますが、私が『ら抜きの殺意』[*4]で初めてエコーに芝居を書いたとき、「日本人の役、できるかな」って心配する役者さんがいたんです。半分は冗談なんですけど、「今まで、日本人をやったことないんですよ」と言われて驚きました（笑）。

成田　永井さんが初めてご覧になった頃の井上さんの芝居は、演劇界ではどのように位置づけられていたのでしょうか。

永井　テアトル・エコーから、西武劇場などのプロデュース公演まで、話題作をいくつも書いていたし、劇作家としてすでに確固たる地位を築いてはいましたが、ストリップ小屋やテレビという他所《よそ》の世界から演劇界に乗り込んできた亜流という見方をする演劇評論家もいたと思います。「笑わせはするけれど底が浅い」というような劇評もあった。おそらく井上さんは、悔しい思いをしていたのではないでしょうか。

でも、それは七〇年代の半ば以前のことで、私が『しみじみ日本』を観た頃は、すでにある認められ方をしていたと思います。なにより、ああいう批評性を持った芝居が大衆演劇風のずっこけた演技で演じられたのを、私はそれまで観たことがなかったので、びっくりしたのをよく覚えています。

小森　『しみじみ日本』の「批評性」ということについて、もう少し具体的に説明していただけますか。

永井　おちゃらけた芝居の中で、真っ向から天皇制批判、軍国主義批判をしている。これは筆力がなければ成立しません。アングラも天皇制批判をやってはいましたが、もう少しナルシシズムというか、気取っている感じがした。私は浅草の軽演劇を観たことはありませんが、イメージとしては、昔、テレビでやっていた『スチャラカ社員』とか『てなもんや三度笠』といったノリに近いものが井上さんの芝居にはあって、アングラの批評性、笑いとは違う。

井上さんの芝居には、軽演劇的おちゃらけと新劇的な批評性が結びついていて、しかもアングラ的なテイストも含まれている。たとえば、『しみじみ日本』の将軍たちのお茶会の場面で、明治天皇の後を追って、乃木希典《まれすけ》が「バンザーイ」と井戸に身を投げると、井戸にはなぜか蓋がしてあって死ぬことができない。さらに、そこへ至るまでに明治天皇が連発する「朕惟うにたのむぞ」といった、言葉の組み合わせのおかしさ。それに、馬の足が乃木大将を演じるという批評性がすごい。乃木に対して批判を持っている人ではなく、乃木を自分たちの大事なご主人だと思っている馬たちを主軸に据えて、その視点から批評がなされている。

小森　ここに出てくる馬たちは、完全に乃木の価値体系の枠組みに組み込まれている存在ですよね。

永井　それなのに、話が進むうちに乃木に対する鋭い批評性が出てくる。このたくらみは、それまで私の観てきた新劇の批評性とは違う。屈折していて猥雑《わいざつ》で、人間のなんとも言えない息遣い、肌ざわりがあり、不条理なグロテスクさと笑いと恐怖が一つになって、あの時代の価値観がまざまざと浮かび上がってくる。こういうやり方があったのかと立ち上がれないほどに感動しました。

その日、紀伊國屋《きのくにや》ホールの客席を後にするとき、高揚した気持ちをお客さんみんなが共有していた。素晴らしいものを観たという感動と、この舞台に立ち会ったのはほかならぬ自分たちだという誇り。そして、独創的な知性がこうした物語を引っ提げて出てきた喜び……。その頃の私は、新劇に色褪《いろあ》せたものを感じていたし、アングラも面白がって観てはいましたが、アングラ内部の世界には違和感も感じていた。

小森　かなりどろどろしたものがあったわけですか。

永井　入団した人に聞くと、軍隊的なヒエラルキーがあって、それがよく理解できなかった。となると、ウエルメイドな翻訳劇しかないのかと思っていたときに、井上さんが、「こういう道もありますけど」と出てきた。

小森　永井さんにとっては、それまで知っていたさまざまな演劇の世界に対して、この『しみじみ日本』で新しい道が開かれたわけですね。その頃、すでにご自分で戯曲を書かれていたのですか。

永井　いえ、劇作家として初めて書いたのは三〇になる歳ですから、当時はまだ役者をやっていました。

小森　どこかの劇団にいらしたのですか。

永井　「春秋団」という小さな集団にいたのですけれど、それが解散してしまって行き場がなくなり、私と大石静と二人セットで、友達の劇団に「出してください運動」をしていた時期です。

小森　その「出してください運動」の何年目ぐらいのときですか。

永井　一、二年目ですかね。売り込みもそろそろ尽きてきて、役者を続けていくには自分で書くしかないんじゃないか、という頃に井上さんの芝居に出合ったんです。

時代の変化を捉える

成田　永井さんご自身も、ちょうど変わり目の時期だったわけですね。一九八〇年前後は、戦後日本の大きな変わり目の一つであると共に、この『しみじみ日本・乃木大将』は、井上さんの戯曲においても変わり目となる芝居のように見えます。

六〇年代の後半辺りからアングラ、小劇場運動が出てきて、それまで権威としてあった新劇に対抗していきます。私自身、一方で新劇を観ていたのですが、先ほど永井さんが触れられたテント芝居を夢中になって観ていました。特に、唐十郎の状況劇場には、ずいぶん通いました。しかし、対抗的で運動的であった、これらの演劇が認知され、さて、この後演劇はどういう方向へ行くのか——七〇年代末から八〇年代の初頭にかけては、そうした模索の時期が始まったように思います。
永井さんは、井上芝居に新しい批評の形を見て、そこからご自身で戯曲を書くわけですが、それは永井さん個人の選択であったと同時に、演劇界全体に関わる問題でもあったと思います。このときは、戦後文化の流れの変わり目で、「ポストモダン」[*5]という言葉が出てきます。新たな批評性やリアリティが求められ、「戦後的なるもの」から、次なる時代へ転換していこうという時期でした。

小森　私は七九年で世界の構造が決定的に変わった印象を持ちました。二月に、ホメイニ師が亡命先のフランスから帰国してイラン革命が起こり、中国がベトナムに軍事攻撃をかけるという、社会主義国同士の戦争が発生し、私が初めて学会発表をした一〇月二六日に韓国の朴正《パクチョン》熙《ヒ》大統領が暗殺され、年末にはソ連がアフガニスタンに侵攻する。それまで世界を覆っていた冷戦構造が崩れていく兆しが、この年に相次いで起こった。

永井　七九年の時点では、演劇界の真ん中にはまだ新劇があり、そこに宇野重吉《じゅうきち》、千田是也《せんだこれや》、杉村春子といった動かしがたい中央があった。当時の井上さんは、そうした中央の新劇の作劇方法、新劇的なかしこまり方への揶揄《やゆ》、批評という意識を持っていて、それが『しみじみ日本』の軽演劇的なおちゃらけにあらわれている。

小森　その一方で、アングラとも一線を画していた。

私が通っていた都立竹早高校は、在学中に校舎の改築で新宿高校に間借りしていた時期（六九年秋〜七〇年六月）があって、花園神社が近いので、唐さんの紅テントをよく観ていました。

永井　それは、けっこう早いですよ。

小森　大変な刺激を受けました。アングラと新劇の違いをひと言で言うと何でしょうか。

永井　秩序立った物語性のあるなしでしょうか。新劇は、ああすればこうなるという因果律で進んでいき、だからこうなのだといってテーマを訴える。アングラは、そういう物語性を否定して、物語自体を解体した。

成田　永井さんの土台には新劇があり、そのために、アングラの登場が持っている演劇史的な意味が見えたり、当時の井上さんの演劇がもう一つの新劇崩しだという発見も出てくるように思うのですが、いかがでしょうか。

永井　もともと私は俳優座に入って、市原悦子さんのようになりたかったんです。しかし、すでに俳優座養成所はなく、養成所の後身とも言うべき桐朋学園の演劇科に行けば俳優座に入れると知って、七〇年に入学しました。でも、通っているうちに新劇の魅力が徐々に褪せていって、アングラ・ブームが席巻していく。そうした状況の中で、新劇にも行けず、アングラにも行けず、演劇難民になってしまった。うろうろしているときに、井上さんが現れた。

成田　私も、民藝、俳優座、文学座といった新劇から芝居を観はじめました。中学校までは、もっぱら親に連れられて歌舞伎を観ていましたが、高校生になると親離れもあって新劇に接し、俳優座の公演には毎回、通っていました。そこでの安部公房の作品や、文学座での宮本研の新作が印象に残っています。安部や別役実の作品など、不条理性や非日常性を見据えようとする問題意識に立った作品もありましたが、しかし、結局、リアリズムが基調となった芝居なんですね。永井さんが言われたように、物語性を核に置き、リアルな手法をもっぱらとするのが新劇の作法だとすると、物語もリアリズムも共に壊してしまおうという破壊力がアングラにはありました。ところが、井上さんは、アングラとは違うやり方での新劇の壊し方を発見されたということになります。

永井　井上さんは物語性がとても強い人ですが、新劇のそれとは違う。物語が入れ子細工になり、物語が物語を相対化して裏切っていく。解体ばかり見せられてきた私には、すごく新鮮に思えました。

小森　乃木希典の一生を乃木の愛馬が語り、その馬たちがそれぞれ乃木の特別な部分を担い、さらに、前足と後足が立場の相違から分裂してしまう。物語を構築しつつ解体していく試みは実験的です。同時に、明治維新とは何だったのか、近代天皇制とは何だったのか、という歴史にも問いを投げかけ、個人と国家の関係をつきつめてもいます。

成田　そうですね。この時期は、歴史学の転換期でもありました。明治維新研究を起点に戦後の歴史学は紡ぎ出されてきますが、ちょうど七〇年代から八〇年代にかけ、そうした「戦後歴史学」とは異なるリアリティが、二方向から追究されるようになります。一つは、明治維新とは、元勲たちが成し遂げた輝かしいものではなく、多くの庶民の血で贖《あがな》われたものだとの認識であり、「民衆史研究」と呼ばれる歴史の考え方です。この認識がしっかりと定着していくのがこの時期でした。いま一つは、歴史学による歴史は、民衆の持つ伝承や伝説といった形でのリアリティを抑圧してきてしまったのではないかという反省を込めた、新たな歴史認識の模索です。

このように考えると、乃木希典も、明治という時代の栄光を単純に担う人間ではない。しかし、その乃木が、なぜ尊敬の念をもって語られてきたのかという問題に直面します。井上さんが描いた乃木大将像も、政府が作り出した乃木神話と共に、民衆の中に乃木への親近感があることを見据えています。そのうえで、声高にイデオロギーで乃木批判をするのではなく、逆に民衆的観点から乃木を祭り上げるのでもない――両方をくるみ込みながら、かつ双方に批評性をもって乃木像を提供しています。

永井　『しみじみ日本』は木村光一さんの演出で、視覚的にも素晴らしい舞台でした。山県有朋《やまがたありとも》と児玉源太郎を女優が演じ、宝塚の『ベルサイユのばら』風に歌い踊るところは、軍隊という男性組織の自己陶酔的な特権意識が透けてくる。

　私は反戦を題材にした芝居を新劇でたくさん観ましたが、軍国主義のグロテスクさをここまで皮肉ったものは観たことがなかった。目が覚めるような思いでした。

成田　二〇一二年の蜷川幸雄《にながわゆきお》演出でも、この点は踏襲されていました。

小森　森鷗外《おうがい》が「興津弥五右衛門《おきつやごえもん》の遺書」（一九一二年）を書いて、乃木の殉死を歴史小説に転換し、日本における殉死の思想を問題にした。そして七九年に、芭蕉《ばしょう》研究者の尾形仂《つとむ》さんの『森鷗外の歴史小説――史料と方法』が出て、近代文学史の中で鷗外の歴史小説や史伝について見直しがなされ始めました。そうした動きをいち早く取り入れ、『しみじみ日本』における井上さんの発想が成り立っている。事後的ですけれど、戯曲を読み直してみると、同時代のさまざまな事柄が凝縮されていることがわかります。

永井　乃木が家庭的に破綻していたことも示していますよね。若いときの乃木は放蕩《ほうとう》の限りを尽くし、祝言当日も遊んでいて遅刻したというエピソードがある。そういう背景を踏まえると、乃木の妻・静子が親戚の娘に書いた手紙の「十八条の心得」は、極めて辛辣《しんらつ》なものに思えてくる。たとえば、「毎日、殿御の御出仕又は御帰りの節は、最も莞爾《かんじ》として玄関脇御廊下まで送り迎え被遊《あそばさ》るべく候」というのを受けて乃木が、「いやいや天晴れな心掛けじゃ。静子も型というものがどんなに大事か、わかってきたようじゃ」と言う。しかしそれは、乃木の思想や行動はすべてが型に過ぎず中身がない、という内実の空虚さを晒《さら》すことにもなる。そして、「(閨《ねや》において) 佳境に入り給うには殿御と同時か、先か、どちらかに致し、殿御より後に行き給うは猥《みだら》の御振舞いなるべし。殿御佳境に入り給えば如何に溢るる共耐えて殿御の措《お》き給うときに止《や》め給うべし」という言葉には、当時の男女・夫婦関係が皮肉られてもいる。

小森　明治という時代が、どういう形で男と女の性役割分担を、強制してきたかという仕掛けが暴かれています。

成田　ジェンダーのほかに階級の問題も入っています。馬同士の差異がここで出されています。さらに、「馬格分裂」を起こしたとき、前足と後足の間で、知識人／民衆、といった点から言い争いになっています。さまざまな二重性、分節の線を取り込み、それを視覚的に見せているのですね。こうした「趣向」には感服します。山口昌男さんとの対談で、井上さんは、乃木を近代日本における「道化」の一人として把握して見せます（「ユリイカ」一九七三年六月号）。そのことだけでもすごいことですが、さらにそれを視覚化――劇表現としていくのですね。
永井　乃木の副官が客にお茶を出そうとして何度やってもお茶をこぼしてしまう。そのこぼれたお茶を拭き、乃木自身も洟《はな》をかんだりする連隊旗が、突如として天皇陛下の分身になっていく。ああいう小道具の使い方なども、当時の新劇的な舞台ではあり得ない。あらゆるところが冴《さ》え渡っているんですよ。

言葉と身体《からだ》のリズム

小森　『しみじみ日本・乃木大将』が近代の重要な人物の評伝劇だとすると、翌一九八〇年の『イーハトーボの劇列車』[*6]は、初めて文学者を主人公とした評伝劇です。永井さんはご覧になっていますか。
永井　観てはいないのですが、戯曲を読んで素晴らしいと思いました。最初、ギリシャ悲劇のコロスみたいな形で農民たちが登場し、「わたくしたちはホテルのりっぱな料理店へ行かないでも、きれいにすきとおった風をたべることができます」という美しい言葉が出てくる。
小森　あれは宮沢賢治の『注文の多い料理店』の序文、「わたしたちは、氷砂糖をほしいくらゐもたないでも、きれいにすきとほつた風をたべ、桃いろのうつくしい朝の日光をのむことができます」（『校本　宮澤賢治全集　第十一巻』筑摩書房、一九七四年）の、井上ひさし的書き換えですね。

永井　その前のト書きに「農民たちは次の序詞を、『新劇風シュプレッヒコール』からはもっとも遠い語り口や物言いで（中略）語る」とあり、やはり新劇への対抗意識があるんだな、と思ったのですが。

小森　そこに、同時代の演劇状況に対する井上さんの批判的な思いが組み込まれているわけですね。

永井　そうだと思います。宮沢賢治の言葉をそのまま使いながら、ところどころに井上さんの言葉を交ぜていく。そのミックスが、絶妙なおかしさと美しさとを醸し出している。「dah!」「シュー」という宮沢賢治から持ってきたオノマトペが、見事に列車の走行音になっている。登場人物たちが客車の部分部分を持ち寄って、いつの間にか片側の座席だけの列車ができ上がるという演出は、当時の小劇場演劇の空間づくりとも通じていると思います。

そうやって列車ができ上がったところに「賢治」と母親の「イチ」が入ってきて、列車が動き出してしばらくすると、「山男」が登場する。私、この山男がおかしくておかしくて、戯曲を読んで声を立てて笑うなんていうことは、これまでなかったことです。「おらは如何《いが》にもけちなものではありますが、学会の招待状づものば貰いまして。はっはっは……」なんて、かわいくて涙が出ちゃう。そして、そうしたメルヘン的なものと恐ろしさが合わさっていく。

小森　同時に、この時代の民俗学の成り立ちの問題や、柳田國男の存在も匂ってくる。実に見事な仕立てです。

永井　言葉のリズムがとても大事にされていて、発語したときにその言葉が立体的になるように書かれている。たとえば、髪の毛がポマードでてろてろの三菱商事社員「福地第一郎」の台詞《せりふ》。「そう、こんなことはじつに稀《ま》れです。この東京帝国大学医学部附属病院小石川分院通称永楽病院は福地家の別荘みたいなものでしてね、喰《た》べすぎて胃腸をこわした、それッ永楽病院だ、急に立ち上ったら目まいがした、それッ永楽病院だ、二日お通じがない、それッ永楽病院だ、深爪切った、それッ永楽病院だ、目にゴミが入った、それッ永楽病院だ、今日は元気だ、それッ永楽病院……」。こういう文体の台詞は、新劇では読んだことがなかった。言葉の意味が物語ることだけではなく、リズムが物語ることをちゃんと計算に入れている。意味を伝えることを第一義にする劇作家が多い中にあって、井上さんは、リズムの説得力を知っていて、そこに重きを置いている。

それはこの戯曲に限ったことではなく、『しみじみ日本』の明治天皇が「朕惟うに」と繰り返すリズムとタイミングのよさなども、どんな下手な役者が言っても笑わせてしまう。とにかく、言葉が全部素晴らしい。

成田　第一郎の造型自体、興味深いですね。彼は三菱、つまり大ブルジョアのもとに勤めている会社員です。芝居の背景となる二〇世紀初頭――大正期は、産業化が進む中で、デモクラシーの機運が高まり、社会が変わっていく時期でしたが、この変革の機運に乗るサラリーマンとして第一郎が描かれています。その第一郎は、やがて「満州」に出かけていき、石原莞爾《かんじ》と組んで一大ユートピアをつくると語る。つまり、第一郎に代表される実業的な変革が、やがて侵略の方向に向かってしまうという、井上さんの批判が盛り込まれた造型です。

他方、そうした産業化の恩恵から疎外されている存在として、井上さんは農民たちを強調します。そのうえで、賢治を、農民の世界を見ながら「国柱会」に参加し、宗教によって個人と共に社会を変えることを試みる人物として描きます。

大正期の変革の二つの方向・主体を見据えるのですが、自己を変革することで社会を変革するという賢治のラインを、第一郎が途中で乗っ取るという、双方の重なりも記します。第一郎も、いつの間にか日蓮宗《にちれんしゅう》に入るのですね。大正期の複雑な変革の機運の構成を、日蓮宗をも一つの思想の核にしながら、井上さんは描いています。
変化と言えば、山男も、産業化の中で変わっていきます。最初出てきたときには東北弁が強調されていたのが、二度目の登場では、「訛《なま》り」が消えているという変化です。第一郎をはじめ、賢治も、山男もそれぞれに、そして複雑に変化をするのですが、自己変革がその底流にあるのですね。

永井　最後に、農民はもっと利口にならなきゃだめだとか、農村は自給自足せよという言葉が出てきますが、都会の生活文化を支えている、山男に代表される農村の人たちが中央に飲み込まれ、中央の経済権力に圧《お》されていくという今も変わらぬ現実が、賢治の、そして井上さんの「思い残し切符」として響いてきます。

小森　実際の芝居はご覧になっていないということですが、文章だけから立ち上がったこの戯曲の印象はいかがでしたか。

永井　美しさと悲しさと滑稽さ、それらが全部入っている。悲しいはずなのに、何か元気がいいんですよね。潑溂《はつらつ》たる作家のエネルギーが伝わってくる。

小森　悲しいのに元気がいい……、なぜそうなり得るのでしょうか。

永井　それが才能というものだと思います。たとえば、第一郎の後に、なめとこ山の熊撃ちの

「淵沢三十郎《ふちざわ》」が出てきます。三十郎が煙管《キセル》で煙草《たばこ》を吸おうとするのだけれど、刻み煙草が落ちたりして、どうしても吸えない。

小森　下に落としては、また拾いに行く。それを延々繰り返す。

永井　井上さんの場合、単純な会話だけで舞台が進行することはない。会話の間に小道具を使った動作を入れることで、ただの議論にさせないような工夫を常にしている。

　賢治と父親の宗教論争の場面も蠅叩《はえたた》きと同時に行われる。蠅の動きを目で追いながら重要な論争がされていて、決して生真面目にさせないようにしている。論争の中に、蠅叩きという動きのおかしさを持ち込むことで、うんざりしているのに元気がいい、あるいは悲しいのにおかしいということが成り立つ。

小森　一つひとつの言葉が、ト書きとの関係において、役者の身体を通してどうハレーションを起こすのかが、はっきり観客にわかるように位置づけられています。

永井　でも、これだけト書きの長い劇作家というのも珍しいですね。それに、井上さんは大の遅筆ですから、きっと現場は大騒ぎだったと思います。現場では、一日も早く台詞が欲しいと思ってるのに、もしあの長いト書きだけが届いたら……。

小森　演出家はキレますね（笑）。

漱石の新解釈

小森　『吾輩は漱石である』[*7]は、いわゆる「修善寺《しゆぜんじ》の大患」と呼ばれる、四三歳の夏目漱石が修善寺で療養中に吐血して生死の境をさまよったときの前後を描いた枠物語になっています。世にいう「三〇分の死」の間に漱石の意識と無意識の狭間《はざま》に、育英館開化中学の四つの場面が現れる。そこに『坊っちゃん』などの初期作品が浮かんでくるという形になっていて、ほかの評伝劇とはかなり違うつくり方だと思います。

この作品で私が驚いたのは、まず明治文学の研究者として、『吾輩は猫である』の「猫」を漱石に見立てて読んだらどうなるのかという問題を突きつけられたところです。漱石文学の読み方を大きく転換する方向を提示しています。

次に『坊っちゃん』が、漱石の松山中学にいたときの実体験と、東京帝国大学の講師時代の精神的危機に対する自己セラピーとが結びついている形で示されていること。漱石という作家にとって小説を書くことは何だったのかが、かなり深く読みとかれているということです。

小説を書くことで、教師としての現実から離脱し、自己解放していたはずが、プロフェッショナルな作家になったがために、以前とは違った精神的重圧を被り、胃潰瘍になってしまう。

そうした要因を分析した戯曲なのではないか、と私は読んだのですが、成田さんはいかがですか。

成田　井上さんはこんなことを言っています。「作家の実生活を調べて何だかんだと言い、作品を実生活との関係で解釈していくというのはけしからぬという考えがあります。しかし、夏目漱石、石川啄木、宮澤賢治、太宰治という作家は、実生活も押さえないと、作品がわからない、というよりおもしろくないのです」（『宮澤賢治に聞く』文春文庫、二〇〇二年）と。ここに、後ほど出てくる樋口一葉も加えていいと思いますが、井上さんの文学者の評伝劇は、作者の生き方と作品世界を両方合わせて描くというつくり方がされていると思います。この戯曲もまた、最初と最後に「修善寺の大患」の場面を置いて、真ん中に漱石の作品に登場してくる人たちをちりばめながら全体として漱石の世界に迫っていくという構成になっています。

私も二つのことを指摘してみたいと思います。一つ目は、井上さんが『猫』『坊っちゃん』などの漱石の初期作品に着目していることです。この戯曲が書かれた八〇年前後は、「則天去私」といった、悟り澄ました晩年の漱石に着目することが多かったと思いますが、井上さんはあえて初期の漱石に着目しています。また、一九一〇年の「修善寺の大患」を、改めて強調します。つまり、初期から中期を核にした独自の漱石解釈を、提示していると思います。

二つ目は、そうした解釈の中で、井上さんが何を問題にしたかというと、死の問題だったということです。『イーハトーボの劇列車』『頭痛肩こり樋口一葉』[*8]と同じく、『吾輩は漱石である』も死を前面に出しながら、死を感じた人間がどのような「理想郷」を探るかが問われている。最後のト書きに「漱石的学校」という言葉が出てくるように、学校を舞台にしながら、理想郷のあり方を探ってみようという井上流の趣向の凝らし方がここにはあると思いました。

この場合の学校は、教える、教えられるという単純な関係ではなく、お互いに教え合いながら理想郷を探っていく場です。そこでポイントになるのは校長が不在であること。なるほど、漱石は大病中であるから校長も不在なのでしょうが、同時に「不在の中心」、つまりは天皇制を意識しながら、果たして日本で理想郷をどういうふうにつくれるのかを考えた作品だと思います。

永井　『吾輩は漱石である』と同じ八二年に、宮本研さんが『新編・吾輩は猫である』を文学座に書き下ろしています。宮本研さんは新劇を代表する大作家ですから、おそらく井上さんは、それを意識していたはずです。たとえば、井上さんの戯曲には実際の漱石はほとんど出てこず、三〇分の死の中で漱石の見た夢、脳内の出来事が描かれている。それは、宮本研さんの漱石像との違いを鮮明にしようとしてのことなのかも知れない。そんな想像もしたくなります。

ただ、この戯曲、私には難解なんです。いつもの井上さんと違って、すべてを難解なまま、わかる人にだけメッセージを送っているような感じがしたのですが、どうなんでしょう。

成田　確かに、わかりにくい部分があります。たとえば、四場につけられた、それぞれの花の名前です。「さくら」「アネモネ」「しらゆり」「あやめ」。小森さん、これにはどういう意味合いを持たせているのでしょうか。

小森　本当のところは井上さんに聞いてみないとわからないのですが（笑）、私なりの考えを申し上げます。

まず「さくら」が象徴するのは日露戦争における広瀬中佐です。漱石が小説を書き始める直前、旅順港閉塞作戦で戦死した広瀬武夫の遺体は回収されず、わずか二銭銅貨大の肉片のみが日本に運ばれ、青山斎場で葬儀が行われる（一九〇四年四月一三日）。そのとき劇的にも桜が散る。そこで明確になった「軍神」と桜の象徴性に対する批判がある。

「アネモネ」は、漱石の小説には直接出てきませんが、明治四二（一九〇九）年四月一四日の日記に、「アネモネ其他二三の西洋草花を買つて来る」とあります。

「しらゆり」は、『夢十夜』の第一夜をはじめ、繰り返し象徴的に使われています。ヨーロッパの絵画では、ジャンヌ・ダルクやベアトリーチェなど、処女のまま死んだ女性を象徴する記号としてよく出てきます。『それから』にも処女性をあらわす花として印象的な使われ方をしている。日本においてはさほど意味のなかった花に、漱石が過剰な意味を与えたのが白百合です。「あやめ」は明治四三（一九一〇）年六月八日の日記に出てきます。

永井　漱石の作品を読み込んでいる人にはピンとくるところがあるのでしょうけれど、そうでない人にとっては、漱石に入り込むきっかけにはなりにくい。

小森　ならないですね。井上さんご自身もおっしゃっているように、玄人向けです。

永井　新劇的な漱石に、あえて対抗しようという意識が相当あったのかなと。

小森　それまでの日本の文学世界の中で共有されてきた漱石の作品や人となりをめぐる通念をとことん壊し、「えっ、漱石の頭の中ってこういうふうだったわけ?」と新しい見方を伝えたかったのかも知れません。

一葉に込められたリアル

成田　『頭痛肩こり樋口一葉』。この作品について、三つのことを指摘したいと思います。一つは、戯曲とは異なる「創作ノート」があり、それが公表されたということ。「創作ノート」は、「幻の上演プロット」と題され、「ｔｈｅ座」[*9]の創刊号（八四年五月）に掲載されていますが、ここでは一葉の死後五年の盂蘭盆《うらぼん》（一九〇一年七月一六日）を設定して、吉原の元娼妓《しょうぎ》たちが「樋口一葉伝」を論じるという構成になっている。つまり、井上さんは最初、一葉の伝記を軸にしようとしていたのですね。

もちろん井上さんの戯曲ですから、一葉の小説の主人公たちが、元娼妓という登場人物に投影されているのですが、伝記的事項に基づき、半井桃水《なからいとうすい》や久佐賀義孝が登場します。趣向も、工夫されています。たとえば冒頭近くに、《闇《やみ》黒に住む元娼婦団》なるものが、「自由廃業予防会社期成同盟」の懇談会に「炸裂弾《さくれつだん》」を投げつけ襲撃しようとした計画が未遂に終わったことが持ち出されます。むろん、井上さんの創作ですが。

ところが、その伝記と社会運動を下敷きにしたアイデアは破棄され、現行の戯曲に書き換えられました。井上さんが最初に構想していた一葉劇がどのように変化していったのか、「創作ノート」と戯曲を並行して読むことでわかってきます。

二つ目は、完成稿の登場人物は女性ばかり五人と幽霊で、一種の家庭劇の趣向を持ち、文学者としての樋口一葉ではなく、徹頭徹尾、生活者「樋口夏子」として描かれているということです。ここでの一葉は生活者ですから、当然社会とのしがらみが強く打ち出されます。そして、しがらみは「うわさ」という形態をともない、登場人物の女性たちにとっては、うわさがいかに厳しいしがらみを押しつけていくかが描かれます。また、幽霊である「花螢《はなぼたる》」は、「恨み探し」をしています。恨みの根源を探る行為は、いろいろな人につながっていき、最後は皇后にまで行き着く因縁の糸となり、社会へと問題を広げていきます。「賢治」「漱石」に続き、死のテーマが込められていることも、併せて見てとれると思います。「幽界《あのよ》」と「明界《このよ》」の二つの世界に跨《また》がる二重性を含み込みながら物語が展開します。

そして三つ目は、従来の「薄幸の小説家」という一葉像に対して、真っ向から異議申し立てがなされていること。そのときに見過ごすことができないのが、文学研究者の前田愛さんの存在です。前田さんは、『樋口一葉の世界』（七八年）で、一葉像の大胆な書き換えを行いました。

前田さんと井上さんの一葉像は、互いに共鳴し合い相補的な関係になっていると思います。事実、井上さんは、この戯曲を前田さんに向けて書いていたということを言っています。一葉は言文一致運動の直前に登場し、旧来の文体と新しく勃興してきた文体の一番いいところを併せ持つことができたという認識のもと、二人は一葉の文体に着目しました。同時に「萩《はぎ》の舎《や》」という上層インテリ階級から吉原の「娼婦」まで、一葉はあらゆる階級を見ることができたとも言います。この点で、前田一葉像と井上一葉像が響き合うのですね。

小森　前田さんの仕事は、たとえば一葉の父親がどうやって士族の株を買ったのか、幕末維新の階級変動期をどう生き抜いたのかといった一葉の実人生と、小説に登場するあらゆるディテールとを結合し、小説テクストから同時代の歴史的な変動を浮かび上がらせていく。一葉を通して明治という時代を読みとくものでした。
　永井さんも同じ一葉を主人公にした『書く女』[*10]を書かれていますね。

永井　はい。でも井上さんの作品は観ていませんでした。ただ、毎年盂蘭盆に登場人物が集まって語っていくという設定を聞いたとき、何と素晴らしい設定だろうと思いました。その仕掛けは『イーハトーボの劇列車』が、賢治の何回かの東京行きの場面を切り取っているのと似ていますね。『一葉』では、お盆という設定にしたことで作品の傾向が決まったと思います。この作品の眼目は一葉を描くことではなく、一葉の生きた世界、一葉の周辺にいた女たちがどういう生活を送っていたかを描くことにある。そこでは一葉ですら登場人物の一人にすぎない。

小森　永井さんにとっての樋口一葉は、どのような存在なのですか。

永井　一葉という人は、私にとっては謎の人です。生活苦のために一九歳で小説家になろうと志し、半井桃水の指導を受けるわけですが、二〇歳のときに初めて発表した「闇桜」を読むと、「おやめなさいよ。可能性ないよ」と言いたくなるぐらい凡庸で堅苦しい。ところが二二歳で「大つごもり」を書いてからは、「たけくらべ」「にごりえ」「十三夜」と立て続けに傑作を物するまでになる。こんな短い間に劇的に筆力を向上させた作家は例を見ないのではないでしょうか。

何が彼女にそうさせたかというと、半井桃水の指導ではなく、貧困でしょう。それから、女という縛りと下谷《したや》龍泉寺町《りゅうせんじまち》での商売ですね。龍泉寺町は吉原のすぐ近くだし、次に引っ越した本郷丸山福山町《まるやまふくやまちょう》にも娼婦がたくさんいて、一葉は実際に彼女らの手紙の代筆をしてもいる。そうした底辺の女たちや、子どもたちに触れたところから、彼女の小説はリアリズムになっていった。私はそういう一葉の姿を書きたかったので、どうしても時間軸を追っていくことになる。

ところが、井上さんは個の人間像としての樋口一葉の捉え方は放棄している。これは井上劇すべてに通じますが、賢治にしても啄木にしても、自然主義的な性格描写には重きを置いていない。なぜなら、井上作品に出てくる人間はみんなおしゃべりで、苦しみの理由を自分で説明していくからです。そうしないと、この複雑な劇構造を理解させられない。さすがに、シェイクスピアの芝居のように、道の真ん中で独白することはなくても、必ず自らの境遇や悩みを自ら話すことで芝居が前に進んでいく。

私が衝撃的だったのは、井上さんが一葉に「心の底から先生（半井桃水）をお慕いしていた」

と人前で言わせていることです。実際の一葉は桃水への思いをひた隠しに隠して、うそをつき通した。それがあっさり、好きなんですよと言ってしまうのだから、この時点でリアルな樋口一葉を書くという意思がないことがわかる。

成田　なるほど、素晴らしい読みです。

小森　この台詞一つで、リアルな一葉は書かないという宣言をしているということになるわけですね。

永井　それでいて、別のリアルを書こうとしたところが、井上さんの才能ですね。対して私は、狂うほどの恋心を日記に書きながら世間には隠し通した、一葉の抑圧されたエネルギーを書きたかった。そこを書かなかった井上さんは策略家だと思います。そうすることで、思わぬことで運命を狂わされていく社会のしがらみを描き、その中でがんじがらめになって生きた樋口一葉という人間を構造的に捉えた。

小森　今おっしゃった、「構造的に捉えた」というところが大事なのだと思います。樋口夏子を囲む人間関係をどういう設定にするのか悩んだプロセスを、井上さんはあえてさらけ出しています。結局書き直したのは、明治維新以降の大きな階級変動の中で、とりわけ女性たちがどういう位置に置かれていたのかを明らかにする方向においてでした。実在した稲葉鑛《こう》という女性の大転落の人生に、一葉の小説の作中人物の女性を何人か組み合わせたような「中野八重《やえ》」という架空の女性を配置して、明治という時代の矛盾がよりよく見えてくるように、明治日本における女性の社会的位置を構造的に捉え直したということだと思います。

伝える使命

永井　不思議なのは、あの難解な『漱石』の後なのに、こちらは非常にわかりやすい。しゃべる言葉はすべて現代風だし、子どもが観てもわかる。それはなぜかと推測すると、井上さんにはどうしても伝えたいことがあったからではないかと思うんです。その頃の井上さんは、押しも押されもせぬ中央の人。今までは少し中心から外れていたところにいたはずなのに、いつの間にか真ん中に来てしまったという意識もあったと思います。

そうしたときに、昔のようなナンセンスやあからさまな毒気より、中央にいる者の責任が芽生えたのではないか……。「むずかしいことをやさしく、やさしいことをふかく、ふかいことをおもしろく」というまさにお手本のような本です。

小森　それは『吾輩は漱石である』と『頭痛肩こり樋口一葉』の間に大きな変化があるという話になりますね。

永井　言い切っていいのか自信はありませんが、そう感じたのは確かです。『一葉』は本当に読みやすい。井上戯曲は、読むのが大変なものでした。たとえば『小林一茶』[*11]（初演、一九七九年）をのたうち回りながら読んだ覚えがありますが、『一葉』は、誰が何を言い、何を問題にしているかどんどんわかる。そういう意味でも節目となる作品のような気がします。この後に書かれた『泣き虫なまいき石川啄木』[*12]（同、八六年）や『太鼓たたいて笛ふいて』[*13]（同、二〇〇二年）も読みやすい。でも、『しみじみ日本・乃木大将』と『小林一茶』は上演時間内になんか読めません（笑）。

小森　それは見事な比喩ですね（笑）。

永井　上演時間はどんなに長くても三時間ぐらいですから、読むならもっと速いはずです。ところが、それまでの井上さんの戯曲は読むのに倍ぐらい時間がかかる。それが後年になると、どんどんシンプルになっている。

小森　どんどん読めるということは、戯曲の時間軸に即してテーマが深まっていくということですね。

永井　寄り道がなくなっている。

小森　井上ひさし的戯曲の要の一つに劇中劇がありますが、その使い方も変化しているのでしょうか。

永井　『一葉』には劇中劇はないですよね？

小森　一葉だけに幽霊が見える設定はある種の劇中劇と私は考えました。しかし、ほとんど劇中劇と言わずに済むぐらい、幽霊である花螢は自然な形で生きている人間と対話をしています。

永井　趣向としては凝っているのですが、読み違えのしようがない。完成度が高いと言えば高いと言えるのでしょうが、物足りなさを感じる人がいるかも知れない。

小森　そこが、井上さんがこの時点で演劇界の中央に位置していることと結びついている。

永井　中央にいることとの責任感、使命感があったのではないでしょうか。外野から囃《はや》し立てるのではなく、誤解のないよう、しかし面白く伝えなければと。

成田　『一葉』の辺りから、井上戯曲では、登場人物がだんだん少なくなってきます。『藪原検《やぶはらけん》校《ぎょう》』（初演、一九七三年）や『しみじみ日本』にはたくさんの人が出てきたのが、六人が定番になってきていますね。

永井　旅公演に適した人数だからでは？　私も今、五人が多いです。それ以上になってくると、経済的に厳しくて（笑）。

成田　なるほど、そういう理由があったのですか（笑）。いくらか戻りますが、確かに『一葉』

は読みやすい戯曲ではあります。ただ、同時に、展開していったらどうなるだろうという種は、いっぱい蒔《ま》かれていますね。

永井　おそらく、書き込みたい欲を抑え、提示はするけれども深入りはしないを守りぬいたのだと思います。たとえば、最後、妹の「邦子」がたった一人、仏壇を背負って家を出て行く場面があります。あれは、闇から生まれてまた闇に戻っていく、そのわずかの間に人間がどういう境遇に見舞われるのかということを照らし出す、生を際立たせるための仕掛けだと思います。そして、現代語の台詞は、明治を描きながらも今を強く感じさせようとしている。

小森　台詞の言葉から明治の時代性を抜いたねらいは、一葉の人生を、現在に引きつけるためです。観客である私たちが自分たちの現状を考える場合に、因果の連鎖をどこまでさかのぼるかという課題にもなる。

永井　あの仏壇を背負う邦子の姿を見て、思わず泣いたという人もいました。

成田　仏壇を背負うことはそこに納められている死者たちの記憶を背負っていくということであり、さらに新たな引き受け手に手渡すということを動作として見せた、と思いました。

小森　引き受けていく邦子には死者だけでなく、借金も積み重なっていて、その発想は後の『石川啄木』にもつながっていく。明治以降、資本家はずっと資本を蓄積し、庶民には恨みと悲しみと借金が積み重なる。この捉え方も重要な観点だと思います。
永井　二つの対比と循環を明確にしようという意図が読み取れます。その意味でも『頭痛肩こり樋口一葉』という題は素晴らしい。一葉の日記には、確かに頭痛と肩凝りのことが出てくるけれど、そんなのは見過ごしてしまう。けれど井上さんは一葉の死は頭痛と肩凝りからきているんですよと伝えている。
成田　先ほど、永井さんは、井上戯曲は性格描写を切り落とすと指摘されましたが、井上さんはこのタイトルで、一葉の人となりをぴたっと押さえているのではないでしょうか。
永井　ええ。もちろん一葉という人間が何をし、何を考えたかが描かれています。しかし、一葉の写実的な描写には興味を示さず、そうでなければ描けない樋口一葉を描いたのだと思います。だから、半井さんが好きだと告白しなければ進まない。
成田　それに対して、永井さんの『書く女』は、文学者としての樋口一葉に焦点を当てていると思います。
永井　『書く女』では、樋口一葉がどうしてわずかな期間にあのような文学者になったのかを、彼女の周囲にいた貧しい人たちとの接点を通じて書きたかった。もう一つは、「厭《いと》う恋」が一葉を作家にした、そこを書きたかった。井上さんの戯曲には、厭う恋はないんです。

成田　『書く女』の最後のほうで、斎藤緑雨が、一葉の小説には「恐ろしい囁《ささや》き」が秘められていると指摘しています。

永井　一葉はしたたかな反逆者です。「われから」は夫に裏切られ、追い出されそうになった妻が最後の最後に夫を罵倒して開き直る。それまでは貧乏の苦しみを多く描いてきたのに、最後に裕福な主婦の心の闇を書いた。まさに現代的なテーマの先取りです。そのちょっと前の「裏紫」では、ルンルン気分で浮気に出かけていく妻の内面を描いた。そういう小説を書きながら、自身は「われは女なりけるものを」と当時の女性の規範の中にとどまり続けた。そんな一葉が、これらの作品をどんな思いで書いたのか、それを知りたいと思ったんです。

小森　一葉の小説は、当時の社会の枠組みから根源的に逸脱しています。

永井　「裏紫」など、なぜ当時問題にならなかったのでしょう。

小森　「閨秀小説《けいしゅう》」という枠の中で読まれてしまったからだと思います。そういう性差と同時代状況との関わりを問題にしていくきっかけが前田愛さんの一葉論で、井上さんの『頭痛肩こり』が、その方向性を切り開いていった。さらに永井さんの『書く女』が、緑雨をはじめとする男性文学者と丁々発止のやりとりの中で、彼らを引きつけた表現者としての一葉のパワーを伝えている。

永井　話しているうちに、『書く女』を再演したくなってきました。
小森　ぜひ、そうしてください。

虚構と真実

小森　『泣き虫なまいき石川啄木』は、家庭劇としてなら、『イーハトーボの劇列車』の父と子の問題を思い起こさせ、日々の生活の中の金銭の問題や借金の問題は『一葉』の世界と響き合っています。それまで積み重ねてきた評伝劇の重要なエッセンスが凝縮されている。そして啄木が死んでから二〇日後、妻の節子が療養に来ている房総の海岸から回想していく構成は、井上評伝劇の集大成のようになっています。
成田　賢治の「上京」、漱石の「大患」、一葉の「お盆」を、井上さんはそれぞれの作家の凝縮された行為や時間、あるいは場所として着目します。人となり、作品を理解する要となる「環」を抽出するのですね。井上さんの言葉で言えば「趣向」ですが、この劇の場合、それは啄木が間借りしていた東京・本郷の「喜之床《きのとこ》」です。天才歌人の「平凡な生活」、その平凡さこそが、ほかの人たちの苦しみを代弁した啄木の核であったと考え、そのことを描くにあたって、啄木が妻・母と暮らした空間――「喜之床」を舞台とする趣向が選択されたと思います。

また、石川啄木ではなく、本名「石川一《はじめ》」として登場させているのも、彼を文壇には閉じ込めないぞ、という井上さんの意図がうかがえます。

永井　文学的な葛藤は描かずに、徹底して生活が描かれている。啄木は可哀相《かわいそう》です。漱石もいろいろと悩みは深かったでしょうが、書斎があって食べるものには困らなかった。しかし啄木は、彼の文学をまったく理解できない母親、禅僧を気取った酒飲みの父親、そして嫁と姑《しゅうとめ》の不仲、諍《いさか》いの絶えない家庭の中で、書斎という逃げ場もないままに書き続けていた。改めて、その厳しさを感じました。

気になったのは、「金田一京助」の妻の浮気です。フィクションとはいえ、実在の人物をこういうふうに描いてしまうのはかなり大胆。私だったら怖くてとても書けない。

小森　あり得たかも知れない出来事を舞台の上に現実として上げてしまう。そこに井上ひさしという戯曲家が歴史と対峙《たいじ》する一つの姿勢があるように思います。

成田　井上さんは、作家の実像を描くことに主眼を置くのではなく、一貫して、その作家が生きた時代や、作家が作品として展開した世界を伝えようとしています。『一葉』は、一葉の日記や作品を素材とし、リアリティを保ちながら、中野八重（一葉の幼友達）と花螢という架空の人物をつくり出します。『啄木』においても、金田一という実在した人物とその家庭を虚構を交えて描くことによって、啄木の切実さを訴えるというリアリティのつくり方をしていると思います。

永井　けれど、ここに出てくる金田一は、完全にだしの役割ですよね。彼を見ることによって、啄木は被害者としての自分から別の主体に変わっていく。そのための役割を与えられているだけで、金田一の最終的なフォローがされていない。けっこう酷なような気がしますが。

成田　なるほど、そのとおりですね。ただ、金田一は、啄木と同じ志を持ちながらも、まったく違う出自と境遇を有しており、『啄木』でもそのような設定になっています。また、戯曲中で啄木が社会を変革するには実力行使しかない、と言うのに対し、金田一が、「(君は)これまでの短歌の型式をもののみごとに打ち毀してしまつた」し、短歌を意のままにしているのだから、「つまらぬ事は考へないで、歌人としてさらに大きく成長してください」と諭す場面を折り込んでいます。つまり、啄木に共感しながらも、別の方向性を示す人間として金田一が設定されています。

同じような家庭の問題を背負った啄木と金田一が、違う道を歩んでいくさまを示すことで、井上さんはそこに可能性としてのリアリティを提供しようとしたと思いました。

永井　それが、井上さんの「真実」なのでしょうね。

歴史をどう語るのか

小森　『太鼓たたいて笛ふいて』はいかがでしょう。

永井　これも非常に読みやすい。登場人物の役割が嫌みなほど巧みに設定されています。林芙美子《ふみこ》とその母「キク」、島崎藤村の姪《めい》「島崎こま子」を中心に、音楽プロデューサー「三木孝」と元行商人の「四郎」と「時男」の三人とのやりとりを交え、徐々に国策協力・戦争協力の道に引き込まれていく、林芙美子という作家の戦中・戦後の軌跡が描かれています。本当に上手だなと感心してしまう一方で、芙美子とこま子の関係の描かれ方に少し疑問がある。叔父の藤村に誘惑されて子どもまでなしたこま子は、その頃無産運動に関わっていた。芙美子は戦後、自身の戦争協力について大いに反省するわけですが、反省する前の芙美子とこま子がこんなに親密になることが可能だったのか、と。

その一点を除けば、本当に面白く書かれている芝居です。

小森　「上手」に「面白く」という言葉に、永井さんのいささかの不満が宿っているように聞こえますが。ここにもう一つ何かが加わると井上ひさしらしいのだけれど、というようなことでしょうか。

永井　不満ということではありません。今回改めて、井上ひさしという人に圧倒されました。尊敬しているし、今後こんな人は二度と出てこないだろうと思う。だからこその無い物ねだりみたいなものです。

私は、やはり『小林一茶』の頃の、ああいうはちゃめちゃさや勇み足に最も惹《ひ》かれるんです。

小森　戯曲をすんなり読み進められないような過剰さを求めていらっしゃるわけですか？

永井　というより、すんなりへの違和感と言い換えられるかも知れません。たとえば、井上さんの戯曲には歌が出てきますね。私は『ひょっこりひょうたん島』の中に出てくる「勉強なさい」という歌が大好きでした。「勉強なさい　勉強なさい　大人はこどもに命令するよ　勉強なさい」。テストでいい点を取るためとか、いい学校に入るためじゃなくて、人間になるために勉強なさいと人形が歌うのは素敵でした。でも、こういう「すんなり」を生身の大人が歌ったらどうなるか。

『太鼓たたいて』の冒頭「はるかかなたどこかで／かすかに地鳴りがする／あれは大砲のおと／火薬の匂《にお》いもする／ときは昭和の十年の秋／ある晴れた日／ところは東京　西の外れの／下落合（後略）」という歌があります。

趣向として面白いし、ブレヒトの歌とはまた違う華やかさがあるのですが、これを大人の役者が歌うのを聴くと、妙な子どもっぽさを感じました。「おろして切り身　それがお刺身／わさびによく合うよ／お酒で蒸す手もある／かぶらと蒸す手もある／あたまだけ焼くと／かぶと焼きだよ（後略）」という歌にしても、中国侵略のさなかに日本で花鯛《はなだい》に興じているという批評性より、人物が歌によって単純化され、子どもっぽくなっていくようで、戸惑いを覚えるんです。

成田　『太鼓たたいて』が、それ以前の評伝劇と異なる点の一つは、確立した作家になってからの林芙美子に焦点を当て、そこから問題提起を行っている、ということではないでしょうか。『放浪記』が大評判となり、文壇の寵児《ちょうじ》になっている林芙美子が、戦時に、日本の軍国主義を「太鼓たたいて笛ふいて」煽動《せんどう》したことへの批判的な言及を、井上さんはしています。もちろん、単純なことあげではありません。

この戯曲のキーワードの一つは「物語」だと思います。いろいろな物語が出てきますが、三木は「戦さは儲かるという物語」を振りかざします。そして、芙美子にも、その物語に添って書いていったらどうかとそそのかします。芙美子は、いったんはそれに乗るのですが、徐々に迷いが生じる。そして、敗戦近くになると、「あの物語は妄想だった」と言いはじめ、戦後はもう小説を書きたくないと言い出すのです。しかし、三木に「物語なしで人間が生きて行けるでしょうか」と問われて、再び考え直すなど、さまざまな角度から戦時の芙美子を考えようとしています。

一方、レイテ島で捕虜となって復員してきた時男が、芙美子が戦後に書いた「雨」という小説（物語）に感銘を受けたことも、後半では描かれます。時男は、新たな物語を語り、それ自体がまた別の物語を生みます。物語を書くという行為に関わる論点——誰に向かって書くのか、何を書くのか、と問題を広げつつ、時局に添った——添ってしまった芙美子の営みを厳しく追及しています。

永井　物語を決めるのはこの国のお偉方であり、そのお偉方の決めた物語をまた国民が気に入って受け止めた。それに気づいた芙美子は、「そんな物語をつくりだしたやつ、そんな物語を読みたがったやつ、だれもかれもみんな救いようもない愚か者だったのよ」と叫ぶ。そして最後、自分が太鼓をたたいて笛をふいたという反省のもとに、時男の話を深く受け止め、「もっと書かなくてはね。あなたの……あなた方のつらさを苦しさを、もっと書かなくてはね」と言う。物語というものは誰の側に立ち、何のために書くべきか。これは、井上さんからの表現者に対するメッセージでもありますね。

成田　芙美子の側に立って言えば、物語をつくる人間、すなわち、書くことに伴う責任ということになるし、物語一般ということで言えば、物語というものは絶えずそうしたやりとりの中で変形され、あるときは人を踊らせる太鼓になり、あるときは人の生きる糧にもなるということですね。井上さんは、物語をめぐって、複雑で、一筋縄ではいかない状況を描き、具体的かつ原理的に問題を投げかけていきます。

永井　非常に複雑な構造なのですが、芝居自体はすごくシンプルに見えるんですよね。

成田　本当にそうですね。先ほどから永井さんが指摘されているように、わかりやすいけれども、そこに付随する問題点も現れてきてしまう……。

永井　複雑なことは伝えにくい。だからどうしても簡略化し、わかりやすい形で伝えることになる。でも、そのことによって失われるものもある。それが何なのか。井上さんのように大きな問題を書こうとしてきた人には、永遠について回るのだと思います。

知的な表現者たちの背負った問題を、数時間の芝居で観客に伝えていかなくてはいけない。それにはなるべく単純化しなければならない。難解なところがない台詞で、人間世界の複雑さを描く。この非常に難しいバランスを、井上さんは強いられ続けていたのだと思う。

複雑な人ほど単純に見えるという宿命を、井上戯曲は負い続けている。

成田　井上さんの後期の作品に対する、とても共感あふれる批判だと思います。

永井　批判ではありません。ただ、井上さんに直接こういうことをお聞きする勇気が出なかったのが最大の後悔です。

成田　今の指摘は、歴史学の抱える問題と重なってきています。歴史学は、歴史を権力の側からしか描いておらず、人間の生きるつらさに触れていない、というのが井上さんの歴史学批判だったと、私は受け止めています。井上さんの芝居は、人々の生きた軌跡を、歴史の文脈の中で把握されようとする営みにほかならなかったと思うのです。

しかしこうした中、歴史学もさすがに、近年ではこのような問題意識を持つようになってきています。ただ、そのときに、どういうナラティブ（物語）を選択するのかというのがとても難しいのですね。歴史学は、まだそこにまで問題設定が及んでいませんが、井上さんの「趣向」は、そこに関わっての問題提起で、ナラティブ（語り）に力を傾けています。ここここそが歴史を描き語るうえでの焦点であり、当面の難関だと思っています。

永井　本当に難しい。私にも答えは出ません。だけど、井上さんは作品ごとに何に重きを置くべきか、はっきりと示されている。

成田　はい。その点に関しては、先に触れたように、一葉の場合もそうでしたし、宮沢賢治に

この『太鼓たたいて』は、『放浪記』の林芙美子のイメージを一新するものでした。

ついても同様です。従来の、自然との調和を目指した詩人像に加え、国柱会の活動に加わる賢治に着目したことは、井上さんの勉強家ぶりが現れている。

日本文学研究は、八〇年代に一つの転換期を迎えていましたが、そこでの新たな知見を、井上さんは敏感にキャッチし貪欲に取り込んでいっていると思います。そして、それを消化し、自分の解釈をつくりあげ、作劇しています。大変な営みだと、つくづく思います。

永井　井上さんは現代劇をあまりお書きになりませんでしたが、舞台がいつの時代であっても、すべて現代劇として読める。昔々に起こったお話じゃなくて、大変なリアリティをもって今につながってくる。そこが井上さんの評伝劇のすごさだと思います。

小森　井上ひさしさんの評伝劇について発表順に考えてきましたが、いくつかの重要な発見がありました。一つは戦後の日本の演劇界に対する井上ひさしさんの立ち位置の変化が、一つひとつの評伝劇に刻まれているということ。二つ目に、その位置の異なりが、劇のつくり方そのものにまであらわれているということ。そして三つ目に、一つひとつの戯曲が発表された時代状況から、日本の近代全体を捉え直す歴史認識の挑戦をされていたことがわかりました。永井さんの同じ劇作家からの視線によって、新たな井上ひさし像を見出《みいだ》す、大変面白いお話でした。

（二〇一三年三月六日、集英社にて）

註

＊1　『日の浦姫物語』。初演＝一九七八年七月（於：東横劇場、制作＝文学座、演出＝木村光一）。文学座の杉村春子への当て書きで書き下ろした戯曲。平安時代の奥州《おうしゅう》を舞台に双子の兄妹、稲若と日の浦姫の近親相姦《そうかん》を扱ったもの。

＊2　『しみじみ日本・乃木大将』。初演＝一九七九年五月（於：紀伊國屋ホール、制作＝芸能座、演出＝木村光一）。明治天皇に殉死することを決意した陸軍大将・乃木希典の愛馬たちが、前足と後足に分裂して人の言葉を話し出す――。

＊3　アングラ・ブーム。ここでのアングラは、アンダーグラウンド演劇（アングラ劇）の略称。一九六〇年代末から一九七〇年代はじめにかけて、商業演劇とは一線を画す小劇場演劇が時代の潮流となった。代表的なものに、寺山修司の「天井棧敷」、鈴木忠志の「早稲田小劇場」、唐十郎の「状況劇場」、佐藤信の「黒テント」などがある。

＊4　『ら抜きの殺意』。初演＝一九九七年一二月（於：テアトル・エコー、作・演出＝永井愛）。

＊5　ポストモダン。もともとはモダニズム建築への批判として提唱された建築スタイルを指していたが、一九六〇年代末から七〇年代以降は、リオタール、ラカン、デリダといったフランスの現代思想家たちの、伝統的な西洋哲学からの脱却、異議申し立て等の思潮のことを指すようになった。

＊6　『イーハトーボの劇列車』。初演＝一九八〇年一〇月（於：呉服橋三越劇場、制作＝三越劇

場・五月舎、演出＝木村光一）。宮沢賢治の人生の転機となった四回の上京を、あの世に旅立つ亡霊たちや賢治が創作した童話の世界の住人と共に描いた作品。「これからの人間はこうであるべきだという手本。その見本のひとつが宮澤賢治だという気がしてなりません。必要以上に賢治を持ちあげるのは避けなければなりませんが、どうしてもそんな気がしてならないのです」（井上ひさし）

＊7　『吾輩は漱石である』。初演＝一九八二年一一月（於：紀伊國屋ホール、制作＝しゃぼん玉座、演出＝木村光一）。「修善寺の大患」で大吐血した四三歳の漱石が、意識の闇の中で幻影を見る──。

＊8　『頭痛肩こり樋口一葉』。初演＝一九八四年四月（於：紀伊國屋ホール、制作＝こまつ座、演出＝木村光一）。物語は、樋口一葉を一葉が一九歳の盂蘭盆から始まり、以降毎年の盂蘭盆の一六日に限定しその生涯を描く。こまつ座の旗揚げ公演。

＊9　「ｔｈｅ座」。「演劇を愛する人、広くは人間と文化を考える人に楽しんでいただきたい」（井上ひさし）という思いのもと、一九八四年に創刊された、こまつ座の公演雑誌（パンフレット）。

＊10　『書く女』。初演＝二〇〇六年一〇月（於：世田谷パブリックシアター、作・演出＝永井愛）。樋口一葉が残した日記をもとに、師の半井桃水への思いやさまざまな人々との交流を通じて、一葉が「書く女」として自立していく様子を描く。

＊11　『小林一茶』。初演＝一九七九年一一月（於：紀伊國屋ホール、制作＝五月舎、演出＝木村光一）。俳諧師・小林一茶の評伝劇だが、一茶自身は登場せず、一茶をよく知る人たちの証言で構成されるというユニークな趣向。

＊12　『泣き虫なまいき石川啄木』。初演＝一九八六年六月（於：紀伊國屋ホール、制作＝こまつ座、

演出＝木村光一）。二六歳で早世した歌人・石川啄木の晩年の三年間を描いた評伝劇。

＊13 『太鼓たたいて笛ふいて』。初演＝二〇〇二年七月（於：紀伊國屋サザンシアター、制作＝こまつ座、演出＝栗山民也）。従軍作家として戦地をめぐった作家・林芙美子の後半生をたどった評伝劇。

第五章
「日本語」で書くということ
——平田オリザ

平田オリザ（撮影／井垣亮）

平田オリザ（ひらた・おりざ）

一九六二年、東京都生まれ。劇作家・演出家。国際基督教大学教養学部卒業。「青年団」主宰。こまばアゴラ劇場芸術総監督・城崎《きのさき》国際アートセンター芸術監督。九五年『東京ノート』で岸田國士《くにお》戯曲賞受賞。二〇〇三年『その河をこえて、五月』で朝日舞台芸術賞グランプリ受賞。一一年フランス文化通信省より芸術文化勲章シュヴァリエ受勲。一九年『日本文学盛衰史』で鶴屋南北戯曲賞受賞。大阪大学COデザインセンター特任教授。（公財）舞台芸術財団演劇人会議理事、埼玉県・富士見市民文化会館 キラリ☆ふじみマネージャー、日本演劇学会理事、（一財）地域創造理事、豊岡市芸術文化参与。

幻の〝満洲三部作〟

小森　二〇二〇年は、井上ひさしさんが亡くなられてちょうど一〇年になります。この「井上ひさしの文学」という座談会は、亡くなられた翌一一年に第一回を行い、以後、四回にわたり、歴史学者の成田龍一さんと私が媒介者となって、さまざまなゲストをお招きしながら「井上ひさしの文学」について多方面から検証してきました。

その締めくくりとして演劇人である平田オリザさんをお迎えして、井上ひさしさんをめぐるお話を伺いたいと思っています。

まずは成田さんから口火を切ってもらいましょう。

成田　私は歴史を勉強しているのですが、井上ひさしさんは歴史に対しても大変造詣が深く、実際に歴史を素材とした戯曲もたくさん書かれています。そして周知のように、大変な調べ魔ですね。とにかく厖大《ぼうだい》に調べ、それをパン種にして膨らませ、お芝居にしていきます。そのとき年表を作成されるのですが、年表を作って、それをもとに叙述をするという営みは、まさに歴史家の作業です。

と同時に、言葉に対してとても敏感な方でしたから、さまざまな文章論、日本語論を書かれています。[*1] 井上さんの戯曲には、言葉に対する深い思索が織り込まれています。その一端を語られたのが、平田さんとの対談集『話し言葉の日本語』（小学館、二〇〇三年）でしょう。この本では日本語について実に興味深い問題が論議されているのですが、それについては後ほどじっくり伺うことにして、まずは、今回の鼎談《ていだん》にあたって、平田さんが挙げてくださった、井上作品の話から始めたいと思います。

平田さんが最初に挙げてくださったのは『父と暮せば』、それから『紙屋町さくらホテル』。そして最後に〝満洲三部作〟とありました。それを聞いて、はて、〝満洲三部作〟というのはあったのかなあ……と。

小森 そうなんですよ。私たちの中では〝東京裁判三部作〟という認識はあったのですが、〝満洲三部作〟って、何だろう？　ということになりました。

平田 すみません。〝東京裁判三部作〟と間違えました。

小森 いや、そこは間違いましたとは認めずに、あくまでも平田さんの中には幻の〝満洲三部作〟があるのだ、ということで話を続けていくことにしましょう（笑）。

ともかく、成田さんと私は、必死に考えたわけです。そうしているうちに、追加で『円生と志《し》ん生《しょう》』[*2] も挙げてこられたでしょう？

平田　はい。

小森　そこで成田さんが、『円生と志ん生』は「満洲問題」の真っただ中ではないか、と。では、他に何があるのかと考えて、私たちなりの〝満洲三部作〟を考えたのです。

成田　『円生と志ん生』は、中国の大連、旧満洲を舞台とした話ですね。井上さんには、同じく大連を舞台にした『連鎖街のひとびと』[*3]という芝居がある。これで二つ。あと一つは何だろうかと知恵を絞って、そうだ、林芙美子《ふみこ》の後半生を描いた『太鼓たたいて笛ふいて』には、ハルピンで「外地憲兵」をしていた人物が登場していたな、とか、話しあいました。果たしてこの三つが、平田さんのいう〝満洲三部作〟なのか……？

　まあ、そんなことを考えているうちに、〝三部作〟はともあれ、平田さんは井上さんが書かれた満洲ものに関心を持たれていることは間違いないだろうということで、まずはそこを入り口にお話しいただければと思います。

平田　私のいい間違いを見事にフォローしていただき、ありがとうございます。

　どこから話せばいいでしょうか。いま名前を挙げていただいた『話し言葉の日本語』は、一九九六年から二〇〇一年まで小学館の「せりふの時代」という雑誌で連載したもので、だいたい三ヶ月に一回くらいのペースで井上さんと対談して、全一三回分をまとめたものです。

連載の始まった一九九六年には、まだ私は三三歳の生意気盛りでしたが、井上さんとの対談を通していろいろなことを学びました。いまから振り返ってみると、その時期は結果的に井上さんの晩年となる最後のおよそ一五年にあたり、そこで井上戯曲の作風が大きく変わるわけですね。

それまでの井上戯曲は、『頭痛肩こり樋口一葉』『泣き虫なまいき石川啄木《たくぼく》』『しみじみ日本・乃木大将』など、有名人物の評伝劇というイメージが強かったと思いますが、井上さんは、九四年に初めて広島の原爆をテーマにした『父と暮せば』を書き、そして九七年には、新国立劇場のオープニング演目として『紙屋町さくらホテル』を書いています。これもやはり戦中・戦後の広島が舞台で、移動劇団「桜隊」[*4]のことを書いたものです。

この辺りから井上さんは、昭和の戦争の話、それから満洲やシベリア抑留の話の方へ関心を寄せていく。ちょうどそうした変化の時期にお目にかかれていたので、本当に幸福でした。

演劇界の「ベルリンの壁」を壊す

成田　その少し前だと思いますが、日本劇作家協会[*5]が結成されて、初代会長に井上ひさしさんが就任しています。平田さんもその結成に関わってらしたのですね。

平田　はい。協会が正式に創設されたのは一九九三年一二月で、私は副事務局長という、井上会長をいろいろと補佐する役割でした。

小森　でも、大変だったでしょう。井上ひさしさんを会長に据えるまでのいろいろなプロセスで、平田さんはずいぶん苦労されたわけですよね。

平田　最初、斎藤憐《れん》[*6]さんのお宅に招かれたんです。私が三〇歳そこそこで、岸田國士戯曲賞を取るのは九五年ですから、まだまだ無名です。お宅へ行くと、別役実[*7]さんがいる。別役実さんといえば、当時の私たちにとって、神様よりも上ぐらいの存在です。その人が目の前にいて、「劇作家協会というのを作りたい」とおっしゃる。神様がそういうんだから、作らないといけない。当時新進の坂手洋二[*8]さんや川村毅《たけし》[*9]さんたちに声をかけたところ、平田オリザという非常に事務に長《た》けたやつがいるから、こいつは入れておいた方がいいと。

小森　平田さんの事務能力が認められたわけですね（笑）。

平田　劇作家としては、まだ誰も私のことを知りませんからね。それでお手伝いすることになったのですが、そのときに斎藤さんが、会長は絶対に井上ひさしさんでなければだめだ、井上さんを引っ張り出せというんです。この協会は、いわゆるアングラ系の小劇場と新劇の両方の人たちに参加してもらわなくてはいけない。その両方をまとめて、若い人もついてこられるのは井上さんしかいない。「とにかく井上ひさしを鎌倉から引っ張り出せ」という話になったんです。

成田　小劇場系と新劇系が一緒になるというのは、日本の演劇史の大きなエポックですね。

平田　ええ、すごく象徴的でした。

その年（九三年）に、私の『北限の猿』[*10]という戯曲が初めて岸田國士戯曲賞にノミネートされたんです。別役さんも井上さんもそのときの選考委員で、先ほどの打ち合わせの帰り道に、別役さんから、「『北限の猿』は面白かった。あれはどのぐらい調べたの？」といわれ、私は嬉《うれ》しくてぼーっとなっちゃって、一生この人についていこうと思ったんです（笑）。

ともかく、なんとか井上さんを口説いて会長に就任していただき、代々木八幡《よよぎはちまん》にある青年座劇場のスタジオで日本劇作家協会の第一回仮総会が開かれました。そのとき私は受付をやっていて、そこで初めて井上さんにお目にかかるのですが、傍《そば》にいた別役さんが井上さんに、「ほらほら、これが〝猿の平田くん〟」と紹介してくれたんです（笑）。

成田　先ほど協会の結成が象徴的だといわれましたが、その辺りをもう少し話していただけますか。

平田　仮総会の打ち上げの席で別役さんが、「俺たちが若い頃は、共産党とどのぐらいの距離を取るかが本当に一人一人違っていて、それで各々の党派性が決まっていたから、こんな会ができるなんて、夢にも思わなかった。夢のようだ。本当に時代が変わった」とおっしゃった。それは象徴的でしたね。

小森　八九年にベルリンの壁が崩れて、九一年末にはソ連がなくなっていますからね。

平田　その余波がやっと代々木八幡にも達して、演劇界のベルリンの壁も壊れたんです。

「そろそろ戦争について書かないと……」

成田　生きた演劇史の一齣《こま》を語っていただいたわけですが、いみじくも述べられたように、冷戦体制の崩壊と重なって演劇の大同団結ができあがった。そうしたことと、平田さんが先ほど指摘された、井上さんの戯曲が変化しはじめたこととは深く連動しているように思いますが、いかがでしょうか。

平田　これは本当に複雑で、いくつかの側面があるかと思います。私が直接お伺いしたことの一つは、言葉の問題でした。『話し言葉の日本語』でも話されていますが、私も井上さんも戯曲にベタな流行語はほとんど使わない。流行語を入れると、その場ではお客さんに受けるのですが、再演どころか、二、三ヶ月くらい上演していくとその間にもう古びてしまう。たとえば、いま（二〇一九年一二月）だと、安倍首相の「桜を見る会」ももう忘れられつつありますよね。井上さんは、自分が扱うのは日本語がほぼ確立したせいぜい一九一〇年くらい。明治末から大正ぐらいまでしか書けないんだということを、対談の中でもおっしゃっていました。それがこの後、急速に変わってきて、戦後のある時期くらいまでは日本語としてすでにある程度定着していると考えるようになってきた。でも一番大きかったのは、自分は戦争を経験した最後の世代で、そろそろ戦争について書かないともう間に合わないという焦りがあったんですね。そのことは何度もおっしゃっていました。

これはまったくの私的な見解なのですが、私は、井上さんの変化には司馬遼太郎[*11]さんが亡くなられたことがすごく影響しているのではないかなと思っています。というのも、本当にたまたまなのですが、司馬さんが亡くなられた翌日に、駒場の中華屋で、井上さんと二人でご飯を食べていたんです。そのときに私が「司馬さん、亡くなられましたね」というと、井上さんは「うーん」と唸《うな》っていたのを覚えています。

ご承知のように、司馬さんはノモンハン事件のことをものすごく調べていましたが、結局小説にできなかった。司馬さんは現代物をほとんど書かずに、日露戦争までで終わってしまったのですが、井上さんは司馬さんに、その後の戦争についても書いてもらいたかったのだと思います。想像するに、そんな思いもあって、司馬さんが亡くなられたときに、自分が書かないと間に合わないと思われたんじゃないか、と。

ただし、おそらく井上さんは司馬さんを尊敬していたのと同時に、ライバル視というか、司馬さんとは違うかたちで歴史を描こうとする気持ちも強くあったように思います。

小森　司馬遼太郎の死を媒介に、井上ひさしは戦争物へ行った、そう判断されたのですね。

成田　とても大事な指摘だと思います。いってみれば、司馬遼太郎は戦中派で、井上ひさしは戦後派ですから、戦争経験といっても互いに温度差がある。その差異を持ちながら、互いに移ろいゆく戦争の意識、戦争経験の衰弱化という事態に向き合っていこうとしていたということでしょう。

ご指摘のように、司馬遼太郎さんの場合には、明治維新から日露戦争までを作品化したのに対し、井上さんは、アジア・太平洋戦争から占領期に材をとる作品を多数提供されています。

平田　司馬さんは一九二三年生まれで、井上さんは三四年生まれですね。ですから、同じ敗戦を迎えたときにも、司馬さんは、自分は理不尽に死ぬ運命にあったのが奇《く》しくも生き延びたという感覚だったわけですが、井上さんは一〇歳の少年で山形の田舎にいましたから、何よりも戦争が終わったことの開放感が大きい。感覚が全然違いますね。

先日、作家の高橋源一郎さんと対談したときに、高橋さんが戦争文学といっても、たとえば大岡昇平などは生き残った者の立場から死んだ者の代わりとして戦争を書いている。それに対して向田邦子、野坂昭如《あきゆき》、小松左京といった人たちは――順に二九年、三〇年、三一年生まれですが――異議申し立てとして戦争を書いている。わずかの差ですが、井上さんはそれとも違って、満洲、シベリア抑留といった視点から戦争を書く。そうした少しずつの、しかしとても重要な違いがあるのではないかと思っています。

成田　たしかに、司馬遼太郎さんの作品は、朝鮮半島や台湾に対する責任という問題意識は希薄ですね。これに対し、井上さんの場合には、満洲や植民地の問題に対し、意識的に追及していこうという思考があった。それは、いま挙げられた、いわば少国民世代としての向田邦子、野坂昭如、小松左京らの営みとも違いますね。

平田　これは本当に大きな問題で、私は韓国に留学していたこともあって、『ソウル市民』[*12]などの作品を書き続けてきたわけですが、不思議なことに、日本文学には植民地文学というものが希薄ですね。たとえば、フランス文学では、デュラス[*13]やカミュ[*14]などの植民地文学が重要な位置を占めているし、映画でも『外人部隊』とか『望郷』といった植民地を舞台にしたものが多い。そう考えると、日本は植民地に対してきちんと向き合ってこなかったのではないかと思わざるを得ない。

要するに、日露戦争までの戦争は国土防衛戦でしたし、その後軍部が変質して「統帥権」という化け物が生まれますが、そこまでは司馬史観である程度まで整合性がつく。もちろん、これも賛否はあるでしょうが。ところが、植民地支配となるとまったく別の視点が必要で、本来は文学というのはそちら側を描くべきなのだけれども、そこに日本の文学者はあまり向き合ってこなかったように思います。

それから、日本文学には植民地ものがないのと同じように帰還兵ものもあまりない。アメリカの場合は映画が特に顕著ですが、『ディア・ハンター』『タクシードライバー』など帰還兵ものの名作がたくさんある。帰還兵問題というのは戦争中から出てきていて、文学の素材としてとても重要なのですが、それを正面から書いたものはほとんどない。

これは父から聞いたのですが、敗戦の年の九月になって大学が始まり、よし、新しい世界が始まるとなったときに特攻服を着た先輩たちがだんだんと戻ってくる。その翌年になるとシベリアからも戻ってくる。そこで新と旧とが同居する状況となり、多分井上さんも山形で似たような体験をなさっていると思いますが、そのことはもっと聞いておけばよかったですね。

日本の近代演劇史を総括する『紙屋町さくらホテル』

成田　帰還兵――当時の用語では復員兵ですね――の話が出たところで、先に宙吊《ちゅうづ》りになってしまった『円生と志ん生』に戻ろうかと思います（笑）。この芝居は、満洲へ慰問に行った二人の落語家が、敗戦によって足止めを食らって、なかなか日本に帰れないという話です。かれらは復員兵ではありませんが、いい換えてみれば、難民ですよね。

いま世界中で問題になっている難民の姿が、この『円生と志ん生』の中に書き留められています。

平田　たしかに文学の問題だけではなく、日本という社会はほとんど難民の経験のない幸福な国家でもあるんですね。ヨーロッパや中東世界では、ユダヤ人の「バビロン捕囚」から始まって、常に難民救済や難民たちの憎しみの連鎖によって歴史が紡がれているわけですが、日本は島国なので難民の経験がない。いま一番切実な問題は福島で被災された方たちの問題で、明らかに難民化しているにもかかわらず、難民の受け入れに慣れていないからさまざまな軋轢《あつれき》が起こっている。

成田　もう一つ、『円生と志ん生』は落語家という言葉の専門家を主人公にした戯曲ですから、その辺りにも平田さんは注目され、取り上げられたように思います。

平田　井上さんとの対談の中で、日本語で戯曲を書くことの限界や面白さについて話しましたが、『円生と志ん生』はその節目みたいなところがあります。井上さんの晩年の一五年の戯曲もすべて成功しているわけではなく、うまくいったものとちょっと扱いに困っていたものもあったと思います。『紙屋町さくらホテル』は非常にうまくできた戯曲で、劇の中に劇の構造を入れる。それから『円生と志ん生』は落語の構造を入れる。そういう構造が発見できたときには、井上戯曲は非常にうまくいっている、というのが私の印象です。

成田　『紙屋町さくらホテル』では、登場人物たちが演劇の練習をするプロセスを見せます。芝居の中で、俳優とはどういう存在であり、演じるとはいかなる行為であるかなどを説明しながら、演劇とは何かということを観客に説く、という構造になっています。演劇についての演劇、メタ演劇というものを芝居の中に織り込んでいるわけですね。

平田　井上さんは、初期の段階から劇中劇の趣向は好んでやっていますね。

特に『紙屋町さくらホテル』は、新国立劇場のオープニング演目ということを非常に強く意識して書かれているので、それまでの日本の近代演劇史の総括的なものが取り込まれているのだと思います。要するに、坪内逍遥《しょうよう》以来の国民劇というものを井上さんなりに意識をなさったんじゃないでしょうか。

もう一つ、新劇というのは決して日本の演劇の主流ではなく、もう少し広いかたちでの、日本人による日本人のための総合的なエンターテインメントも含んだ舞台ができるのだということを示すために挑戦したものが『紙屋町さくらホテル』で、そのことはその後の井上作品に強く打ち出されていると思います。

天皇の戦争責任

小森　平田さんは、井上さんとの対談で戯曲創作の入り口として、「『紙屋町さくらホテル』の場合、天皇の戦争責任の問題が背景になっていますが、そういった社会的な問題と人間の側とどちらが先というのはあるんですか」と聞かれていますね。それに対して井上さんが「『紙屋町さくらホテル』の場合は、新国立劇場から、『天皇の戦争責任を問うような芝居は上演できない』と拒否されるような戯曲を書きたいと思った（笑）。不純な動機です。不思議なもので、不純な動機のときには本が上がる（笑）」と答えています。
それに対して平田さんは、「天皇制を批判した井上戯曲を上演しなければならなくなってしまった役人たちが、大きな運命に立ち向かっていく」という芝居がもう一本できる、と応答しています。この芸術と表現の自由の問題は重要で、ここでも議論しておくべきだと思ったのですが。

平田　その話をした一〇年後くらいに、新国立劇場で鵜山《うやま》（仁《ひとし》）さんの芸術監督解任事件[*15]が起こり、その問題をめぐって永井愛さんなどが劇場の体制を批判し、また、その経緯を芝居にして[*16]、まさに私のいったことが現実のものになってしまった。さらに、二〇一九年には、あいちトリエンナーレの問題があり、ふたたびこの問題が顕在化した。まさかあんなことが現代の日本社会で起こるとは当時は思っていなかったのですが。

そもそも日本劇作家協会ができたのも、当時第二国立劇場と呼ばれていた新国立劇場問題、特に芸術監督を誰がどう決めるのかといった問題について若手が議論していたところから始まった面もあり、密接に関係があるんです。そんなこともあって、井上さんはぎりぎりのところを狙って非常に挑戦的な戯曲を書かれたのだと思います。

新国立劇場と世田谷パブリックシアターが同じ年（一九九七年）にオープンして、ここから公共ホールが税金で作品を作るということが始まります。ヨーロッパでは当たり前のことですが、その当時、この税金を使って作品を作ることの意味を演劇人はあまりきちんと考えていなかった。考えていたのは井上ひさしさんと鈴木忠志《ただし》さんくらいです。

たった二〇年ほど前ですが、劇場が作品を作る、公共ホールが作品を作るという概念自体がなかったんです。井上さんはもちろん海外のこともご存じだったと思いますが、別の角度から、国家が演劇を作ることの意味をすごくお考えになったのだと思います。新国立劇場に作品を書き続けることで、井上さんは国民的な劇作家の地位を確立していくわけですが、そのことの意味をもっとちゃんと分析するべきだと思います。

成田　国立の劇場で、戦時中に日本がやってきたことを批判し、同時にそこまでに蓄積してきた演劇の営みも総括し、日本の新しい演劇史の次のステージを作り出す。しかも、それを国のお金でやるという、そこが井上さんの狙いだったという解釈ですね。まったく同感です。

他方、先の対談本で、平田さんと井上さんは、演劇において、テーマにかかわり「何を書くか」ということと、作劇にかかわり「いかに書くか」という問題のどちらを先行させるのかをめぐって議論されています。で、結果的には、「でもそれは同じ話だよね」というところに行き着いている。そのうえでお訊《たず》ねすると、平田さんの先の解釈は、いかに書くかという論点とどのように結びついてくるのでしょうか。

平田　そこが難しいところであり、面白いところなのですが、演劇というのは——演劇だけではなく芸術全般がそうなのですが——、いろいろなタイプがあって、形式を先に思いつく人と、内容を先に思いつく人がいます。ところが、ごく稀《まれ》に形式と内容が幸せにマッチするときがある。それは結果的に普遍的な作品になるということですね。自分の場合でいうと、『ソウル市民』という作品を書いたとき、自分が生み出したこの形式は、これを書くためにあったのだと実感できる瞬間がありました。たとえば『父と暮せば』は、井上さんの作品の中で私が一番好きな作品ですが、二人芝居で規模が小さく、複雑な技巧をこらしたものとはちょっと違う。そういう意味では『父と暮せば』がホップステップとしてあり、それがあって初めて『紙屋町さくらホテル』という技巧と内容がすごくマッチした作品につながったのではないか。劇作家の立場でいうとそういう感覚ですね。

社会にメッセージを伝えるには——演劇の役割

成田　平田さんは作劇にかかわって、その問題を言葉の問題としても考えられていますね。先の対談の中で、井上さんと平田さんの劇の作り方が違う、と井上さんが指摘されています。「(平田さんの『平田オリザの仕事1　現代口語演劇のために』を読んで)平田さんとぼくとは演劇の入り口が正反対だと思った。平田さんが東とすると、ぼくは西から入っている」と。

続いて井上さんは、従来の新劇の「主語、述語の演劇」から「助詞、助動詞の演劇」へ移っていくべきだという平田さんの主張が大事だといっています。この辺り、もう少し解説していただけますか。

平田　「助詞、助動詞の演劇」というのは、当時私がいってたことで、これは時枝誠記《ときえだもとき》[*17]の影響を受けて考えだしたものです。

小森　ひと言解説すると、私は日本語が不十分なまま、中学生のときにチェコから日本に戻ってきて[*18]、かなり苦労することになるのですが、「日本語という言語はこうなのか」とわかったのは、時枝誠記の国語学と出会ったときなのです。つまり日本語というのは「風呂敷」だ、と。意味のある名詞や動詞としての「詞」をつなげた後に、それを「辞」としての助詞助動詞の風呂敷に包んで人に渡す言葉だと時枝はいうのです。自分から他者へ渡すときに助動詞や助詞が働く。実際、私が日本に帰ってきて一番使えなかったのは、「ね、さ、よ」という助詞をどこでつけていいのかがわからなかったのです。だから、ああ、そうかと、私としてはそこですごく納得したわけですよ。

成田　時枝誠記は、戦中から戦後にかけて東京大学で教鞭《きょうべん》を執りますが、その前は京城帝国大学、すなわち植民地時代の朝鮮で教えていた。そこでの経験が、小森さんの指摘と関係しているでしょう。

小森　そうです。だから、まさに平田さんの『ソウル市民』と深くかかわる。

平田　私は二二歳のときに韓国に一年間留学したのですが、そのときに日本語を客観的、相対的に見ることができて、日本語の特徴みたいなのが見えてきたんです。その一つが、日本人は助詞や助動詞によって意思を伝えているのであって、そこが名詞や動詞によって意思を伝えるヨーロッパの言語ともっとも異なるという時枝文法の中核だったわけです。そして、日本の戯曲の台詞もそういうふうに書かれるべきではないか、と。まあ三〇歳前後の本当に生意気盛りだったので、周囲の人からは、何屁理屈ばかりいってるんだと、すごく怒られましたけど（笑）。

小森　いや、屁理屈ではなくて、私は本当にその通りだなと思いましたよ。

平田　ありがとうございます（笑）。

　その話をする流れの中で、井上さんはまず書きたいテーマがあって、やはりそれをきちんと伝えることが最初にあったのだと思います。それは主語、述語の演劇ということで、そこが「入り口が正反対」だと思われたところだったのかも知れません。

小森　井上ひさしさんのお芝居の作り方と、何を目指してきたのかということをここまで話してきましたが、井上さんが劇作家としてどこにこだわっていたと平田さんは思われますか。

平田　もちろん日本語については非常にこだわっておられましたが、お付き合いの中で感じたのは、井上さんはお客さんを楽しませることをすごく考えていらっしゃったのではないかということです。

小森 お芝居を観《み》ている人たちの反応ですよね。

平田 観てる人とか、実際のお付き合いの中でも、とにかく目の前の人を楽しませようとする。どうやって楽しませるかの「趣向」を考えに考えたのだと思います。

成田 井上さんは客席のお客さんのことを「社会」として捉えていますよね。どういうお客が来て、どう並ぶか――それはその都度その都度違います。でも、それが社会であり、その社会―観客に向けてメッセージを発するという姿勢です。

しかし社会―観客に対し、いきなりメッセージを生のかたちで出しても反応はなく、社会は動きません。ここに「趣向」が工夫されます。こうした文脈で考えるとき、井上さんは、まさに社会に対する「趣向」として、演劇を位置づけていたと思うのですね。

平田 これも直接お話ししたことがあるのですが、ヨーロッパの劇場には教会の代わりみたいな機能があって、作品を観た後にその作品について人々が話し合うことを大切にする。だから、劇場にはカフェが併設されていて、芝居が終わった後に必ずそこで芝居について話すというかたちになっている。一方、日本の劇場にはその機能がなく、演劇人も少なくとも一九九〇年代までそんなことをまったく意識してなかったのですが、九六年でしたか、盛岡の日本劇作家大会で、井上さんは自分の欲しい理想の劇場のことを延々と話されていました。井上構想によれば、まず劇場の前に飲み屋街を作る。そして、そこで五〇人の未亡人を雇う。何で未亡人かはよくわからない[*19]のですが、芝居を観終わった後は、未亡人たちが経営するその五〇軒の飲み屋さんで必ず飲むようにする――。今は「未亡人」ではなく、「寡婦」と言いますね。

その後、劇場の公共性についての議論になったのですが、おそらくそのときの井上さんの頭の中には、『ボローニャ紀行』の広場論に結実していく、広場としての劇場という考えがすでにあったのだと思います。

私は講演会などで広場としての劇場の話をするときに、『イーハトーボの劇列車』の最後のシーンで、宮沢賢治に扮《ふん》した農民が、「ひろばがあればなあ。どこの村にもひろばがあればなあ」という台詞を常に引用するんです。実は、今日も東大阪の府立図書館で講演会があり、その話をしてきました。

小森　日本の農村には広場はないけれど、通りはある。だから、そこに五〇軒の飲み屋を作って、そこにみんなが集まれば、その通りが広場になるという構想ですね。

井上ひさしは東日本大震災をどう描くか？

成田　『イーハトーボの劇列車』の幕切れに、「赤い帽子の車掌」が舞台前面に進み出て、客席に向かって「思い残し切符」を力一杯まきますね。感動的なシーンですが、その瞬間、客席は広場になります。舞台と客席とが一体化する「趣向」です。とともに、そうした広場の公共化が「思い残し」によってなされている点が、井上さんらしいところでもあります。社会は、人々の「思い残し」に満ちており、その「思い残し」の共有―共感を呼びかける。

小森　そろそろ時間なのですが、思い残しではなく、いい残したことがあれば（笑）。

平田　井上さんは二〇一〇年に亡くなられたのですが、やはりあと二年は生きていてほしかった。一一年の東日本大震災で私たち劇作家が何より痛感したのは、井上ひさしさんの不在なんです。あれほど東北を愛して、あれほど東北について批評性を持っていた方が、何で大震災の一年前に死んでしまったのか、もうちょっと待ってほしかった、と。

今日の文脈でいえば、『父と暮せば』は残された者の悲しみの話なんですね。哲学者の鷲田《わしだ》清一《きよかず》さんが震災の直後に、この東日本大震災と神戸との一番の違いは残された者が多いことだと。神戸は早朝に起こり、しかも、家族ごと圧死で亡くなった人が多かったのだけれども、東日本大震災では津波で多くの家族が分断されてしまった。しかも、残された人と亡くなった人とを分けるものが何もないといっていました。まさに、生きていることと死んでいることの境目が何もなくなってしまった。

本来文学は、そうした不条理を扱うのにもっとも優れている分野なのだと思います。たとえば、カフカは生前は無名で、その作品もほとんど知られていませんでしたが、第二次世界大戦後、堰《せき》を切ったように世界的なカフカ・ブームが起こる。特に、アウシュヴィッツ以後、死者と生者の境界が曖昧になり、生きる根拠を失ってしまったユダヤ人たちにとって、カフカ作品の不条理と神の恩寵《おんちょう》から見放された孤独は深く共鳴できるものだったと思います。原爆もそうですし、東日本大震災においても、生き残った者と亡くなった者の境目が何もないという状態が現出してしまった。そういうときにこそ文学や演劇が力を発揮するのだと思います。

だから、井上さんにはせめてあと二年生きていただいて、あの大震災の不条理な感覚を言葉にしてもらいたかった。本当に、そう思います。

（二〇一九年一二月二六日、城崎文芸館にて）

註

＊1　井上ひさしの日本語論。『私家版日本語文法』（新潮社、一九八一年）、『自家製文章読本』（新潮社、一九八四年）、『井上ひさしの日本語相談』（朝日文芸文庫、一九九五年）、『にほん語観察ノート』（中央公論新社、二〇〇二年）、『日本語教室』（新潮新書、二〇一一年）などがある。

＊2　『円生と志ん生』。初演＝二〇〇五年（於：紀伊國屋ホール、制作＝こまつ座、演出＝鵜山仁）。単行本は集英社刊（二〇〇五年八月）。旧満洲の大連を舞台に、昭和二〇（一九四五）年夏から昭和二二年春までの六〇〇日間、満洲に居残ってしまった志ん生と円生の珍道中を史実をもとに展開。

＊3　『連鎖街のひとびと』。初演＝二〇〇〇年六月（於：紀伊國屋ホール、制作＝こまつ座、演出＝鵜山仁）。終戦直後の大連を舞台に、ソ連軍の命令で芝居を作らなければならなくなった二人の劇作家の危機を軸に展開する。

＊4　桜隊。本書一八九頁。「丸山定夫」の註参照。

＊5　日本劇作家協会。一九九三年創設（二〇一〇年より一般社団法人）。劇作家の権利を守るために著作権や上演料について提言すべく、呼びかけ人有志により設立準備会が発足。九三年四月八日、青年座劇場で設立準備会を開催（参加者八八名）。同年一二月二七日、正式に発足。初代会長井上ひさし、以後、別役実、永井愛、坂手洋二、鴻上尚史《こうかみしょうじ》、渡辺えり。

＊6　斎藤憐（さいとう・れん。一九四〇〜二〇一一）。劇作家。一九六六年、佐藤信《まこと》、串田和美《かずよし》ら

と劇団「自由劇場」を設立。『上海バンスキング』で紀伊國屋演劇賞団体賞と岸田國士戯曲賞、『春、忍び難きを』で紀伊國屋演劇賞個人賞と鶴屋南北戯曲賞を受賞。著書に『斎藤憐戯曲集』（全三巻）他。

＊7　別役実（べつやく・みのる。一九三七年生まれ）。劇作家。一九六六年、鈴木忠志らと「早稲田小劇場」を設立。ベケットの影響を強く受け、日本の不条理演劇を確立。『マッチ売りの少女』（一九六六年）、『赤い鳥の居る風景』（六七年）で岸田國士戯曲賞を受賞。戯曲の他、童話、犯罪評論でも独自の境地を開いている。著書に『別役実戯曲集』（全二五巻）、『別役実童話集』（全六巻）、『別役実の犯罪症候群』他。

＊8　坂手洋二（さかて・ようじ。一九六二年生まれ）。劇作家・演出家。一九八三年、劇団「燐光《りんこう》群《ぐん》」を旗揚げ。九一年、『ブレスレス　ゴミ袋を呼吸する夜の物語』で岸田國士戯曲賞。以後も、鶴屋南北戯曲賞、読売文学賞、紀伊國屋演劇賞個人賞、朝日舞台芸術賞、読売演劇大賞最優秀演出家賞等々を受賞。日本劇作家協会第四代会長。

＊9　川村毅（かわむら・たけし。一九五九年生まれ）。劇作家・演出家。一九八〇年、劇団「第三エロチカ」を旗揚げ。八六年、『新宿八犬伝　第一巻―犬の誕生―』で岸田國士戯曲賞を受賞。二〇〇二年、川村毅新作戯曲プロデュースカンパニー「ティーファクトリー」を設立。一二年初演の『4』で鶴屋南北戯曲賞、芸術選奨文部科学大臣賞を受賞。

＊10　『北限の猿』。作・演出＝平田オリザ。初演＝一九九二年、こまばアゴラ劇場。遺伝子操作の技術が急速に進む中、猿を人間へと進化させる「ネアンデルタール作戦」が始まる。日本が世界に誇

る「猿学」から、独自の人間論、日本人論が展開していく。

＊11　司馬遼太郎（しば・りょうたろう。一九二三～九六）。小説家・評論家。大阪外國語学校（現・大阪大学外国語学部）蒙古語部卒。一九六〇年、『梟《ふくろう》の城』で直木賞受賞。六六年の『竜馬がゆく』『国盗り物語』による菊池寛賞はじめ、多くの賞を受賞。井上ひさしとの対談集に『国家・宗教・日本人』（講談社、九六年）がある。学徒動員で戦車第一師団戦車第一連隊に配属された経験のある司馬は、七〇年代初頭、文藝春秋の編集者であった半藤一利に、「ノモンハンを書きたい。手伝ってくれるか」と頼まれたというが、完成することはなかった。

＊12　『ソウル市民』。初演＝一九八九年七月（於：こまばアゴラ劇場、作・演出＝平田オリザ）。日本の植民地支配下に生きるソウルの日本人一家を通して、植民地支配者の本質を描いた、現代口語演劇の出発点となった作品。

＊13　マルグリット・デュラス（Marguerite Duras。一九一四～九六）。フランスの小説家。教師であった母親の任地であるベトナムのサイゴン市（現・ホーチミン市）の近郊に生まれる。映画にもなった『愛人　ラマン』（一九八四年）は、彼女がベトナム在住時に体験した出来事をもとにした半自伝的作品。

＊14　アルベール・カミュ（Albert Camus。一九一三～六〇）。フランスの小説家。北アフリカのフランス領アルジェリアに生まれる。アルジェ大学を卒業後、新聞記者として植民地主義の数々の不正を暴く論陣を張る。『異邦人』（一九四二年）は、アルジェリアの平凡なサラリーマン、ムルソーが「太陽のせい」で偶然一人のアラブ人を殺してしまうという話で、不条理文学の代表作として知

られる。
*15　鵜山さんの芸術監督解任事件。新国立劇場の運営財団（遠山敦子理事長）は、二〇〇七年九月に就任したばかりの演劇部門の監督・鵜山仁の翌年三月での退任の方針を固めた。これに対し不透明な人事と批判が続出。運営財団理事会でのやりとりを公表して来た永井愛が理事を辞任。この辞任に対して、井上ひさし、木村光一、鴻上尚史、坂手洋二、蜷川幸雄《にながわゆきお》、別役実らが「新国立劇場の自省と再生を願う演劇人の声明」を発表した（二〇〇九年六月一九日）。
*16　永井愛さんがその経緯を芝居にして。作・演出＝永井愛『かたりの椅子』（初演＝世田谷パブリックシアター、二〇一〇年四月）。東京郊外のある町で開催予定の地域おこしイベントをめぐって、主催する文化財団とアートディレクターとの対立が深まっていく。
*17　時枝誠記（ときえだ・もとき。一九〇〇〜六七）。国語学者。東京帝国大学文学部国文学科を卒業後、旧制中学教諭を経て、一九二七年から京城帝国大学で教鞭を執る。四三年東京帝国大学教授に就任。井上ひさしは、『話し言葉の日本語』の中で「時枝文法では、助詞は表現される事柄に対する話し手の立場の表現だといっていますね。たとえば甲という少年が勉強している、乙も丙も勉強しているとします。そうすると、甲につく格助詞によって意味が変わってくるという。／「甲は勉強している」／「甲が勉強している」／「甲も勉強している」／「甲でも勉強している」／「甲だけ勉強している」／「甲まで勉強している」／とかいろいろあるわけです。僕はこれを最初に読んだときは感動しましたね（笑）」といっている。
*18　チェコから日本に戻ってきて。この苦労に関しては、『小森陽一、ニホン語に出会う』（大修館

書店、二〇〇〇年。後に『コモリくん、ニホン語に出会う』角川文庫、二〇一七年）に詳しい。

＊19　何で未亡人かはよくわからない。井上ユリ（井上ひさし夫人）によれば、「これはひさしさんが『未亡人団地』、『未亡人長屋』と呼んでいたお気に入りのアイデアで、いろいろな場で披露していました。ほぼ受け狙いでしたが、自分の母親も早くに夫を亡くしたので、子どもを抱えた未亡人が自活できる場があればいい、とも言っていました」とのこと。

特別付録

座談会「二一世紀の多喜二さんへ」

『組曲虐殺』と『小林多喜二』、
井上ひさし最後の座談会

――井上ひさし　ノーマ・フィールド

井上ひさし　　ノーマ・フィールド

井上ひさし（いのうえ・ひさし）

一九三四年、山形県生まれ。作家・劇作家。五三年上智大学文学部ドイツ文学科入学。六四年、NHKの連続人形劇『ひょっこりひょうたん島』の台本を執筆（山元護久《もりひさ》との共作）。七二年江戸の戯作者群像を描いた『手鎖心中』で直木賞、『道元の冒険』で岸田國士《くにお》戯曲賞他を受賞。以降、戯曲、小説、エッセイ、批評など多才な活動を続ける。八四年「こまつ座」を旗揚げ。戯曲『父と暮せば』『ムサシ』『化粧』『藪原検校《やぶはらけんぎょう》』などは、海外公演でも高い評価を得る。「九条の会」呼びかけ人、日本ペンクラブ会長、仙台文学館館長、また多くの文学賞の選考委員を務めた。二〇一〇年四月九日、七五歳で永眠。

ノーマ・フィールド（Norma Field）

一九四七年、東京生まれ。日本文学研究者。七四年インディアナ大学で東アジア言語文学修士号を取得。八三年プリンストン大学で博士号取得。シカゴ大学東アジア言語文化学科教授を経て同大名誉教授に。夏目漱石『それから』の英訳に続き、「源氏物語論」である『源氏物語、〈あこがれ〉の輝き』（斎藤和明、井上英明、和田聖美訳／みすず書房）で注目される。その他、『天皇の逝く国で』（大島かおり訳／みすず書房）、『小林多喜二――21世紀にどう読むか』（岩波新書）など、日本での著作も多数。

地獄さ行ぐんだで！

成田　二〇〇〇年代に入って小林多喜二の再読と再評価の動きが見られます。このことは、日本の社会が変わってきていることと連動しているのでしょう。こうした中、井上ひさしさんが戯曲『組曲虐殺』をお書きになりました。先日、私と小森陽一さん、ノーマ・フィールドさんでこのお芝居を観《み》にいき、観劇後、井上さんや役者さんたちとご一緒する機会も得ました。また、ノーマさんも『小林多喜二——21世紀にどう読むか』を〇九年の初めに刊行され、従来の小林多喜二論を一新する見解を出されています。今日は小林多喜二作品と、彼の二九年四ヶ月の生涯について、皆さんと論じてみたいと思います。

井上　今回も私の台本が遅れに遅れて、稽古場を地獄にしてしまったようです。後で役者さんから聞いたことですが、初日前の一〇日間は、「何だ、おれたちが『蟹工船《かにこうせん》』の中にいるんじゃないか」と。つまり多喜二が書いたあの空間が稽古場にもあって、入り口で役者さんが立ち止まっては、「あっちに行くと地獄」と言い合っていたそうです（笑）。まあ、幕が開いた今だからこそ笑い話にしていますが……。

小森　『蟹工船』の冒頭「おい、地獄さ行《え》ぐんだで！」という状況が稽古場で再現されていたのですね（笑）。

成田　井上さんは多くの作家の評伝劇を手がけていますが、小林多喜二のような政治的立場を明確にした人物は、それほど取り上げてこなかったのではないでしょうか。

小森　大正デモクラシーの旗手、吉野作造[*1]の評伝劇『兄おとうと』がありますよ。

成田　はい。それにマルクス経済学者である河上肇《はじめ》[*2]を描いた『貧乏物語』もありますが、この戯曲では、河上は舞台上に登場しませんね。それに比し、『組曲虐殺』の主人公は政治的立場が鋭角的で強烈です。ここまで踏み込んで書かれたのかと、戯曲を読み、舞台を観て思いました。ノーマさんは、どのような感想を持たれましたか。

ノーマ　舞台を観て、とても共感を覚えました。最初から私自身が関心を持っていたことが、不思議なほど次々と出てくるではないですか。観劇した人のブログなどを見ると、「舞台を見て泣いた」とよくありますが、私は泣くというより、舞台に吸い寄せられる気持ちで観ました。

舞台には三人の女性、多喜二の姉「佐藤チマ」と、恋人「田口瀧子」（以下タキ）、そして妻であり同志でもある「伊藤ふじ子」が登場しますが、実際には、タキとふじ子は出会わなかった……、いや、もしかすると一度だけ多喜二の通夜で一緒になったかもしれない二人です。チマも含め多喜二と関係の深い女性たちを同じ場に置くことで、緊張関係が出ていました。タキとふじ子には、通俗的な意味での対抗意識もあったでしょうが、それだけでは終わらない、もっと豊かな緊張関係が伝わってきます。多喜二は戦後、女性登場人物の扱いをめぐって非難されますが、それもあって、三人に託された役割は大変貴重なものです。

成田　戦後の代表的な文芸評論家・平野謙[*3]たちが論じた「政治と文学」の問題ですね。活動家の男女が共同生活をし、女性に奉仕させる、いわゆる「ハウスキーパー問題」として、多喜二の女性観が批判されました。

ノーマ　もう一つの大きなポイントは、特高刑事たちとの関係ですね。多喜二作品にはどうも悪人が出てこない……、根っからの悪人はいない気がするんですが、井上さんの『組曲虐殺』でも、特高刑事たちは、敵でありながらただの敵では終わらない存在として描かれている。なにしろ多喜二と特高刑事が一緒に歌を歌うんですから（笑）。多喜二は登場人物に階級的憎悪の重要性を語らせることもありますが、それで完結しないんです。これも井上さんは敏感にとらえ、刑事たちを階級的憎悪の対象としてではなく、むしろ、敵対する階級意識の共有を求める主体として描かれたと思います。

それからもう一つ、『組曲虐殺』という題名から想像される生々しさが抑えられていて、多喜二も好青年、隣のお兄さんみたいな人物ですね。同時に、劇場で手にした公演プログラムには、小林多喜二の生涯が丁寧にフォローされています。舞台の言葉とプログラムの言葉が相互補完的に機能しているよう見受けました。

多喜二と周囲の人々が身近に感じられるのはたしかに好ましい。でも、そこで何かが失われるのでは、と私は多喜二について書きながら思ったことがあります。ひたすら小説を書きたかった青年が国家によって殺されたというとらえ方にも出会いますから。「革命」なんて今さら本気で語れない、という世の中ではそれも自然なのかもしれません。

小森　私にとって感慨深かったのは、「すばる」（一九九七年四月号）で井上さんとホストを務めた「座談会　昭和文学史」の第二回、ゲストに加藤周一さんをお招きしたときのことを思い出したからです。一九九六年九月のことですが、テーマは「大正から昭和へ——近代を物語る言葉——」でした。大正から昭和の初年代、つまり西暦の一九一〇年代から三〇年代はちょうど多喜二が生きた時代と重なります。そして、その座談会を実施した頃、井上さんは小林多喜二と「スパイM」を重ねる新作戯曲を、紀伊國屋《きのくにや》サザンシアター（現・紀伊國屋サザンシアター TAKASHIMAYA）の柿落《こけらお》とし公演として書き下ろす大変な役割を担っていた……。

井上　ところが、柿は落ちませんでしたね。

小森　座談会が終わってから、山の上ホテルの中華料理店で、私は、井上さんが公演中止という重大な決断をする現場に立ち会いました。その一度消えた小林多喜二をめぐる芝居が、別な形でよみがえったのが『組曲虐殺』です。井上さんは、プロレタリア文学どころか、小林多喜二という作家さえも忘れ去られていた頃から、多喜二を主人公に芝居を書こうとしたのですね。

『組曲虐殺』の構想

小森　中華料理店のテーブルの間に衝立《ついたて》がありましたが、その衝立を使って井上さんが構想の一部をお話しされました。衝立の「こちら側」で特高警察とそのスパイが特別な言葉で打ち合わせをしている。「あちら側」では非合法活動をしている多喜二や地下活動家たちが、やはり特別な言葉で議論している。それが途中で入りまじっていって、「どっちがどっちだかわからなくなる」というものでした。その構想が、今回の芝居で形を変えて書かれていたのが感慨深かったのです。しかも、特高刑事も多喜二もチャップリンに変装しているという映画的設定に生まれ変わっていたのですから（笑）。

成田　そのときに構想されていたのは、多喜二とスパイとの対決だったのでしょうか。

小森　対決というより、観客からはどっちがどっちなのかがわからなくなるという設定でしたよね。

井上　そうです。追う側と追われる側が同じになっていく。普通のドラマトゥルギーだと、ある人物とその正反対の人物を登場させて、さまざまな議論をさせながら、どちらかが優位に立っていくというプロセスを見せます。これが基本です。ところが多喜二でそう書こうとしても、上手《うま》くいかなかった。多喜二は確信犯なんでしょうね。だから誰かと多喜二の議論にならない。これは一幕芝居だと成立しますが多幕芝居にはならないんです。つまり多喜二に葛藤がないことが書きにくかった。

ですから今回も、多喜二が独房場面で自分の力の足りなさを嘆いた「独房からのラヴソング」、みんなで蟇口《がまぐち》をのぞいて「なぜみんな貧乏なんだ」と嘆く「蟇口ソング」、あるいは、絶望から希望へ「あとにつづくものを信じろ」という「信じて走れ」といった歌を使ってモノローグ的にしか扱えなかった。でも演出の栗山民也さんが上手く強調してくれました。

小森　今、井上さんから歌の話がありましたが、題名にある「組曲」は、いくつかの楽曲を連続して演奏する形式ですから、今回の芝居にはたくさんの歌が入っています。そして「虐殺」という言葉の背景には、多喜二の虐殺だけではなく、もっと大きな虐殺も含まれています。多喜二が働いていた小樽《おたる》のパン屋自体が、日露戦争時の大日本帝国海軍の御用達《ごようたし》であり、まさに戦争という大きな虐殺との「組曲」にもなっています。芝居の背後には一〇〇年、あるいはそれ以上の単位で思い起こさなければならない虐殺の歴史が組み込まれていると思います。こうした多層的世界をとらえるために、映画という当時の最新ジャンルの中で多様な形で帝国主義的な資本主義の非人間性を警告したチャップリンという世界的大スターに変装させて、多喜二と特高刑事を出会わせます。あの場面は、井上芝居における二〇世紀までの諸芸術ジャンルに対する総括のような名場面でした。

多喜二の生きた時代は映画の時代でもありました。一九三一年には音声映画《トーキー》が最新の娯楽媒体として、新しいテクノロジーを利用しながら日本に登場しています。書かれた文字が活字媒体で商品となる、一文字幾らで売買される文芸が大衆化する時代とも重なっていました。すべてを商品化する資本主義が人間のあらゆる営みを取り込んだ世界になっていました。お金に換算される商品としての文字が書かれる原稿用紙のマス目は、たしかにフィルムのようにも見えます。芝居の中で「胸の映写機」が「カタカタカタ」と回るという歌が歌われる場面で、原稿用紙に向かう多喜二の身体《からだ》のあり方を、時代そのものの表象として受けとめることが出来ました。

多喜二の小説すべてが映画的と言えるかもしれませんが、映画は繰り返し同じ映像を観ることが出来ます。小説もそうです。そういった反復出来る芸術ジャンルと比べたら、井上さんがよくおっしゃることですが、劇場で観る芝居、演劇は反復出来ません。舞台では生身の人間が演じるわけですし、観客は毎回入れ替わるのですから、全く同じ舞台は決してありえない。今回の『組曲虐殺』の冒頭の音楽は、作曲者でもあるピアニストの小曽根真《おぞねまこと》さんが、俳優たちの毎回違うテンションに合わせて、即興で毎回違うアレンジで弾いていたと聞いています。芝居でしか生じることのない見事な一回性が実現されていると思いました。

多喜二、最後の二年九ヶ月

成田　先ほどこの座談会が始まる前に、井上さんお手製の「小林多喜二の二十九年四ヶ月」の年表を見せていただきました。いつも戯曲や小説を書かれる前に作られるという年表ですが、今回の年表は、一九〇三（明治三六）年から一九三三（昭和八）年までの多喜二の生涯を中心に、多くの書き込みがなされています。普通の年表は時間通りに並べますが、井上さんの年表は厖《ぼう》大《だい》な資料を読み込み、多喜二自身と多喜二作品、あるいは多喜二の周りの人間に対する井上さんの解釈が随所に盛り込まれているものです。多喜二の系図や関係する地図を挿入して描き、時間軸を空間化する試みもされており、実に興味深いものでした。

井上さんの芝居の特徴の一つは、登場人物の生き方や悩みが、読者や観客の胸にじかに迫ってくるように問題を提示することだと思います。人間の実存を問うことで、観る者に希望と勇気を与える。しかも、たっぷりの「趣向」が凝らされています。今回も大きな三つの趣向がありました。一つ目は、物語の主要な時間を多喜二の最後の二年九ヶ月の時期に絞り込んだこと。そのため、登場するのは迷ったり動揺したりする多喜二ではなく、死が待ち構えている多喜二です。そのことが観客に緊張感を与えます。

二つ目は、多喜二の母ではなく、姉を登場させたこと。母「セキ」を軸にした多喜二像には、例えば三浦綾子の小説『母』があります。多喜二の最期は母の悲哀を通して描かれることが多かった。けれども『組曲虐殺』では、母ではなく姉を登場させたことにより、これまでの多喜二の最期の描き方とは異なるものになったと思います。

三つ目は、先ほどノーマさん、小森さんも指摘されたことですが、題名のことです。強烈な題名だと思います。多喜二が虐殺されるという結末を題名に入れることにより、観客にその事実を共有させながら舞台を進行させせました。やがて虐殺される多喜二が、どういう局面をどのような関係の中で、どのように生きてきたのか。井上さんが、小林多喜二という人物と生涯に対する解釈を直截《ちょくせつ》にあらわした題名だと思いました。

井上　お三方から、作者が全然気がついていないことまでご指摘いただきました。ありがとうございます。「それは褒め過ぎです、私はそこまでは考えていません」という部分もありましたが（笑）。

これまで何度も小林多喜二が登場する芝居を書こうとして書けなかったのは、なぜ小林多喜二はこんなに強い人なのかがわからなかったからなんです。歴史的には、一九一七年にロシアで革命が起こり見事に労働者と農民の政府が成立しました。ただしその時点では内部にどのような問題があるのかは、まだ知られていない。ですから世界中で労働者と農民が手を組んで国のあり方を根底から変えることは可能だと信じられていた。多喜二の強さの背景には、この意識があったのではないでしょうか。日本も必ず働く者たちの世の中になる、だからその運動に命を投じても決して無駄にはならない――そういった意識です。しかし、それは後から考えると裏切られていたわけですね。ロシア革命自体はすばらしいことだとしても、その革命をなし遂げた人たちには堕落があった。多喜二はその堕落を知らない強さもあって、新時代の到来を信じていたのでしょう。

日本では、ロシア革命の前年に吉野作造の有名な論文「憲政の本義を説いて其《その》有終の美を済《な》すの途《みち》を論ず」が「中央公論」に発表されています。ですから、日本の大正デモクラシーと外国の動きは一致していたのですね。多喜二が生きていた時代は、革命を信じている人がいて、政府側も革命が起きるかもしれないと厳しく弾圧していた時代なんです。

転向問題と拷問

井上　多喜二の類《たぐ》いまれなる個性は、拷問に対する強さにもあらわれています。それは私にはありません。おそらく拷問されたら何もかも白状してしまうでしょう。この座談会のことを訊《き》かれたら、「二〇〇九年一〇月二四日、午後五時から集英社の二階会議室で、四人で密談をしました」と（笑）。

多喜二の虐殺後は、ほとんどの人が転向せざるを得ない状況になっていく。多喜二は転向しなかった希有な例です。ただ、転向者たちを詳細に見ていくと、多喜二作品を守るために転向した人がいることもわかります。ですから、転向問題もそう簡単に扱えないんです。

成田　深い思索だと思います。劇中には、同志だった立野信之《たてののぶゆき》*4と江口渙《かん》*5の名前は出てきますが、多喜二に影響を与えた指導的評論家、蔵原惟人《これひと》*6の名前は出てきませんね。

小森　現時点での小林多喜二の読み直しで大事なことは、蔵原惟人の読みの枠組みから多喜二を解放することだと、私は思っています。ですから蔵原惟人の名前が出ないことに意味があったのだと思います。

井上　哲学者の鶴見俊輔《しゅんすけ》さんたちの「思想の科学研究会」が『共同研究　転向』（平凡社、一九五九～六二年）という本を出しましたが、この本を読むと、転向にはさまざまな形があることがわかりますね。「転向したのは、弱点があり、そこを卒業するためだった」と、自己合理化した人もいます。これは悪い例で、転向したのなら少なくとも黙るべきです。あるいは作家の片岡鉄兵[*7]のように警察署で拷問に脅え、刑事から「あなたは活動家に向いていませんね」と言われる人もいますが、これはこれでいいと思う。

江口渙や立野信之は、小林多喜二の生原稿を守るためには官憲に睨《にら》まれてはいけないと転向しました。「あいつは転向者だ」、「元はアカだ」と言われるのは承知の上で「はい、私たちは間違っていました」と言いながら、実は信念を貫き通している。将来、多喜二全集を刊行することまで考えて、伏せ字の「××」を正確に復刻するために必要だと、生原稿を集めて金庫に預けてしまう。そういう転向もありました。

成田　鶴見さんたち「思想の科学研究会」の転向研究は、転向を「悪いことだ」という前提から解き放って、さまざまな意味を見出《みいだ》そうという試みでした。

井上　左翼にもいろいろな人がいました。岸田國士[*8]のポジションもおもしろいですね、大政翼賛会の文化部長になるのですから。でも、岸田國士は、悪口を言われるのを承知で、弾圧されていた人たちが仕事を出来るようにしている。自分が汚名を受けながら、同じ志の人を生かそうとする転向もあるのですね。私もそういう転向者になりたいのですが（笑）。

成田　井上さんは転向を経験した人間は、より人間的な痛みを知っていると思っていらっしゃるのですね。一九三三年二月の小林多喜二虐殺は大きな衝撃をもたらし、翌年には転向が相次ぎます。

井上　とにかく多喜二虐殺の後は、非転向を貫くのは難しくなる。そうすると非転向を貫いた人をどうやって守るのか――、守るというのは語弊があるかもしれませんが、そういう意味で今回の芝居は、「多喜二さん、あなたの仕事をきちっと後の時代に渡すような仕事だったらやりますよ」という、私の告白的戯曲でもありました。

太宰治も転向した一人ですね。三二年に、警察署に出頭しています。組織を売り渡していた可能性もある。その負い目が、第一創作集『晩年』の巻頭作「葉」（一九三四年）の冒頭、「死なうと思つてゐた」という一節に結びついているのかもしれません。

そういう時代にも「こんな世の中、いつまでも続かないはずだ」という冷徹な歴史観を持っていた人がいたはずです。「世の中が変わったら書いてやろう、だから、そこまで生きなければならない」と。そういう水脈が続きます。多喜二の『一九二八年三月十五日』にある「蟻の大軍が移住をする時、前方に渡らなければならない河があると、先頭の方の蟻がドシドシ川に入って、重なり合って溺死《できし》し、後から来る者をその自分達の屍を橋に渡してやる」（『昭和文学全集　第32巻』小学館、一九八九年）という一節は、それを見事に表現していますね。

プロレタリア文学と『党生活者』

井上　実は小林多喜二だけでなくプロレタリア文学には、ほんとうにおもしろい小説が多いんです。非合法活動をしている人間を書くんですから、地下に潜る、変装する、駆け引きをする、同志がこっそり会う――この会う方法もさまざまですし――、スパイがいて裏切りがある。これはもう物語の宝の山で、多喜二の『党生活者』がまさにそうです。私はおもしろい小説をくそまじめに読んでいたんですから、反省しています（笑）。

小森　ミステリー小説などでは、犯罪とのかかわりで使われるさまざまな方法が、革命運動を実践するという方向で使われているわけです。奇妙な行動様式のシフトチェンジが、プロレタリア文学では起きていたのですね。

井上　今、松本清張さんの作品が読まれているのも、そういう背景があるんじゃないですか。清張さんは一九二九年、二〇歳のときに文学仲間と「戦旗」を読んでいて留置場へ入れられていますね。

小森　たしかに二〇〇〇年代になってからの松本清張ブームは、多喜二ブームとつながっているようにも思えます。清張作品は、基本的にプロレタリア文学ですから。

井上　そうですね。清張さんの小説を読むと、酷《ひど》い目に遭い、搾取されて苦しみを背負って生きている人たちの位置に立っていることがわかります。その小説が読まれているということは、今も状況が変わっていないということ。

ノーマ　私は『党生活者』を読んで、どうしてわざわざ警察に秘密を明かすのだろう、と不思議でした。例えば、街頭連絡の方法、官憲の目のあざむき方、闘争ビラの隠し方、隠れ家《アジト》へ行くにはどうすればいいかまで具体的に、細かく書いています。小説として纏《まと》め、発表することは、内部の秘密を明かしてしまうことでもありますよね。なぜあそこまで大胆に書けたのか、不思議なんです。

成田　多喜二は長い間、共産党の中枢には入れませんでした。共産党のマニュアルは知らなかったはずで、ここに書かれているのは、多喜二なりの創作だったということはありませんか。

井上　地下活動をしていくうちに、当然、基本はわかってきますよね。刑務所に収容されれば他の活動家たちとすれ違って、いろいろなことを学んでいったでしょうし。

小森　当時、共産党中央は何度も弾圧に遭って壊滅状態でした。つまり、党の指導部がどこにあるのかさえわからないのだから、中央のノウハウが現場の活動家に伝わらない。後の話になりますが、例えば私の母親は『党生活者』の行動様式から「レポ」のやり方を学んで、戦後のレッドパージの時代に活動しています。たしかに多喜二作品には二重性があって、一つは、活動家としてのあり方、実践の仕方をめぐる表現です。もう一つは、組織と運動を持続させていくために、自分の小説をどう書いて発表していくのかということだったと思います。

ノーマ　党中央の方針はわからなかったけれども、実際の振る舞い方は学んでいたということですか。

小森　そもそも非合法活動自体が日々創作のようなところがあったと思います。中央が崩壊してしまっていますから、命令があって行動しているのではないのです。

井上　新聞に大きく取り上げられる事件は、むしろ利用しようとしています。

ノーマ　まるで官憲と運動家の間に、相互依存関係があるようです。

小森　そういった現実を考えてみても、井上さんがおっしゃったようにプロレタリア文学を、今読んでいくとおもしろい。けれども、長い間そういう読み方をしてこなかった。

井上　そうですね。読もうとしても、初めて本格的に『小林多喜二全集』が出版されるのは、戦後ですから。
成田　新日本文学会版の全集が刊行されはじめるのが、一九四八年からです。戦前、戦中は多喜二の本を持っているだけで弾圧されました。
小森　戦後に見出されたという意味では、多喜二は「戦後文学」と言えるかもしれません。
井上　ええ、ですから戦後の小林多喜二は、新しい作家だったんです。
成田　今、ノーマさんから「官憲と運動家の間に、相互依存関係がある」という指摘がありましたが、それは井上さんの芝居とも重なってくると思います。特高刑事が多喜二に共感してしまう。権力側のはずだった人間が運動家、いやいや、「民衆」に感化され、共振していきますね。
井上　初期の作品に『山本巡査』という戯曲がありますが、多喜二はここで、自分は使い捨てで、怪我《けが》をしたらおしまいという、ただの労働者として存在する山本巡査にアジ演説をさせています。少し種明かしをしますと、この戯曲の基本構造を、『組曲虐殺』の登場人物である「山本特高刑事」の中へそっくり取り込もうと考えたんです。それから、今、多くの人が読んでいるという『蟹工船』。最後まで読まない人も、冒頭の一行は必ず読みます（笑）。この「地獄さ行ぐんだで」という一行を、『組曲虐殺』では最後に使おうと考えました。後は、成田さんが先ほどおっしゃってくれた、多喜二の母を登場させないということ。多喜二の母を登場させると、どうしても「母もの」という枠組みに縛られてしまうんです。

ノーマ　大事な決断ですね。お考えを伺って、多喜二自身、セキさん的人物を母親ではなく、女性として描いていることを思い出しました。

井上　そこで、母のかわりにあまり知られていない姉のチマを出そうと考えました。

ノーマ　『山本巡査』について、白樺《しらかば》文学館多喜二ライブラリーの学芸員だった佐藤三郎さんが知らせてくださったことがあります。『組曲虐殺』には「月刊警察之友」という雑誌が出てきますね。

井上　その雑誌名は創作です。

ノーマ　あるブログによれば、兵庫県警察本部の機関誌「旭影《あさひかげ》」の一九五八年七月号に「小林多喜二の山本巡査」という記事が掲載されたそうです。結局、「山本巡査」のような警察官は存在しなかったし、すべきではない、という警告を発信したかったのでしょう。

北海道言葉と標準語

ノーマ　「戦旗」に掲載された『一九二八年三月十五日』を、掲載時に標準語に直そうという動きがあったことを知ったとき、反感を覚えました。どうしてこのプロレタリア文学の作品が標準語でなければならないという意識があったのでしょう。

成田　一九二〇年代当時の小樽は、日本の資本主義の北の拠点でモダンな街ですから、表面的に標準語を使おうとしたのかもしれません。

小森　北海道の言葉では、東北諸地域の言語が混ざってクレオール語化が起きています。これは、北海道独自なものです。

ノーマ　『組曲虐殺』で、タキやチマが方言を使うことから地域性とともにユーモアが漂ってきます。標準語しか使えない者にとって、と限定すべきかもしれませんが。一方、多喜二はもっぱら標準語で、ふじ子は山の手言葉。対比的な組み合わせの中にも細かい差異がありますね。

井上　北海道はやって来た入植者の出身地によって村ごとの言葉が異なります。本来はアイヌの人の土地だったのですから北海道言葉という言葉はありませんでした。たしかに東北に近い言葉が随分あると思いますが、「～です」というのを「～でした」と過去形にするなど興味深い言い回しも多い。標準語とは質的に違います。

小森　夜の挨拶は「おばんでした」になりますね。

ノーマ　電話をかけると受話器をとった相手が「～でした」と言う。「えっ、それなら今のお名前は？」と聞きそうになります（笑）。でも、これは盛岡市でも経験しています。

小森　芝居の中でも、姉のチマがタキとともに上京してきて、ふじ子に自己紹介する場面で「佐藤チマでした」「小林多喜二の姉でした」と言いますが、チマは多喜二より秋田を引きずっているはずです。一方、タキは小樽の出身です。

ノーマ　言葉が荒っぽいと言われる土地の出身ですね。

井上　そうです。なので、タキはどちらかと言うと男言葉に近くしました。

小森　チマとタキの台詞《せりふ》を、井上さんは意識的に近代日本の歴史を背負った地域語にした。つまり登場人物の言葉は、その人物ごとのポジショニングの問題でもあるわけですね。上京した多喜二は標準語で話さざるを得ないけど、ときどき北海道語になるときがありました。それは下宿で姉と話すときなどです。

ノーマ　多喜二は、上京してからも結構方言が出てしまったろうと思います。彼は小樽高等商業学校（現・小樽商科大学）卒、チマは小樽高等女学校（現・小樽桜陽高校）を出ています。自分たちが使う言葉を、相当意識していたはずです。

井上　高女卒業というのは、相当なインテリ女性です。

小森　多喜二も、伯父さんの世話になりながら、同時に辛《つら》い思いをして、学校教育を受けることで階級的地位を上げることが出来た。教育で階級を上げることが出来た時代だったことがわかります。

成田　ちょうどそうした学歴社会のシステムが出来上がる時期でもありますね。日露戦争後、デモクラシーが普及していく中で教育熱が高まり、日本社会の仕組みが変わっていった。家柄ではなく、今に連なる、卒業学校による上昇システム――学歴の時代が始まります。

ノーマ　先ほど小森さんがおっしゃった、チマとタキがふじ子と初めて会うとき、ふじ子が小説を通じてチマたちのことを知っていると言う場面がありますね。つまりチマ自身は知られたくない過去をふじ子は知っていたことになる。

小森　それは、読者が作中人物と出会うという、近代小説の大事な仕掛けですね。例を挙げればセルバンテスの『ドン・キホーテ』の第二部で、作中人物のドン・キホーテが、「ドン・キホーテ」について書かれた書物の読者と出会うのと同じような、自己言及的な仕掛けです。

井上　やがて多喜二をいろいろな面で支えていく三人の女性を劇中で同じレベルに、つまり何でも言い合える関係にするためにいろいろやっているだけなんです。

ノーマ　でも、とても濃密な場面です。

井上　「プロローグ」の少年時代から二場以降は時間が飛んでいますから、その間の多喜二の説明が必要でした。その説明を小さな事件絡みで進めていかなければお客様がついてきてくださらない。ですから必死で積み重ねたというのが実情です。ここは上手くやらないと大長編になってしまいますので（笑）。

芝居の力、言葉の力

ノーマ　成田さんが三つの「趣向」を挙げられましたが、そこにもう一つの趣向として「告白」を挙げさせてください。あらゆる登場人物が、特高刑事さえもが告白をしています。そして作者の井上さんも「告白的戯曲」だとおっしゃいました。多喜二が「都新聞」に連載した小説『新女性気質《かたぎ》』について、劇中でブルジョア新聞に連載するのは堕落だと「古橋刑事」に言わせていますが、これも井上さんの告白でしょうか。

小森　『組曲虐殺』には特高刑事がやがて組合運動の活動家になっていくという設定があります。これは『新女性気質』の女性登場人物が活動家になっていく設定と重なります。

井上　多喜二は豊多摩刑務所に入って、ディケンズやバルザック、それに多くの大衆小説を読んでいますね。

ノーマ　大衆総合誌「キング」も読んでいます。

井上　ええ。読むことで「新しい女性の気質」というのが、よくわかってきたのでしょう。

小森　大衆小説を学習した成果だったのですね。ノーマさんはご著書の中で、『安子』と改題されたこの小説をとても評価しながらも、題名は『新女性気質』の方がよいとお書きになっています。

ノーマ　作品の本質を言い当てていますから。

井上　小林多喜二が頭だけで小説を書く人だったら、おそらくどんな小説も書けたでしょう。でも、自分の身体の中に入ってきたこと以外は書けなかった。ある偏りもあって、暴力的な場面や放火、火事の場面を書くのが好きですよね。

ノーマ　とくに初期は。その後、暴力の質が違ってくるような気がします。

井上　もし多喜二が長生きしていたら、やがて頭を切りかえて恋愛小説を書いたかもしれません。けれども短い生涯の中で自分が書くべきことを決めていた気がします。

それを『組曲虐殺』では「胸の映写機」という表現にしました。誰でも真剣になってぶつかれば必ず自分にとって一番大事な光景が浮かび上がってくる。多喜二はそれ以外に自分の行く道はないと思い定めて書いている。原風景は貧しさや辱められた経験です。そんな多喜二自身を映し出すものとして「胸の映写機」を最後の場面で出すためには、早い場面で昔の光景が浮かび上がる「原稿用紙がスクリーンなんです」という多喜二の台詞を置いておくことが必要だったんです。

お芝居の全体構造として一番最初に出したものは一番最後に解決させる――、これも一つの劇作法です。二番目に出したものは最後の一つ手前で、三番目のものはさらにその手前で解決させる。これはシェイクスピア、チェーホフの名前を挙げるまでもなく、世界の劇作家が本能的に気づいた芝居の基本です。

成田　作劇の作法、つまり「趣向」が井上さんの戯曲の核心であるということは、ご自身で繰り返し述べられていますね。この場面の趣向は、虐殺という暴力ではなく、言葉の力に結びついています。井上さんの一貫したテーマである書くことの力、書くことの意味を問うことに通じる構造が見えてきます。

ノーマさんが言われた「告白」は、『組曲虐殺』の中では「かけがえのない光景」を伝える手段として描かれていました。例えば多喜二は刑務所の身体検査で自分の背中のホクロを係官に伝えられたとき、自分が知らずにいたことを彼らが知る衝撃と屈辱を味わったことを「告白」し、タキは売られていく前の晩の「チラシズシ」の思い出を「告白」します。特高刑事も巻き込まれて、古橋刑事もつい養護施設時代の辛い「押しくら饅頭《まんじゆう》」の思い出を「告白」してしまいました。そこから登場人物たちが押しくら饅頭をするという演劇的表現が始まります。

井上　先ほども言いましたが、議論で形がつく芝居ではなかった。誰が説得しようが励まそうが、多喜二は自分で決めた以上、何の葛藤もなく進んでいきます。ですからこの芝居を終わらせるためには、肉体的な何かが必要でした。そこで思いついたのが押しくら饅頭という誰でも知っている肉体を使った遊びでした。だから、ここにたどり着くために、刑事の一人が押しくら饅頭をしたことが「かけがえのない光景」だったことを伝えなければならない。そして「押しくら饅頭」の風景を、多喜二は「一番新しい、かけがえのない光景」だと思って死んでいく。これが芝居の構造だったのです。

小森　今回の芝居では、井上さんによる新たな多喜二像の発見が大きかったと思います。井上さんの芝居の基本は登場人物相互の議論でした。議論をさせるために、例えば『頭痛肩こり樋《ひ》口一葉《ぐちいちよう》』では「花螢《はなぼたる》」という幽霊を出しています。しかし多喜二の場合は議論にはならないと見切った。そのときに「かけがえのない光景」を胸に刻む新たな多喜二像の発見と結びついたのですね。

成田　とともに、『組曲虐殺』という戯曲では、虐殺そのものの場面は書かれていません。これまでの多喜二を虐殺から読み起こしていくという呪縛から、大きく解き放っていく多喜二像の提起となっていると思います。

井上　「右の人さし指を折りました」「体の二十箇所を錐で刺しました」——、虐殺の場面を書くのではなく、作家の身体にとって命取りになる行為を言葉で、つまり台詞できちんと表現することが大事なんです。多喜二虐殺の事実は、前もって公演チラシに全部載せてしまった。それは本舞台では入れませんよということなんです（笑）。これは、ノーマさんが指摘してくださった公演プログラムも同じですね。

成田　ノーマさんの『小林多喜二』も、虐殺の場面が登場しませんね。

井上　なぜノーマさんは、虐殺の場面を書かなかったのですか？

ノーマ　虐殺を生々しく書いたところで、どんな効果があるだろう、という疑問がありました。また正直言って、多喜二の最期に近づくにつれ、書くのが辛くなったこともたしかです。でも暴力的な死の事実は尊重したかった。そこで、特高が拷問に費やした三時間の意味や、遺体写真の扱いなどについて考えてみたわけです。

小森　小林多喜二の最期は多くの人が知っている。だから、虐殺の場面はあえて書かなくてもいい——これがノーマさんとひさしさんとの共通の立場です。同時に、戦後社会における小林多喜二の受容と評価の歴史についての批判でもあります。小林多喜二が拷問で死んだ写真も広く知られています。私の両親は共産党員として生きてきたのですが、私は拷問に耐えられる人間になれるのかどうか常に悩んでいましたし、自信もありませんでした。ですから小林多喜二の作品を虐殺された身体を出発点にして読んできた私にとって、虐殺の場面を書かなかった井上さんの『組曲虐殺』とノーマさんの『小林多喜二』は、自己解放になりました。

その上で、もう一つ大切な「告白」にふれておかねばなりません。それは小型の携帯謄写版が多喜二の前に置かれていることです。ひさしさんの父、井上修吉さんが一九三〇年三月の「戦旗」にたった一度だけ発表した、警察から逃げるとき携帯謄写版が便利とする「プリントの書き方」という文章が存在していることが「告白」されています。

革命を起こす人の実像

成田　ここで近年の小林多喜二関連の出来事を振り返ってみましょう。二〇〇八年に『蟹工船』ブームが起こったのは記憶に新しいところです。すでに二〇〇三年から二年連続して、ノーマさんもかかわられた白樺文学館多喜二ライブラリー主催の「小林多喜二生誕一〇〇年・没後七〇周年記念シンポジウム」「生誕一〇〇年記念小林多喜二国際シンポジウムＰａｒｔⅡ」が開かれており、また、〇八年には小森さんも出席された「二〇〇八年　オックスフォードにおける小林多喜二記念シンポジウム」がイギリスで開催されました。著作では、〇三年、小樽時代の小林多喜二を丹念に描いた倉田稔《みのる》さんの『小林多喜二伝』（論争社）が刊行され、〇六年には島村輝さんたちが「国文学 解釈と鑑賞」の別冊で『「文学」としての小林多喜二』を出版しました。

小森 多喜二ブームの背景を考えると、一九九〇年代以降の労働と雇用をめぐる法律の大改悪があり、日本が階級格差社会になってしまったことに突き当たります。

成田 そのようななかで、井上さんが『組曲虐殺』を、ノーマさんが『小林多喜二』を出されたということになります。

井上 ノーマさんは、多喜二と小樽商業高校で教えていた経済学者の大熊信行[*9]との深い交流もお書きになっていますね。大熊信行は多喜二の先生でしたが、故郷は山形県の米沢で、実は私の生家の近くなんです。後に大熊信行は身体を壊して米沢に戻り、婦人のための小さな塾を開きますが、その塾生の一人に私の母親がいました。

ノーマ それはびっくりですね。

小森 ということは、多喜二と井上さんのお母さまはともに大熊信行の弟子なのですね。

井上 存在は大きくて、新聞をちゃんと読めるようにと集まった塾生の婦人たちが、やがて尾崎秀実《ほつみ》[*10]まで読むようになるんです。

成田　大熊信行も転向思想史の中の一員で、今のお話からも、いろいろなことが考えさせられますね。

井上　ノーマさんの『小林多喜二』の最大の功績は、多喜二を共産主義や社会主義から切り離しながら、革命という言葉を使って「革命を起こす人」「革命に命をかけた人」と、言葉のレベルを上げて読者に入りやすくしたことです。

「みんなで小林多喜二を読みましょうよ」と語りかけていますよね。多喜二を「となりの兄さん」という位置に置き、多喜二自身の悩みも含めて、大きく読んでみましょう、と。読むとわかることですが、世の中をよくするために変わらなければならないという大きな流れへ、ゆっくりとこの本は導いてくれます。

ノーマ　ありがとうございます。

井上　ノーマさんは小樽に長期にわたって滞在しながら書いています。多喜二の弟・小林三吾さんについても詳述されていますが、地元の人に聞き込んで調べることで、多喜二の肖像が補修されて、全体像がはっきりしてきた。また、読者は自分の所属団体や生活と比べながら読むことが出来る。つまり会社と個人をどう両立させるかと読みかえられるんですね。ですから、この本には血が通って、息づいている。それはきっと冒頭で「多喜二さん」と呼びかけたところから生まれたのかもしれません。見事な方法ですね。

実は、私は『組曲虐殺』を書いてから読んだのですよ。この本を書く前に読んで影響されてはいけないと感じたので。

小森　それは今、初めて伺いました。多喜二の伯父のパン屋の屋号「三星《みつぼし》」についても、お二人がお書きになったところが見事に符合してましたから、驚きました。

井上　ノーマさんはパン屋の屋号について、「『三星《みつぼし》』は『信仰・希望・愛』を意味する」とお書きになっています。もし読んでいたら、この言葉をプロローグの歌詞に入れたいと思ったはずです。私は「三星」をただの三つの星だと思っていましたから、後で愕然《がくぜん》としました。

成田　女性に視点を当てているところもそうですが、お二人の「多喜二像」「多喜二解釈」には通底するところがあると思います。

小森　今、多喜二を読み直していく上で何が大事かということをめぐる共通項ですね。

成田　はい、その通りだと思います。小林多喜二を論ずるときの作家論と作品論をどう組み合わせるのかという問題を、ノーマさんは塗りかえられたというのが私の感想です。一つひとつの作品をめぐって、小説世界と、作者自身の生涯をはっきりと区別しながら読み解いていく。テクストとして解釈しながら、同時に多喜二の生涯をたどっていくという、今までの多喜二論を一新される営みだと思いました。

多喜二の「未完成性」

成田　小林多喜二について、いつも問題になるのは「女性観」の問題ですね。冒頭でもふれましたが、戦後になって多喜二が論じられる際に、平野謙が「党派性の問題」として、政治に優位性を置き評価することへの異議を申し立てた。同時に、多喜二の「女性観」を「ハウスキーパー問題」として批判します。つまり小林多喜二については、女性観と党派性が焦点になってしまっている。そのことを踏まえた上で、ノーマさんは読み方自体を検討し、あらためて小林多喜二を再評価しようとしていると思います。

ノーマ　私は多喜二の作品について、「未完成性」ということを言ってきました。多喜二作品の多くは、皆さんもご承知の通り実際未完成です。運動のため忙しくて書けなかった、運動が作家・多喜二を不幸に追いやった――そういうとらえ方もあります。けれども、私はその未完成性を積極的に評価したいのです。例えば、新しい社会を求めて活動する人々は新しい人間関係を形成中で、先まで見通せるわけではない。途切れても不思議はありません。

小説は、近代個人主義の中から出来上がったジャンルですが、多喜二は『蟹工船』をはじめ他の作品でも、個人だけではなく、集合体を書くことに挑戦している。しかし、なかなか個人から離れられません。そういった多喜二の未完成性とつき合っていく中で、私自身、自分ではわからないところ、書けないところがはっきりしてきました。そして、個人としての変化もありました。自分では書けないところに突き当たっても、誰かが出来るかもしれない。一人の研究者として他の人に頼るということを積極的に感じられるようになったわけです。そうした意味で、個人を超えていけるような気持ちが、ゆっくりとですが生まれてきました。

多喜二に関心がない人、多喜二が嫌いな人、共産主義や社会主義など過去のもの、と思う人、そんな人たちにアピール出来なければ書くことに意味がない。読者が小林多喜二という人が好きになれるよう書いているうちに、私自身がますます多喜二さんのことが好きになりました。

小森　ノーマさんの本では、二〇〇〇年代にどうして小林多喜二の存在が重要なのかに焦点が当てられています。『源氏物語』の研究者であるノーマさんが、「源氏物語千年紀」に重ねて、多喜二について書かれたということも興味深いです。

ノーマ　大学生のときに『蟹工船』を英訳で読んで、おもしろくないと思いました（笑）。それが多喜二との出会いです。再会するのは一九九八年の夏、偶然に入った小樽文学館で。『組曲虐殺』の演出家・栗山民也さんが公演プログラムでお書きになっていますが、多喜二がタキ宛てに書いた手紙に「瀧ちゃんが、決して、今後絶対に自分をつまらないものだとか教育がないものだとか、と思って卑下しない事」という一文があります。文学館の壁に掲げられたその言葉を何度も読み返しました。タキに自分をつまらない人間だと思うなと、しつこく迫るのはいかにも多喜二ですが、その文章のおかげでかつての印象が一変します。でも、その時点では小樽に滞在してまで多喜二を追究するとは夢にも思いませんでした。

当時のアメリカでは、階級に注目した作家・小林多喜二を研究テーマとしたら、それこそ異端的存在になってしまう。そんな勇気はありませんから、何年かは「多喜二が気になる」と思いつつ、積極的にかかわるまいとしていました。けれども周りを見てみると、私も含めてですが、研究者の大胆で正義に満ちるかのような言説が空回りしているに過ぎないと思えてくるのです。

九〇年代、ポストモダンからカルチュラル・スタディーズへと移行する研究の場は、自称左翼の人たちの間で資本主義批判が盛んでした。しかしそれは批判したつもりになっただけで、資本主義そのものを内面化した、全く実体のない議論でした。人種、性差、セクシュアリティを持ち出すことで辛うじて何らかの具体性に彩られる面もありましたが、「脱構築」の影響が尾を引いていたため、空洞化した、むなしいというか自己満足的批判が目立ちました。

小森　「脱構築主義《デイコンストラクショニズム》」のことですね。

ノーマ　そうです。先にフランスから日本に入ったものが、アメリカから再輸入されていく。一九八九年のベルリンの壁崩壊、九一年のソ連崩壊後しばらくは、まだ四つのキーワードがありました。「人種」「民族」「性別」「階級」です。そこから階級が抜け落ちていった。もう必要はない概念、と。今回私は階級や組織という課題にあまり接近出来ませんでした。ですから経済の問題とともに、いつか向き合う方法を見つけ出したいと思っています。

現在は格差社会だと言われています。最近、ある特攻隊員で生き残った方が、今の貧乏と、戦争直後の貧乏を比べたら、昔の方が比べられないくらい酷かった。だけど、昔は格差がなかったと語られているのを読みました。「格差」と「階級」は、指すところはかなり重なりますが、全く同じではありません。前者は一般に使われるようになっても、後者は依然として回避されている気がします。それから組織。鬱陶しいものですが、組織抜きでは社会が変わるとは思えません。多喜二のかかわっていた運動の言葉ともう一度、今、生きる私たちのために向き合う必要を感じます。井上さんが「ゆっくり」とおっしゃってくださいました。ゆっくりと自分が納得出来、読者にも伝わるような言葉を探し続ければ、出来るかもしれないという希望を持っています。

政治の優位性の問題

ノーマ　組織について考える際、成田さんが先ほど話題にされた「政治の優位性」の問題は避けられないでしょう。戦後、「政治の優位性」が語られるとき、「政治」とは共産党のことですね。まるで他に語るべき政治がないようなのも問題です。ともあれ、「政治の季節」が過ぎ去ってもしばらくは、文学、文化研究の中に政治的課題は見受けられたし、フェミニズムのことを忘れてはなりません。大学に定着したことが幸せかどうかは別として。

戦前の運動の一時期、大衆的文学作品の創造のため、蔵原惟人が指令を出し、多喜二、中野重治《しげはる》*11や宮本百合子《ゆりこ》*12、その他多くの仲間が一所懸命立ち上げたサークル運動があります。単に党員数を増やす戦略などと批判されがちですが、本気で新しい読み手、書き手を生みだそうとしたことはとても斬新です。政治的戦略だったとしても、若いプロレタリア作家が指導に寄せた意欲は「文学新聞」などから充分伝わってきます。カルチャーセンターとは違った現代バージョンが欲しくなります。

成田　政治の原理から多喜二をとらえるのではなく、政治を再定義しながら新しいものを目指していく状況との関係で、多喜二をとらえ直そうということですね。ノーマさんの多喜二への問題意識は、井上さんがいわれた「革命に命をかける多喜二像」へとつながっていくような気がします。

ノーマ　そうです。けれども私は憶病ですから、流血が避けがたい革命は……。覚悟出来ない人間が革命を推進していいものか、倫理的なためらいもあります。しかし、社会を根底から変えなければたまらないという思いはあります。アメリカであれ日本であれ、どうしてこんな世の中が許され続けるのか──、多くの人がこのままではいけないと思っているはずなのに。

成田　ノーマさんが出されている多喜二像は、今までの政治や文学や革命という言葉の概念を、もう一度洗い直す営みでもありますね。小林多喜二を今読むということは、政治と文学の概念を変える、政治的──文学的な営みであるというメッセージが伝わってきます。

ノーマ　政治というものに向き合おうとする際、教育にスポットを当てなければならないと、つくづく思うのです。そもそも「政治の優位性」と言ったときの政治は好ましくないものと決まっていますが、「政治的」であることは避けるべき、というのが一般的通念になってしまいました。そんな社会で、例えば民主主義に欠かせない選挙の意義が伝わるような教育をどうすれば施せるでしょうか。政治とはいたるところにあるのに、それに気づかせないような教育が行われているのではないでしょうか。政治は感性の教育でもある。タキが人としての自分に目覚めていく、あるいは『組曲虐殺』の山本や古橋特高刑事が自分をとらえ直していく。投げかけられた言葉、わきで聞いた言葉に触発され、自分や周囲の人を新しい目で見ることが出来るようになる過程も教育の一環に他なりません。そういう観点からも政治をとらえ直したいと思います。

成田　政治は遠いところではなく、人間関係のやりとりの中で行われていくということですね。ノーマさんは、『小林多喜二』でタキを教育する多喜二に注目しています。

井上　多喜二自身もそうですが、多喜二の周りの人は教育者なんですね。伯父が多喜二を教育する。多喜二はタキを教育し、多くの人々を教育していく。そういう教育の連鎖がノーマさんの本から浮かび上がってきました。

小森　小林多喜二文学の根幹とかかわるその教育が成立する要のところを、ノーマさんの本は示しています。それは、先を歩いていた人が死んでしまったとき、その死をどう受けとめるのかということです。ノーマさんも虐殺を書かず、多喜二の死を弟の三吾、姉のチマがどう受けとめたのかを書いて結んでいます。

三吾は、その後も「多喜二の弟だ」ということを誰にも言えない。つまり、強いられた記憶喪失になっています。これは、自分が共産党の関係者だと言いたくないという、戦後のレッドパージ以後の日本社会のあり方に続いています。札幌のデパートで企画された「北海道文学展」で、多喜二が虐殺されたときの写真を掲げた際、チマがどう受けとめたのかについて、ノーマさんは元小樽文学館館長の小笠原克《まさる》さんの文章から引用しています。

「姉・佐藤チマは、三十余年を隔てて、はじめて弟・多喜二の遺体ならぬ遺体写真を見たのだった。……しかし、私は遺体写真の飾りつけに憂身をやつし、涙一滴ながさず──妙な言いかたながら、私自身が泣くなんてことは想像すら出来なかったのだ。……文字通り、涙も出ない痛烈な恥の念で姉チマの言葉を反芻せねばならぬ。〈いつになったら平気で読めるかなぁ、と思いますがね。〉──私たちは、いつから平気で読めるようになったのか。〈つらくて読めない〉こともなく──そうこうするうちに事実にかんする知識も増し、評価の種々相も心得た、知ることの頽廃と紙一重の客観的研究。人間的感受力の鈍磨・剝離・喪失。」（傍点原文）

小笠原さんは、お酒に酔うとよく私にも泣きながらこの話をしていました。小笠原さんにとってはよほど重い問題だったと思います。だから、多喜二の街である小樽を復興させようというチマの思いを受け継いで、運河の保存運動などをなさっていったのです。

どうやったら多喜二の死が、生きている者を励まし、権力の暴力に立ち向かっていく力を与えるのかということを、ノーマさんは提示してくれています。教育とは、ある出来事を言葉で受け継ぎ、自らが言葉で発していくことです。そういう多喜二文学の深さを、ノーマさんの本は明らかにしています。

井上　語弊がある言い方ですけれども、多喜二は死の前日まで命の瀬戸際の時間を愉快におもしろがっていたのではないかという気もするのです。捕まったら拷問されるとわかっていた。でも、多喜二は捕まる寸前まで変装をしたりしている。逃げることだけを考えたら着物を着てはいけない。靴を履いた方がいいのは誰でもわかります。でも、わざわざ着物を着てロイド眼鏡をかけて……。そういうおもしろさ、優しさ、人間らしさが多喜二にはあるような気がします。

ノーマ　死の重たさと表裏一体の感覚でしょうか。唐突な対比ですが、私は原爆についての授業を持っていますが、学生たちはどんな映像を見せられても平気だと言います。

小森　ホラー映画が流行し、インターネットには死体映像専門のサイトがあるような状況です。人間の死の尊厳についての教育がなされていないことのあらわれです。

ノーマ　いろいろなレベルで死が安価なものになってしまっているとしたら、命に対しても鈍感になっているということでしょう。井上さんがおっしゃるように、人を笑わせる余裕があった多喜二はほんとうに活《い》き活《い》きとしていた。

井上　だから多喜二は、同時に検挙された今村恒夫《つねお》*13に築地警察署で拷問される前に「こうなっては仕方がない。お互に元気でやろうぜ」と言いますね。

ノーマ　死を前にして、多喜二は多喜二らしい言葉を発したのですね。

井上　私は、ノーマさんが引用された小笠原克さんの文章の中のチマさんにはちょっと疑問があります。チマさんは「三十余年を隔てて、はじめて弟・多喜二の遺体ならぬ遺体写真を見た」と言っていますね。

ノーマ　実は私も、お芝居を観てから疑い始めました。

井上　多喜二の告別式にやって来た人はその場で拘束されています。多喜二の家の前に警戒本部が出来ていたんですから、決死の覚悟で来たんですね。参列出来た人の中にチマとチマの夫がいます。通夜の晩に遺体の写真を撮って、それから告別式ですから、もちろん写真は出来ていなかったでしょう。でも、先ほどの文章を読むと、どこかチマさんが演技をしているように思います。言い方を換えると演技せざるを得ない社会体制、国家体制があったということです。弟の三吾さんもそうです。三吾さんも、心の中では兄を誇りに思っていた。でも、記憶喪失を装わないと生きていけない社会だった。没後四〇年たっても兄の本を読めない。「虐殺という言葉にも会いたくありません」と語っている。そこが問題なんです。

多喜二の死を共有する

井上　私も「北海道新聞」の記事など、いろいろと資料を集めました。ちょっと強い言い方になりますが姉弟の記事を読むうちに、姉弟で多喜二の死を独占してはいけない、私たちにも多喜二の死を共有させて欲しいと思ったんです。それだけ苦しんだんだというのもわかりますが……。でも、そんな思いもあって『組曲虐殺』では、姉のチマを多喜二にとって一番いいように仕立てようと考えました。虐殺される一人の青年に、生きているうちに少しでも幸せな瞬間を提供しようと考えたんです。

成田　井上さんが言われたことは、とても大事だと思います。多喜二の死を、いろいろな人が独占しようとし、そのことが戦後の多喜二の読み方を縛っていきました。だから、多喜二作品の「正しい読み方」「誤った読み方」という言い方、考え方が生まれた。でも今、多喜二の死の独占という呪縛から、多喜二とその作品を解き放つことが、とても重要であるということなのですね。

井上　ただ単純に「死を共有しよう」というのは、危険な部分もあって、ここは面倒なところでもありますね。でも、多喜二の姉です、多喜二の弟ですと社会状況を考えれば言えなかったのはよくわかりますが、伝えられているチマさんと三吾さんの様子は何か作っているなという直感はあります。

成田　ただ、小樽のお姉さんの家が、戦時中の強制疎開で壊されるということもありました。そこまで徹底的に痛めつけられるという緊張関係の中で、小林多喜二の親族たちは生きてきたとも言えます。

ノーマ　それはとても感じます。会っていただけなかったご親族もいますし、ドキュメント映画『時代《とき》を撃て・多喜二』（二〇〇五年）が上映されたことやその後の『蟹工船』ブームのおかげで、初めて市民権を取得出来たようなところもあります。

井上　田口タキは、手紙を大事にしていましたから、多喜二の手紙も持っていた。でも、タキが持っていた他の客からの手紙に多喜二は焼き餅をやきます（笑）。多喜二宛てのタキの手紙は残っていません。運動の最中にタキの手紙を持って歩くわけにいかないので、多分、処分したのでしょう。でも、タキは「国賊」の作家である小林多喜二の手紙を戦後まで大切に持っていた。だから全集に収録することが出来たんですね。それを読むと、多喜二はタキに元気のいいことを書いています。多喜二はタキという女性の大きさ、優しさの前で決心を吐露して、自分の勇気とエネルギーにしていた。多喜二は女性を大事にしていた人ですね。

小森　そして、自分が女性に支えられていることをよくわかっていた。タキという人がいないと、自分が成り立たない。「タキちゃんに言ってしまったのだもの、仕方ないっしょ、やるべさ」みたいな感じでタキを頼りにしている（笑）。

井上　その通りです。そういう多喜二が好きですね。女性を大事にしていたことがわかるからこそ、「ハウスキーパー問題」が重要なことではないように思えてくるんです。

ノーマ　そうなんです。

井上　「一般論で言うな。関係というのは一つひとつ違うんだ」と。

小森　「いったい何がわかるのか」と言いたいです。

ノーマ　多喜二の作品や生涯を追っていくと、どうして「ハウスキーパー問題」があれほど正当性を持てたのかわからなくなります。

小森　平野謙は、一九四六年一〇月号の「新潮」で「ハウスキーパー問題」を提出しました。多喜二の作品は「戦後文学」の中で、初めて伏せ字なしで読むことが出来るようになります。多喜二は、拷問という暴力に対して非転向を貫いた人だった。平野謙は自分の位置取りを確保するためにも、「政治と文学」論争でマルクス主義的な文学運動の「人間侮蔑の風潮」を批判しておく必要があったのです。この議論が広がった背景には、抑圧されてきた側が、体制変革時に社会的地位を上げたことに対する嫉妬もあるはずです。

ノーマ　戦後「ハウスキーパー問題」について繰り広げられた論争では、ハウスキーパー制度の悪が前提となっていますね。もちろん大いに問題はありますが、もしあの時代に生きていて、運動に近いところにいたら、私だってハウスキーパーになっていたかもしれない。弾圧下、運動を持続させるにはさまざまなカムフラージュが必要となるのは当然です。後から人道的な問題を指摘するのは簡単です。ハウスキーパーとなった女性たちの主体性も一義的に語れるものではないはずです。

成田　戦前の運動の中で求められたのは、強い自己規律です。戦後の初期にもこの心性は持続し、活動家はストイックな倫理観を持っていました。このストイシズムは、階級の意識に通じていきますが、男性の場合、家父長的な心性も同居しています。いささか窮屈で理が勝っている上に、他者にも厳しく、男性優位のもとでの倫理を強制していくことになったのですね。

矛盾の申し子

井上　先ほど成田さんは、家柄ではなく普通の人たちから成績優秀な者を吸い上げる装置として学校が作られていく時代があったという話をされましたよね。社会は階級を固定せずに、ある制限のもとに下と上を循環させるように出来ているように思います。世の中、下と上を入れかえなきゃいけないときがあるのですね。

成田　はい。興味深いことに、のちの時代になると、高学歴ゆえに社会運動に参加する人びとが出てきます。その動きの一つが、多喜二が活躍した一九二〇年代の後半から三〇年代の初めに、世代という問題を巻き込みながら遂行されます。社会が再編成される時期でした。日清戦争後に登場した初期社会主義者を加えたメンバーが、二二年、日本共産党を非合法に結成します。社会主義グループは、こののち世代交代があり、外来の知識を持つ福本和夫[*14]の世代が、理論をかざしながら前の世代を追い詰めていきますが、小林多喜二には、福本と同じように前の世代を乗り越えていこうという姿勢がありました。それは文学論でも見られ、例えば志賀直哉の作法を受け継ぎながら、志賀を超えていくという意識がそうです。

小森　ヨーロッパ言語圏のレボリューションという意味の「革命」と、天命によって天子が入れ替わるという、中国漢字文化圏における「革命」の違いの問題も、ここにかかわります。井上さんがおっしゃっているのは庶民の論理において没落する階級と成り上がる層が同時に発生する意味での「革命の人・小林多喜二」なんですね。

井上　多喜二は、やはり時代が配置した人物ですね。多喜二自身も書いているように、小樽へ行ったのが四歳のときですから、秋田で暮らした記憶はありました。食い詰め者の次男が、伯父の援助で小樽高等商業学校を卒業し、北海道拓殖銀行に勤める。小林多喜二は歴史が用意した適材適所の人物ですね。

成田　ノーマさんは、多喜二を「矛盾の申し子」と規定されました。秋田から、小樽という当時の資本主義の拠点に出ていき、学歴・地位を「上昇」させていきます。多喜二は、都会生活になじめないながらも、都会の作法を身につけ、そして都会に反抗しており、まさに「矛盾の申し子」ですね。

ノーマ　矛盾を吸収して、自分の武器にしています。多喜二には温かいヒューマニズムがある。そのヒューマニズムで社会を制度的に見抜いてしまう類いまれな才能が、少年の頃からあったと思います。

小森　やはり階級意識を持っていたからでしょうか。

ノーマ　そう思います。井上さんがおっしゃった通り、「原風景」は「貧しさや辱め」であり、小樽、つまり都会の学校で強く感じたことだと思います。

小森　自分のいる社会の序列を知らなければ生きていけない状況に置かれた子どもは、その序列の力関係を見抜くようになります。多喜二は伯父の学資援助で進学するのと同時に、伯父のパン工場で働き続けます。つまり多喜二の身分は、パン工場に雇用されている労働者でありながら、経営者の一族でもあるという分裂を抱えています。ですから、同じパン工場で働く労働者仲間からは、搾取する側に見られる。資本家階級と労働者階級の間で引き裂かれ続けた二重性が、多喜二にはあったのですね。高等教育を受けられるプチブルジョアだけど、プロレタリアートでもある。そしてもう一つ、経営者である伯父と自分の父親は、兄弟なのにこれだけ違うということもわかっていく。

『組曲虐殺』の中に、伯父から平手打ちに遭っているとき、それを見ていた父親の涙が氷柱《つらら》になっていたということを、多喜二が警察の取調室で話す場面があります。

「伯父は、わたしを打《ぶ》っているところを、父に見せたかったのでしょう（中略）いつまでも行商に甘んじている才覚のない弟のことが歯がゆかったのかもしれません」

兄弟や親戚の間にも階級や上下関係の格差があって、それを見抜かないと生きていけない。まさに「矛盾の申し子」なのです。

ノーマ　父親にとって、子どもが苦しみながら働く姿を目撃するのはとても辛い。その父の辛い目撃体験を知っている多喜二がいる……。

小森　その辛さを多喜二も意識しているのです。

ノーマ　とても大事な台詞ですね。だからこそ、小林三ツ星堂パン店の、「赤小豆《あずき》」を散らした安い「代用パン」ですら買いたくても買えない人がいるという矛盾に多喜二は気づいていくのでしょう。

成田　ノーマさんが『小林多喜二』で、志賀直哉の「小僧の神様」と多喜二の小説「藪入《やぶいり》」を比較して論じた箇所につながっていきますね。若き多喜二が書いた「藪入」は、志賀作品のように丁稚《でっち》奉公をする「小僧」を描くのですが、ノーマさんは、両作品の差異を読みとっていきます。

雑談の花

成田　多喜二の小説は、戦後は『党生活者』が高く評価され、『蟹工船』はそうでもありませんでした。それが、今では逆転しています。それぞれの作品の評価も含め、現在の多喜二再読の状況を最後に議論してみましょう。

井上　一九五三年に、俳優の山村聰《そう》さんが監督・脚色も担当しながら、ご自身が主演された映画『蟹工船』が公開されています。そのときの談話が残っていて、ある有名な脚本家に頼んだら、この小説はこのままでもうシナリオになっている、監督のあなたが現場でカット割りすればそのまま生きるから、脚本は要りませんよ、と断られたそうです。当時の新しい文学を多喜二が書いていたことがわかりますね。ここは今でも注目した方がいい。

多喜二は映画が好きでした。チャップリンも大好きでしたよね。映画と言っても音声映画《トーキー》を観る機会はそうはなかった。でも、たくさんの無声映画を観た。そこで映画という新しい芸術の表現方法を利用して小説を書いたらどうなるかと試したはずです。それが『蟹工船』でした。方法としてだけでなく、内容もふさわしく、当時の作家、読者に与えた衝撃は相当のものがあったと思います。

ノーマ　カメラ・アイを活かした描写ですね。

井上　そうなんです。『党生活者』にも、記録映画的なところがあります。映画のよき享受者だった多喜二には、最も新しい形式を自分の小説の基本にする力量があったんです。

ノーマ　その力量を発揮した『党生活者』には、私たちが直面する問題が書かれています。語り手であり主人公でもある「私」は、戦争のために職が得られた臨時工と一般工員の連帯を図って同志と活動しています。目指すところは両者の労働条件改善と戦争反対。いかに難しく、今日的な課題であるかは近年の若者にとって失望的な状況が「希望は、戦争。」（赤木智弘「「論座」二〇〇七年一月号）という言葉を生みだしたことからもわかります。

この崇高な闘いに携わる「私」は、非合法生活の中で抑圧されていると言わざるを得ません。物質的苦労もさることながら、緩和されることのない緊張感は彼の人間性をゆがめずにはおきません。その「私」が「人との雑談を甘いもののように欲する」という描写にずっと惹《ひ》かれてきました。ごく当たり前の行為であるはずの雑談ですが、「私」は、地下生活のため、それを許す関係から外れてしまったのです。しかし、雑談が脅かされるのはさほど特殊なことでしょうか。雑談とは必ずしも近しくない人同士の信頼関係やある程度の時間的余裕を要します。本来、雑談はそれ自体が目的です。つまり、人間にとって欠かせないい贅沢の象徴たりうるかもしれません。あるひとを四六時中働かせ、あるひとには全く働く機会を与えないのが現在の資本主義体制です。恵まれているとされる人たちも、人間として有意義な生き方から疎外されています。階級闘争も反戦運動も究極的には誰もが有意義に暮らせる社会を求める「革命」であるべきではないかと思います。

小森　小林多喜二が「蟹工船」と、その操業が行われる矛盾し分裂した空間を発見したことだけで、私は彼を「世界文学」者だと思っています。小説の中で明確に、工場であっても船だから工場法は適用されない。同時に船であっても工場だから航海法も適用されないという明晰《めいせき》さで「蟹工船」が無法地帯であることを示しています。多喜二たちの世代が命をかけて作り出そうとした労働者側と雇用者側との不平等をなくすための法的体系が、一九九〇年代以降、どんどん崩れ、企業の非人間的な雇用切り捨てが容認されてきました。気がつくと、法的に無秩序な社会に人間がむき出しのまま放り出されているのが現実です。周りに支える人間がいない労働者は、まさに多喜二の発見した「蟹工船」状況を生きているのです。

では、そこからどうやって歩み出すのか。その意味で、二一世紀の私たちは、もう一度小林多喜二の文学を読み直すことから出発することが出来ます。そのためには、『蟹工船』や『党生活者』だけでなく、それ以外の多喜二作品が読まれる状況をどうやって作るのかが小林多喜二受容の問題としては大きいと思います。『党生活者』の読み方も、今までのままでいいのでしょうか。ですから、ノーマさんがおっしゃった「雑談を許す関係」こそ人々が目指すべきだという指摘につきると思いました。

井上 たしかに生きて、雑談が出来るということは、幸せなことですよ。

小森 雑談が出来る関係というのは、まさにお互いが認め合って、信頼しているから出来るのです。

井上 何か特別なテーマがなくてもいい。

ノーマ 目的も必要ありません。

井上　そうです。結論を出す必要もありません。
成田　私は小森さんと同世代ですが、『蟹工船』をはじめとする小林多喜二作品は必読書となっており、かなり熱心に読んだつもりでした。もっとも、今から思うと、ある規定にそった読み方、理解しかしていませんでした。それゆえに、ある時期以降は、小林多喜二という作家は、私の中では消えた存在となっていました。しかし、近年のブームの中で、ということは二一世紀になって、あらためて多喜二を読み返して驚きました。そして今日、皆さんの話を伺い、また新たな多喜二と出会うことが出来たと思います。現在の状況を考える手がかりが、彼の作品の中にたくさん含まれていることに目を開かれました。
　一つだけ挙げれば、多くの指摘があるところですが、『蟹工船』の最後の一文「この一篇は、『殖民地に於《お》ける資本主義侵入史』の一頁《ページ》である」という箇所です。多喜二は、植民地の帝国主義問題を書いていた。しかも、映画的手法を用いて、視覚的にリアルに描いていた……。
小森　同時に、身体感覚的、とりわけ嗅覚的に描かれている。
成田　そうです。『蟹工船』の冒頭は、臭いまで伝わってくるような書き方でした。
　今日は、新たな多喜二像を描いた井上ひさしさんの『組曲虐殺』とノーマ・フィールドさんの『小林多喜二――21世紀にどう読むか』を論じ、さらに二一世紀を生きる上で、小林多喜二の作品をどう読み直すのかへと至る議論が出来ました。どうもありがとうございました。

（二〇〇九年一〇月二四日、集英社にて）

註

＊1　吉野作造（よしの・さくぞう。一八七八〜一九三三）。政治学者・思想家。大正デモクラシーの指導者。民本主義を提唱、普通選挙や政党内閣制を主張した。

＊2　河上肇（かわかみ・はじめ。一八七九〜一九四六）。経済学者。『資本論』（第一巻の一部）の翻訳や、著書に『貧乏物語』『自叙伝』などがある。

＊3　平野謙（ひらの・けん。一九〇七〜七八）。文芸評論家。著書に『島崎藤村』『芸術と実生活』など。

＊4　立野信之（たての・のぶゆき。一九〇三〜七一）。小説家。著書に『叛乱』など。

＊5　江口渙（えぐち・かん。一八八七〜一九七五）。小説家。著書に『かかり船』『花嫁と馬一匹』など。

＊6　蔵原惟人（くらはら・これひと。一九〇二〜九一）。評論家。雑誌「戦旗」を中野重治らと発行した。

＊7　片岡鉄兵（かたおか・てっぺい。一八九四〜一九四四）。小説家。横光利一、川端康成らと文芸雑誌「文芸時代」を創刊。翻訳に『あゝ故郷』（エクトール・マロ）、著書に『朱と緑』など。

＊8　岸田國士（きしだ・くにお。一八九〇〜一九五四）。劇作家・小説家・評論家・翻訳家・演出家。戯曲に『牛山ホテル』、著書に『暖流』など。

＊9　大熊信行（おおくま・のぶゆき。一八九三〜一九七七）。経済学者・評論家・歌人。一九二七年、米沢で歌誌「まるめら」を創刊。

＊10　尾崎秀実（おざき・ほつみ。一九〇一〜四四）。ジャーナリスト・評論家。ゾルゲ事件に連座し、死刑となる。

＊11　中野重治（なかの・しげはる。一九〇二〜七九）。小説家・政治家・評論家・詩人。著書に『鉄の話』『甲乙丙丁』など。

＊12　宮本百合子（みやもと・ゆりこ。一八九九〜一九五一）。小説家・評論家。著書に『伸子《のぶこ》』『播州平野』『二つの庭』など。

＊13　今村恒夫（いまむら・つねお。一九〇八〜三六）。詩人。機関誌「プロレタリア」を発行。

＊14　福本和夫（ふくもと・かずお。一八九四〜一九八三）。思想家・経済学者・科学技術史家・思想史家。昭和期、共産主義運動の理論的指導者。

おわりに

成田龍一

本書『「井上ひさし」を読む』には、六つの座談会が収められている。ほとんどの座談会は東京都内のあちこちで開かれたが、第五章の平田オリザさんとの座談会は、兵庫県城崎《きのさき》の「城崎文芸館」で公開で行われた。その帰途の列車のなかで、小森陽一さんとのあいだで、本書は「井上ひさし・超入門だね」と話に花が咲いた。

成田龍一（左）（撮影／井垣 亮）

そもそもは、東京で催された、井上ひさしさんの「お別れの会」（二〇一〇年七月）にはじまる。井上さんが二〇一〇年四月九日に亡くなられたことは、衝撃であった。新しいお芝居の予告がなされており、予想だにしなかったことであった。「お別れの会」には一二〇〇人を超える人びとが集まり井上さんの突然の死を悼んだが、その会で小森陽一さんと私は、なんとか井上さんの遺志を受け継ぎたいと言葉を交わした。

座談会として井上作品を読み継ぐという方針と形式が固まったのは、翌年になってからである。東日本大震災という出来事を経験し、戦後の制度や思想が大きく問われるようななか、井上ひさしさんの作品を読むことがあらたな意味を持ち始めたことが、さきの思いをいっそう強くした。この営みを実現しなければならないという気持ちが、いよいよ高まったなかでのスタートであった。

井上作品は、小説、戯曲、エッセイと厖大《ぼうだい》に広がり、作品ごとに、その時々の状況に真正面から向き合っている。どの作品を選ぶかは楽しい作業であったが、緊張を伴う営みでもあった。選出した作品をどなたと読むか、ということがそれに続いた。お願いをしたゲストの方は、みな即座に快諾された。井上作品を読むことの必要性と意義とを、みなさん考えておられた、とあらためて思う。

結果的に、井上さんをよく知る方たちと井上作品を語り合うこととなったが、井上ひさしさんが亡くなったあと、それぞれの方が井上さんへの熱い思いと、井上作品への深い読みを披露されたこととなる。それぞれの立場からなされる言及は、井上作品の奥行きの深さでもあった。

井上さんは「趣向」と呼ばれたが、作品にはあちこちに仕掛けがしてあり、みなで井上さんの

「趣向」を読み解く営みはスリリングであった。それにきづいた瞬間、あらたな世界がぱっと広がる経験が幾度もあった。

とともに、その「趣向」の先に井上さんが見ていたのは、人びとの生きること、そのものであった。人が生きていくこと、そこでの悲しさとそのゆえの笑い……。井上作品にはその姿勢が貫かれ、どの作品にも「思い残し切符」（『イーハトーボの劇列車』）を有した人びとが登場する。そしてそれぞれの思いを言葉として紡ぎだし、手渡していく。

『父と暮せば』（一九九八年）のなかで、広島の原爆投下のなか、生き残ったことをすまなく思い、幸せになることを拒む「美津江」に対し、父の「竹造」は言う——

人間のかなしいかったこと、たのしいかったこと、それを伝えるんがおまいの仕事じゃろうが。

これは、井上ひさし自身への言葉でもあったろう。

いまひとつ、城崎温泉での鼎談《ていだん》でこのシリーズを締めくくったことは、井上さんの導きでもあったと思う。城崎温泉の案内には、「駅が玄関、道路が廊下、それぞれの宿が客室、土産物店が売店、外湯が大浴場、飲食店が食堂」とある。この土地全体が、ひとつの共同性を有していた。近い将来に、劇場が加わるとも聞いている。このことを知ったとき、「『共に生きる』というボローニャ精神」を描いた『ボローニャ紀行』（二〇〇八年）を思わず想念した。井上さんが理想とした共同体の光景が浮かび、人が生きていくことを基盤とした共同性のあり方を探る井上さんの作品が、重ね合わされた。

井上作品を知る人はさらに深い読みを、これから接しようという人にとっては多様な入り口を示すものとして、本書を手に取っていただければまことにうれしいことである。冒頭の「井上ひさし・超入門」とは、そうした意味あいにおいて語られた。また、こうした営みを継続的に、みなで集まって行うために、「井上ひさし研究会」が発足した。二〇一九年に発足した会は、「井上ひさしの本を読んだことがある方もしくは井上芝居を観たことがある方」ということが、入会条件である。いかにも、井上さんを対象とするにふさわしい研究会への入会条件（！）のように思う。井上作品は、これからは、井上さんを同時代人としては知らない世代に手渡されていくことになる。そのための入り口を本書が提供できれば、と願っている。

「すばる」掲載時に担当してくださった、水野好太郎さん、川崎千恵子さんと、編集長（当時）の池田千春さん、また座談会の起こしを一貫して行い、構成してくださった増子信一さん、さらに中断ののち、あらたに新書としてまとめ上げるのに尽力してくださった細川綾子さんに深くお礼申し上げます。みなさんのおかげで、井上ひさしさんが亡くなられて一〇年目の年に、こうした本を作りあげることができました。

二〇二〇年一月

【年表】井上ひさしの足跡

西暦	年齢	出来事
一九三四年	〇歳	山形県東置賜郡小松町（現・川西町）に、父・修吉、母・マスの次男として生まれる。本名は廈。
一九四九年	一五歳	ラ・サール修道会が経営する仙台市の児童養護施設「光ケ丘天使園」に入る。
一九五〇年	一六歳	宮城県立仙台第一高等学校入学。高校時代は映画と野球に熱中した。受洗。
一九五三年	一九歳	上智大学文学部ドイツ文学科入学。夏休みに母の住む釜石に帰省して休学。国立釜石療養所の公務員などを務める。
一九五六年	二二歳	同大外国語学部フランス語学科に復学。浅草のストリップ劇場「フランス座」の文芸部員兼進行係となり、台本も書き始める。
一九六四年	三〇歳	NHKの連続人形劇『ひょっこりひょうたん島』の台本を執筆（山元護久との共作）。
一九六六年	三二歳	『ひょっこりひょうたん島』により第四回テレビ記者会奨励賞受賞。
一九六九年	三五歳	『日本人のへそ』で演劇界デビュー。『ひょっこりひょうたん島』により第九回日本放送作家協会賞最優秀番組賞受賞。
一九七〇年	三六歳	初の書き下ろし長編小説『ブンとフン』（朝日ソノラマ）刊行。
一九七二年	三八歳	『道元の冒険』により第一七回岸田國士戯曲賞受賞。『手鎖心中』により第六七回直木賞受賞。『モッキンポット師の後始末』（講談社）刊行。
一九七三年	三九歳	『珍訳聖書』（新潮社）刊行。『藪原検校』上演（西武劇場・五月舎）。『四十一番の少年』（文藝春秋）、『天保十二年のシェイクスピア』（新潮社）刊行。
一九七四年	四〇歳	『天保十二年のシェイクスピア』上演（西武劇場）。『家庭口論』（中央公論社）、『藪原検校』（新潮社）刊行。
一九七六年	四二歳	オーストラリア国立大学アジア学部日本語科に客員教授として招聘。
一九七七年	四三歳	『浅草キヨシ伝』上演（芸能座）。
一九七八年	四四歳	『日の浦姫物語』上演（文学座）。

一九七九年	四五歳	『しみじみ日本・乃木大将』上演（芸能座）。『しみじみ日本・乃木大将』（新潮社）刊行。『小林一茶』を上演（五月舎）。戯曲『しみじみ日本・乃木大将』『小林一茶』により第一四回紀伊國屋演劇賞個人賞受賞。
一九八〇年	四六歳	『しみじみ日本・乃木大将』『小林一茶』により第三一回読売文学賞戯曲賞受賞。『小林一茶』（中央公論社）刊行。『イーハトーボの劇列車』上演（三越・五月舎）。『下駄の上の卵』（岩波書店）、『イーハトーボの劇列車』（新潮社）刊行。
一九八一年	四七歳	『私家版　日本語文法』、『吉里吉里人』（ともに新潮社）刊行。『吉里吉里人』により第二回日本SF大賞受賞。
一九八二年	四八歳	『吉里吉里人』により第三三回読売文学賞小説賞受賞。『国語事件殺人辞典』上演（しゃぼん玉座）。『国語事件殺人辞典』（新潮社）、『吾輩は漱石である』（集英社）刊行。『吾輩は漱石である』上演（しゃぼん玉座）。
一九八四年	五〇歳	こまつ座旗揚げ公演として『頭痛肩こり樋口一葉』を上演。同時に季刊誌「the座」創刊。『井上ひさし全芝居その一～三』、『自家製　文章読本』（ともに新潮社）、『頭痛肩こり樋口一葉』（集英社）刊行。
一九八五年	五一歳	『モッキンポット師ふたたび』（講談社文庫）刊行。『きらめく星座』上演（初演出作品／こまつ座）。『きらめく星座』（集英社）刊行。
一九八六年	五二歳	『國語元年』上演（こまつ座）。『國語元年』、『泣き虫なまいき石川啄木』（ともに新潮社）刊行。『泣き虫なまいき石川啄木』上演（こまつ座）。
一九八七年	五三歳	蔵書七万冊を山形県川西町に寄贈し、図書館「遅筆堂文庫」が開館。こまつ座〝昭和庶民伝三部作〟として『きらめく星座』に続く第二部『闇に咲く花』、第三部『雪やこんこん』上演。『雪やこんこん』（朝日新聞社）、『闇に咲く花』（講談社）刊行。
一九八八年	五四歳	「昭和庶民伝三部作の完結とその成果」により第一五回テアトロ演劇賞受賞。
一九九一年	五七歳	『シャンハイムーン』上演（こまつ座）。『シャンハイムーン』（集英社）刊行。戯曲『シャンハイムーン』により第二七回谷崎潤一郎賞受賞。
一九九三年	五九歳	日本劇作家協会発足、会長に就任。
一九九四年	六〇歳	『井上ひさし全芝居その四～五』（新潮社）刊行。『父と暮せば』上演（こまつ座）。
一九九五年	六一歳	『父と暮せば』により第二回読売演劇大賞優秀作品賞受賞。

一九九七年	六三歳	新国立劇場開館記念公演として『紙屋町さくらホテル』上演。
一九九八年	六四歳	仙台文学館の初代館長に就任。吉野作造記念館名誉館長に就任。『父と暮せば』（新潮社）刊行。
一九九九年	六五歳	『東京セブンローズ』（文藝春秋）刊行。第四七回菊池寛賞受賞。
二〇〇〇年	六六歳	『連鎖街のひとびと』上演（こまつ座）。
二〇〇一年	六七歳	第七一回朝日賞受賞。『紙屋町さくらホテル』（小学館）刊行。『夢の裂け目』上演（新国立劇場）。『夢の裂け目』（小学館）刊行。
二〇〇二年	六八歳	『太鼓たたいて笛ふいて』上演（こまつ座）。『太鼓たたいて笛ふいて』（新潮社）刊行。
二〇〇三年	六九歳	『話し言葉の日本語』（平田オリザとの共著／小学館）刊行。日本ペンクラブ会長に就任。『兄おとうと』上演（こまつ座）。『座談会　昭和文学史』（小森陽一との共編著／集英社）刊行（全六巻）。『夢の泪』上演（新国立劇場）。『兄おとうと』（新潮社）刊行。戯曲『太鼓たたいて笛ふいて』により第六回鶴屋南北戯曲賞、第四四回毎日芸術賞受賞。
二〇〇四年	七〇歳	『夢の泪』（新潮社）刊行。市川市文化振興財団の理事長に就任。
二〇〇五年	七一歳	『円生と志ん生』上演（こまつ座）。『円生と志ん生』（集英社）刊行。
二〇〇六年	七二歳	『夢の痂』上演（新国立劇場）。『井上ひさしの子どもにつたえる日本国憲法』（絵・いわさきちひろ／講談社）刊行。
二〇〇七年	七三歳	『夢の痂』（集英社）刊行。
二〇〇八年	七四歳	『ボローニャ紀行』（文藝春秋）、『ロマンス』（集英社）刊行。
二〇〇九年	七五歳	第六〇回日本放送協会放送文化賞、第六五回恩賜賞・日本芸術院賞受賞。『ムサシ』上演（朝日新聞社・テレビ朝日・埼玉県芸術文化振興財団・ホリプロ・こまつ座）。『ムサシ』（集英社）刊行。『組曲虐殺』上演（ホリプロ・こまつ座）。
二〇一〇年	七六歳	四月九日、逝去。第一七回読売演劇大賞芸術栄誉賞、山形県県民栄誉賞受賞。『組曲虐殺』（集英社）、『井上ひさし全芝居その六〜七』、『一週間』（ともに新潮社）刊行。

*年表作成にあたっては、『京伝店の烟草入れ』（講談社文芸文庫）所収の年譜（渡辺昭夫氏編）を参考にした。

小森陽一（こもり よういち）

一九五三年東京都生まれ。明治学院大学客員教授。東京大学名誉教授。専門は日本近代文学。著書に、『子規と漱石　友情が育んだ写実の近代』（集英社新書）、『漱石を読みなおす』（岩波現代文庫）など多数。

成田龍一（なりた りゅういち）

一九五一年大阪府生まれ。日本女子大学教授。専門は近現代日本史。著書に、『近現代日本史との対話』（集英社新書）、『近現代日本史と歴史学―書き替えられてきた過去』（中公新書）など多数。

「井上《いのうえ》ひさし」を読《よ》む　人生《じんせい》を肯定《こうてい》するまなざし

集英社新書一〇一四F

二〇二〇年三月二二日　第一刷発行
二〇二〇年一二月一四日　第二刷発行

編著者……小森陽一《こもりよういち》／成田龍一《なりたりゅういち》
発行者……樋口尚也
発行所……株式会社集英社
東京都千代田区一ツ橋二-五-一〇　郵便番号一〇一-八〇五〇
電話　〇三-三二三〇-六三九一（編集部）
〇三-三二三〇-六〇八〇（読者係）
〇三-三二三〇-六三九三（販売部）書店専用

装幀……原　研哉
印刷所……大日本印刷株式会社　凸版印刷株式会社
製本所……加藤製本株式会社

定価はカバーに表示してあります。

ISBN 978-4-08-721114-6 C0295

a pilot of wisdom

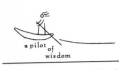